W0464039

Röschen Taschenbuch

Röschen-Verlag

© 2015 by Röschen-Verlag
Johanna-Kirchner-Straße 20, D-60488 Frankfurt/Main
Internet: www.roeschen-verlag.de
e-Mail: frankdemant59@yahoo.de
Alle Rechte vorbehalten
Lektorat: Stefanie Reimann
Satz: SLG Peter Ripper · peter.ripper@t-online.de
Bildbearbeitung/Verfremdung Cover und Covergestaltung: Peter Ripper
Rechte des Umschlagfotos bei Incendium Photography
Druck: Faber, Mandelbachtal
1. Auflage

Mondstichel

Ein Taunus-Krimi
von Helen Endemann

Die Autorin

Dr. Helen Endemann wurde 1970 in Frankfurt am Main geboren. Sie ist Rechtsanwältin, Mutter von drei Kindern und lebt mit ihrer Familie im Taunus.

Prolog

Das Tor fällt hinter mir zu. In meinen Ohren klingt das Geräusch von Metall auf Metall nach. Ich stehe in einem langen, dunklen Gang. Über mir ein klarer Sternenhimmel. Fahles Mondlicht stirbt, bevor es den Boden erreicht, so schmal ist der Weg. Rechts und links kann ich mit den Händen an die Zäune fassen, hinter den Hecken gähnen Gärten wie dunkle Schlunde. Am Ende der Gärten Häuser, dunkle Kästen, hinter wenigen Fenstern brennt noch Licht. Ich atme kalte Luft ein und weiße Nebelwolken aus. Langsam setze ich mich in Bewegung, in die Richtung, in der angeblich mein Auto stehen soll. Ein Knick nach rechts und weiter geradeaus. Das Licht einer Laterne und der Gang öffnet sich auf ein Sträßchen mit Fachwerkhäusern. Aber ich bin noch nicht am Ziel und gegenüber, auf der anderen Straßenseite zwischen einem Haus und einem eingezäunten Grundstück, geht dieser seltsame Weg weiter. Ich überquere die Straße und werde erneut von der Dunkelheit verschluckt. Hohe Steinmauern lösen bald die Zäune ab. Die Mauer rechts ist rau und uneben, vielleicht ist das die alte Stadtmauer. Ich lasse meine linke Hand an der Mauer entlangstreifen, um nicht zu stolpern. Die linke Mauer ist glatter, neuer. Alle zwei Meter kommt ein kleiner Vorsprung. Feuchte Kälte hüllt mich ein. Ich bin Kälte gewohnt, aber diese hier ist anders. Sie saugt mir die Wärme aus den Knochen und kriecht dafür selbst hinein, bis ich von innen Kälte ausströme, bis in die letzten Verästelungen meiner Adern.

Auf der rechten Seite sehe ich die angestrahlte Kirche, die Richtung stimmt also. Was jenseits der Mauer zu meiner Linken ist, will ich gar nicht wissen. Nebelschwaden steigen von dort auf wie dunkle Vorahnungen. Ich gehe schneller. Ich will nur noch raus aus diesem unheimlichen Gang.

Vor mir auf einmal Schritte, geflüsterte Flüche, die Geräusche kommen auf mich zu. Warum hat er mich in diesen unheimlichen Gang geschickt? Ich verharre mit dem Rücken zur Mauer, hoffe, dass niemand mich sieht. Die Schritte kommen näher und verschwinden plötzlich, entfernen sich wieder. Irgendwo muss es einen Durchlass geben. Ich halte kurz inne, schaue mich um. Hinter mir ein dunkles Loch.

Es sei der kürzeste Weg, hat er gesagt. Also gehe ich weiter. Jetzt kommt der Durchlass, eine Lücke in der Mauer. Gusseiserne Tore, die offen stehen. Links liegt ein Friedhof, auch das noch. Seltsame schmale Grabsteine ragen in ordentlicher Reihe in die Höhe. Rechts zweigt ein Weg ab, gesäumt von dunklen Büschen, er führt zur Kirche. Ich bleibe einen Moment stehen und lausche in die Stille. Da ist nichts. Es kann nicht mehr weit sein.

Bis zu diesem Moment hatte ich keine Antenne für das Böse. Die meisten Menschen haben keine, obwohl sie nur zu genau wissen, dass es existiert. Jedenfalls fange ich erst hier, in dieser bedrückenden Enge, an zu spüren, dass es ganz nah ist und auf mich wartet. Es lauert. Hier hätte ich noch umkehren können, aber ich nehme mein Gespür nicht ernst. Der Weg führt dich direkt zu deinem Auto, hat er gesagt, und da will ich hin. Nur noch hier runter, bald muss ich da sein. Noch ein paar Schritte und ich bin in Sicherheit, ich freue mich auf die Autoheizung.

Der Gang knickt weiter vorne nochmal ab, sodass ich sein Ende nicht sehen kann. Wieder tauche ich in seine Dunkelheit ein. Links eine hohe Mauer, rechts hört die Mauer plötzlich auf, ein Zaun und dahinter ein schwarzes Nichts, ein noch schwärzeres Etwas, ein Bauernhof vielleicht. Dann wieder Mauern auf beiden Seiten, die linke neigt sich in den Gang, als würden die Mauern aufeinanderzukommen, über mir einstürzen und mich zerquetschen. Mein Herz pumpt in der Anstrengung, das Blut durch meinen durchgefrorenen Körper zu jagen. Ich sehe den Ausgang, eine Straße. Gott sei Dank!

Ich beginne zu laufen, mein Fuß gleitet und dann geht alles ganz schnell. Ich höre einen Schrei, ein kurzer Blick in den Sternenhimmel, dann höre ich nichts mehr, abgesehen von dem grässlichen Geräusch, mit dem mein Schädel auf dem Steinboden aufschlägt.

Erstes Kapitel

„Wo bleibt die Frau?", dachte Henry und sah wieder auf die Uhr. Es war eine Minute vor acht. Um acht begann das Konzert drüben im Gemeindesaal. Er sollte die Gäste begrüßen.

„Elisabeth!" Er sah hoch ins offene Treppenhaus, aber von Elisabeth war keine Spur zu sehen. Aus dem Wohnzimmer hörte er die Kinder lachen, sie saßen vorm Fernseher. „Ich geh schon vor!" Henry steckte seinen Spickzettel und den Haustürschlüssel ein.

„Ich komm ja schon." Elisabeth rannte die Stufen runter, kam außer Atem unten an, warf ihrem Mann einen Blick zu. „Willst du keine Jacke anziehen?" Sie schlüpfte in ihre Stiefel und griff nach dem Mantel.

„Für die paar Meter?" Er öffnete die Tür. Eisige Luft strömte ins Pfarrhaus. Henry ging hinaus und schloss die Tür hinter Elisabeth. Seine Ohren fühlten sich binnen Sekunden erfroren an, aber jetzt würde er nicht mehr reingehen und eine Jacke holen. Sie liefen über den Hof.

Im Gemeindehaus war der große Saal hell erleuchtet, Menschen standen in Grüppchen beisammen oder liefen hin und her. Henry wiederholte im Kopf die Namen der Musiker, Ben Ashton, Tapio Isotalo, Hanna Merikangas, Sabine Herr. Niemand in der Gemeinde kannte das internationale Ensemble. Henry hatte die vier zum ersten Mal gesehen, als er ihnen am Nachmittag den Saal aufgeschlossen hatte. Der Konzerttermin war noch von dem ehemaligen Kantor Torat vereinbart worden, bevor er die Gemeinde zum Jahresende unter unrühmlichen Umständen verlassen hatte. Hoffentlich taugen sie was, dachte Henry. Ein Glück, dass sie überhaupt rechtzeitig von dem Konzerttermin erfahren hatten. Vor zwei Wochen waren Werbeplakate für das Konzert im Gemeindebüro angekommen. Ilona, die Sekretärin, hatte Kontakt mit den Musikern aufgenommen. Die waren wenig begeistert davon gewesen, dass die Kirchengemeinde offenbar gar nichts von ihrem Auftritt gewusst hatte. Auch auf Seiten der Gemeinde war die Begeisterung über das Konzert nicht sehr groß gewesen.

„Die Ingrid hat mir fast den Kopf abgerissen, als ich ihr gesagt hab, dass der Festausschuss erst nach dem Konzert in den Saal kann“, beklagte Ilona sich bei Henry. Zickenkrieg schon wieder. Der Festausschuss bereitete am Samstagabend vor Ostern immer das Osterfrühstück vor. Aber Vertrag war Vertrag, man konnte den Künstlern nicht mehr absagen, das musste schließlich auch Ingrid Mach, Vorsitzende des Festausschusses, einsehen.

Henry nahm zwei Stufen auf einmal, Elisabeth versuchte erst gar nicht mitzuhalten. An einem Tisch vor der Eingangstür zum großen Saal saß ein junger Mann, der das Eintrittsgeld kassierte. Henry betrat den Saal mit großen Schritten. Das Publikum saß bereits, die Musiker stimmten ein letztes Mal die Instrumente. Es war ein Streichquartett, zwei Geigen, ein Cello, eine Bratsche. Henry nickte den Musikern zu und wartete, bis Elisabeth einen Platz gefunden hatte.

„Guten Abend, liebe Musikfreunde“, Henry strahlte ins Publikum und wandte sich dann dem Streichquartett zu. „Ich freue mich, dass wir heute ein internationales Ensemble zu Gast haben, Hanna Merikangas und Tapio Isotalo aus Finnland, Ben Ashton aus Edinburgh und Sabine Herr aus Hamburg. Willkommen in Sulzbach ...“ Die Finnin und die Deutsche hielten ihre Geigen auf dem Schoß. Hinter dem Cello saß der Finne. Seine Figur glich der des Cellos, übertraf dieses aber noch an Opulenz. Der Schotte mit der Bratsche war dünn und lang, was durch seine Kleidung, schwarze Jeans und schwarzer Rollkragenpullover, noch unterstrichen wurde.

Während Henry sprach, glitt sein Blick über das Publikum und fiel auf Ingrid Mach, die neben ihrem Mann in der vierten Reihe saß und nicht so aussah, als teilte sie Henrys Freude. Henry wunderte sich, sie und ihren Mann überhaupt zu sehen, waren sie ihm doch bisher nicht als Liebhaber klassischer Musik aufgefallen. Mach gehörten einige Mietshäuser in Sulzbach und Frankfurt. Er betrieb eine Hausverwaltungsgesellschaft, die eigene und fremde Objekte bewirtschaftete, unter anderem ein Haus für betreutes Wohnen in Bad Soden. Henry kannte ihn vom Diakonieverein, dessen Vorsitzender Mach war. Mach war Henry als gewiefter Alt-Sulzbacher Geschäftsmann erschienen, der gelegentlich, und eher, um seiner Frau einen Gefallen zu tun, den Sonntagsgottesdienst besuchte. In Konzerten hatte er ihn noch nie gesehen. Ansonsten sah Henry viele der üblichen Verdächtigen, Adelheid Munziger, Sabine Krause, Stephanie Heinemann, alle drei Kirchenvorsteherinnen, sowie einige Mitglieder der Kantorei. Kulturbegeisterte Eltern mit fast erwachsenen Kindern, in denen er ehemalige Konfirmanden erkannte. Nach seiner kurzen Rede und einem höflichen Applaus für die unbekannten Musiker setzte Henry sich neben Elisabeth und das Konzert begann.

Henry hatte nichts gegen Musik, konnte aber auch nicht viel mit ihr anfangen. Gedankenverloren schaute er hinüber zum Pfarrhaus und überlegte, wie lange die Kinder wohl fernsehen würden. Er fragte sich, ob er Stephanie schon die Lieder für den morgigen Gottesdienst gemailt hatte und ob es stimmte, dass man neuerdings dreidimensionale Gegenstände ausdrucken konnte, wie er in der Zeitung gelesen hatte.

Der Applaus riss ihn aus seinen Gedanken. Offenbar war das erste Stück zu Ende. Laut Programm war es ein Adagio von Alessandro Rolla, das hatte er nun verpasst. Er sank wieder zurück in die Lehne, aber das zweite Stück lud nicht zum Träumen ein. Zuerst dachte Henry, die Musiker hätten sich verspielt und müssten nochmals von vorne anfangen. Das Stück klang total schief. Immer wieder machten sie Pausen, die Bögen in die Luft gestreckt, als wären sie zu Salzsäulen erstarrt, dann ging es plötzlich weiter mit sporadischen, dissonanten Tönen, gefolgt von scheinbar unmotivierten, hektischen Bogenbewegungen. Zeitweise klang es wie ein Insektenschwarm. Henry las im Programm: „György Kurtág, 12 Mikroludes for String Quartet." Um ihn herum rutschten die Sulzbacher Musikfreunde unruhig auf den Holzstühlen hin und her.

Henry sah sich verstohlen um. Elisabeth hob fragend die Augenbrauen. Etliche Gesichter hatten einen unsicheren Ausdruck, andere lächelten amüsiert. Ingrid Mach sah weiterhin wütend aus. Erich Mach blickte gebannt zur Bühne, fast verträumt. Eigenartig, fand Henry. Stephanie sah verzückt aus, aber das war zu erwarten gewesen. Thomas neben ihr hatte die Augen geschlossen. Vielleicht hörten Erich und Stephanie etwas anderes als Henry und – wie es aussah – der Rest des Publikums. Die musikalische Stephanie und Erich, der Geschäftsmann, im Genuss moderner Musik vereint, eine seltene Allianz. Henry wandte sich wieder zur Bühne. Die Geräusche waren verklungen, diesmal wohl nicht nur für eine Kurzpause. Das Publikum klatschte verhalten. Blätter raschelten, Sitzhaltungen wurden verändert.

Das Streichquartett wartete, bis es ruhig wurde. Es folgte ein etwas schwermütiges, aber nur gelegentlich leicht dissonantes, fast jammerndes Stück, „Frank Bridge, Lament for 2 violas“, wusste das Programm. Tatsächlich saßen Cellist und Bratschist zurückgelehnt in ihren Stühlen, während die beiden Frauen spielten. Dabei beugte die dunkelhaarige Deutsche sich bei den dramatischeren Stellen immer wieder ruckartig und mit Schwung nach vorne, als wollte sie aufstehen, sank dann aber wieder in ihren Sitz zurück. Die Finnin mit ihren weizenblonden langen Haaren, wie man sich die Finninnen eben vorstellte, saß aufrecht, die schmalen Arme grazil erhoben. Beide Frauen wirkten hochkonzentriert und unter Spannung. Fast sah es aus, als spielten sie gegeneinander und nicht miteinander.

Die Zuhörer saßen jetzt auch wieder ruhig und aufmerksam auf ihren Stühlen. Henry las Erleichterung in ihren Mienen. Nur Ingrid blickte weiter finster, aber das hatte wohl weniger mit der Musik als solcher zu tun als mit der Tatsache, dass das Konzert beharrlich die Vorbereitungen des Osterfrühstücks behinderte.

–

Ingrid kochte innerlich. Jan hatte ihr gerade noch gefehlt, als er am Nachmittag unangemeldet, wie es seine Art war, vor der Tür stand. Auf dem Gesicht sein umwerfendes Lächeln, das jedes Weibsbild in diesem Kaff weich in der Birne werden ließ. Bin auf dem Weg nach Burma, Nepal, sie wusste schon nicht mehr, wohin, es war ihr auch egal, passt es euch, oder habt ihr Besuch? Mit seiner Reisetasche, in die anscheinend alles passte, was er besaß, hatte er das Gästezimmer in Beschlag genommen und sie hatte leider noch keine Zeit gehabt, ihn sich vorzuknöpfen.

Sie war auf dem Grundbuchamt gewesen. Storkelbaum, der Steuerberater ihrer Eltern, hatte die Wahrheit gesagt, als sie ihn vor eine Woche zufällig bei der Beerdigung der alten Frau Immes getroffen hatte. Ihr war die Kinnlade runtergefallen, als Storkelbaum sich danach erkundigte, was denn aus dem Grundstück der Eltern geworden sei, er habe seit dem Verkauf des Häuschens und dem Umzug der Mutter ins Wohnheim ja keine Steuererklärungen mehr für sie gemacht. Das Häuschen war tatsächlich einen Monat lang auf den Namen der Mutter eingetragen gewesen, bevor es von ihren Nachbarn gekauft worden war. Für 450.000 Euro! 450.000 Euro, die in der Erbschaft der Mutter nirgends aufgetaucht waren. Die Mutter hatte das Häuschen für lächerliche 250.000 Euro von der Wohnungsbau Farbwerke Hoechst GmbH erworben. Aber wovon hatte die Mutter das Häuschen gekauft? Storkelbaum vermutete, mit dem Erlös aus den Mitarbeiter-Aktien, die der Vater von der Hoechst AG hatte, aber die waren doch angeblich nichts mehr wert gewesen? Eine Hypothek über 150.000 Euro war auf dem Grundstück eingetragen gewesen. Dann mussten die Aktien doch noch 100.000 Euro wert gewesen sein. Und wo war der Erlös geblieben? 200.000 Euro, von denen Ingrid keinen Cent gesehen hatte. Sie musste nicht lange raten. Aber was am meisten schmerzte war, dass Mutter das hinter ihrem Rücken getan hatte.

Und jetzt noch das Konzert! Sie beäugte Erich misstrauisch, wie er hingebungsvoll dieser Katzenmusik lauschte, als sei er plötzlich ein Musikliebhaber geworden. Sie wusste, wem seine Hingabe in Wahrheit galt, und das machte sie verrückt.

–

Als das Konzert gegen 21.30 Uhr mit einem Divertimento von Mozart endete, waren die Sulzbacher mit dem Kammerkonzert versöhnt, der Applaus fiel herzlich aus.

„Das war ja ein ganz außergewöhnlicher Musikgenuss." Henry schüttelte den Musikern die Hand.

„Schön, wenn es Ihnen gefallen hat." Der Cellist hatte eine tiefe Bassstimme und sprach mit einem starken Akzent. Er lächelte Henry gutmütig an, wie ein großer Bär, der zum Glück gerade keinen Hunger hatte. Der Schotte hob fragend die Augenbrauen. Er sprach kein Deutsch, wie Henry bereits am Nachmittag erfahren hatte.

„It was an interesting musical program", versuchte Henry ihn höflich ins Gespräch einzubinden.

„Die moderne Musik ist vielleicht nicht ganz genau das Richtige für das Publikum in Sulzbach", sagte die Finnin lächelnd und strich sich eine blonde Strähne aus dem Gesicht. Sie sah angeregt aus, die Wangen etwas gerötet, sie war leicht außer Atem.

„Aber nein, es war ganz herrlich, besonders der Kurtág!" Stephanie nahm die schmale Hand der Finnin in ihre beiden Hände, schüttelte sie und bedankte sich dann auch bei den anderen Musikern. „Man muss dem Publikum auch mal etwas zumuten, was nicht in seinem üblichen Erwartungshorizont liegt. – It was an exquisite performance, outstanding!“ Stephanie nickte dem Schotten begeistert zu.

„Und wo geht es als Nächstes hin?“, fragte Henry den Cellisten. „Wo findet das nächste Konzert statt?“

„Die Tournee ist jetzt zu Ende.“ Der Cellist schraubte an seinem Bogen. „Das war die letzte Station.“

„Dann fahren Sie jetzt alle nach Hause?“

„Ich fliege morgen zurück nach Helsinki. Ben besucht noch Freunde in Berlin. Hanna fliegt, glaube ich, am Sonntag zurück. Und Sabine ... “ Er sprach die Musikerin an. „Was machst du jetzt, Sabine, fährst du nach Hause?“

„Ja, genau.“ Sie nickte. „Mein Sohn ist mit dem Auto da.“ Der junge Mann, der die Karten verkauft hatte, war zur Gruppe der Musiker gestoßen und nickte Henry und Stephanie höflich zu.

„Von mir aus können wir los“, sagte er.

„Jetzt noch?“ Henry sah nach draußen, aber natürlich war da nur schwarze Fensterscheibe zu sehen. „Bis nach Hamburg?“

„Wir fahren gerne nachts.“ Die Frau zuckte mit den Schultern.

Henry ließ sich von weiteren Gästen, die mit den Musikern sprechen wollten, von der Gruppe abdrängen und sah sich im Saal um. Während die Zuhörer nach und nach den Saal verließen, war die Durchreiche zur Küche geöffnet worden. In der Küche war Licht und Henry sah Elke, Annemarie und Tanja Geschirr aus den Schränken räumen und Essen auspacken. Unter Ingrids Kommando waren einige männliche Konzertbesucher dabei, im Saal Tische aufzustellen. Der Festausschuss hatte jetzt das Zepter übernommen. Henry und Thomas gesellten sich zu den Helfern. Henry winkte nochmal, als die Musiker mit ihren Instrumenten aus dem Saal zogen. Als Tische und Stühle in langen Tafeln standen, schickte Ingrid die Helfer fort. „Jetzt steht ihr eh nur im Weg rum, also geht schon nach Hause."

Draußen war es, wenn überhaupt möglich, noch kälter als vorhin. „Du brauchst dich gar nicht zu wundern, wenn du Ostern krank bist." Elisabeth hielt den Kragen ihres Mantels hochgeschlagen und fest um Hals und Ohren, sodass ihre Worte dumpf klangen.

„Wer rechnet denn an Ostern mit so einer Kälte?", sagte Henry und schloss die Tür auf.

„Morgen früh wird es erst hart." Elisabeth schob die Stiefel unter die Garderobe. In der Küche setzte sie einen Kessel Wasser auf. Vom Küchenfenster konnte sie die Vorbereitungen der Festausschuss-Frauen drüben im Gemeindesaal sehen.

„Wird eine kurze Nacht." Henry hatte sich neben sie gestellt und sie sahen beide hinüber zum hell erleuchteten Gemeindesaal. „Mit der Zeitumstellung noch dazu."

„Ostern ist halt nix für Weicheier." Markus grinste zufrieden über seinen Witz. Er stand an der Tür, durch die geöffnete Wohnzimmertür war der Fernseher zu hören.

„Ja, seid ihr etwa immer noch am Gucken? Und nicht mal bettfertig seid ihr! Jetzt aber dalli! Morgen um halb sechs wecke ich euch und dann will ich kein Gejammer hören!" Elisabeth scheuchte die elfjährigen Zwillinge Markus und Lukas und ihre siebenjährige Schwester Marlene die Treppen hoch. Der Kessel fing an zu pfeifen. Henry stellte den Herd aus.

–

Riesen warfen mit ausgerissenen Bäumen nach ihm. Es war nicht fair. Er war doch so müde. Eben hatte er noch selig, tief, ja, todesähnlich geschlafen. Süß wie ein Mohnkuchen war der Schlaf, er wollte wieder tief in den süßen Schlafmohn eintauchen, aber ein Rütteln an seinem Arm hinderte ihn daran. Und ein Klingeln, ein Läuten und Rufen.

„Henry, mach was, die Glocken läuten!"

Henry fuhr hoch. „Was ist los?"

Ein Kopf mit wirren Haaren, der entfernt wie seine Frau aussah, ragte neben ihm aus den Kissen. „Die Glocken läuten. Es ist vier Uhr nachts. Du musst was machen. Sie ausstellen."

Henry horchte auf das Läuten. Ein Lächeln breitete sich auf seinem Gesicht aus. „Das sind die katholischen Glocken."

Elisabeth lauschte ebenfalls. Sie stand auf und öffnete das Fenster. Ein kühler Luftzug fuhr ins Zimmer, die Glocken waren jetzt noch lauter zu hören. Ein helles Bimmeln.

„Stimmt." Sie schloss das Fenster wieder. „Ich hätte schwören können, es sind unsere."

Henry hatte sich schon wieder hingelegt. „Komm, weiterschlafen." Er spürte, wie Elisabeth sich auch wieder auf die Matratze legte, die Decke über sich zog.

„Wieso läuten die?", fragte sie. „Vielleicht gab es einen Unfall, vielleicht ist es ein Alarm."

„Keine Ahnung. Lass uns schlafen." Die Nacht war so schon kurz genug.

–

Ding, dong, ding, dong ... „Um Himmels willen!" Thomas fuhr aus dem Schlaf. Die Glocken läuteten. Er hatte verschlafen. Wenn die Glocken läuteten, war das Osterfeuer schon vorbei, der Gottesdienst beim Vater Unser angelangt. Aber er hätte doch das Osterfeuer anzünden sollen! Mit einem Satz war er am Fenster, starrte in die dunkle Nacht. Warum war es noch so dunkel? Er öffnete das Fenster und mit einem Schwall kalter Luft überkam ihn große Erleichterung. Es waren die katholischen Glocken. Warum läuteten sie? Sehr merkwürdig, aber auch wunderbar egal. Denn es bedeutete, ja, der Blick auf die Uhr bestätigte es, dass er nicht verschlafen hatte, es war erst Viertel nach vier. Die Glocken läuteten aus einem für ihn herrlich gleichgültigen Grund und er konnte sich wieder ins warme Bett legen, wo Stephanie sich gerade rührte.

„Was ist los?“, fragte Stephanie verschlafen.

„Die Glocken läuten.“ Thomas schloss das Fenster. „Bei den Katholiken.“

„Warum das denn?“ Stephanie setzte sich auf und sah auf Thomas’ Wecker. „Es ist ja erst vier.“

„Keine Ahnung.“ Thomas kroch unter die Decke. „Lass uns einfach weiterschlafen.“ Er legte einen Arm um ihre Taille und Stephanie sank zurück ins Kissen. Dann setzte sie sich wieder auf.

„Ich muss mal aufs Klo.“

Während sie sich die Hände wusch, wanderte ihr Blick über die Sachen im offenen Waschschrank. Thomas’ Rasier-Utensilien waren da, ein pinkfarbener Deo-Stift, der Miriam gehören musste, Gesichtscreme für unreine Haut, Abschmink-Pads, Wimperntusche, alles von Miriam, und Samuels Spangendose. Es war ungewohnt, in Thomas’ Wohnung aufzuwachen. Miriam brauchte nicht zu denken, dass Stephanie nicht spürte, welcher Fremdkörper sie hier war. Wie viel schöner wäre es, wenn Thomas bei ihr übernachten würde, wo sie allein und ungestört sein könnten. Natürlich verstand sie, dass er Miriam und Samuel nicht über Nacht allein lassen wollte. Aber es war nicht fair, dass sie dieses Zugeständnis an die Kinder machte und von Miriam behandelt wurde wie ein ungebetener Gast, der sich in ihrem Zuhause breitmachte, einnistete, die Luft verpestete. Was war aus der süßen, liebenswürdigen, humorvollen Miriam geworden? Innerhalb weniger Monate war sie zu einem pubertierenden Schlechte-Laune-Monster mutiert, dauerhaft im Augenroll-Modus, das demonstrativ den Raum verließ, sobald Stephanie eintrat. Stephanie seufzte. Sie liebte Thomas. Aber sie war sich nicht sicher, ob ihre Beziehung diesem Teenie-Terror standhalten würde.

Sie verließ das Bad und sah gerade noch, wie Miriam, voll bekleidet, in ihrem Zimmer verschwand und die Tür hinter sich schloss. Wo war sie gewesen? Sie war doch um halb zehn nach Hause gekommen, hatte verächtlich geschnaubt, als sie Thomas und Stephanie auf dem Sofa im Wohnzimmer sitzen sah, und war grußlos, aber türenknallend, in ihrem Zimmer verschwunden. Stephanie stand ratlos im Flur, bis sie merkte, dass ihre Füße kalt wurden. Jetzt war Miriam jedenfalls wieder zu Hause, also kein Grund, Thomas mitten in der Nacht zu beunruhigen. Stephanie legte sich wieder ins Bett und schob ihre kalten Füße zwischen Thomas' warme Beine.

–

Miriam lehnte sich gegen ihre Zimmertür und drehte den Schlüssel leise, leise im Schloss. Dann rutschte sie an der Tür hinunter zu Boden. Hatte Stephanie sie etwa gerade noch gesehen? Miriams Atem ging schnell, ihr Herz klopfte. Als die Glocken zu läuten anfingen, war sie losgerannt, als wäre eine wilde Meute hinter ihr her. So schnell war sie nicht mal bei den Kreismeisterschaften gerannt. War doch klar, dass Papa von dem Lärm aufwachen würde, auch wenn es nicht seine Glocken waren. Er würde gucken, was da los ist, und dann vielleicht nach Samuel und ihr sehen und merken, dass sie nicht in ihrem Bett lag. Das durfte auf keinen Fall passieren. Sie hatte ganz leise die Tür aufgeschlossen und im Flur gewartet, ob jemand wach war. Als die Luft rein war, war sie zu ihrem Zimmer geschlichen und hatte es fast geschafft, als die Badezimmertür aufging. Oh, verdammter Mist. Was machte Stephanie überhaupt hier? Was fiel ihrem Vater ein, sie hier übernachten zu lassen? Konnten sie nicht zu ihr gehen, wo keiner ihr Übelkeit erregendes Liebesleben mit ansehen musste? Wenn sie sich vorstellte, wie Stephanie jetzt zu Thomas ins Bett kroch, oh, könnte sie kotzen.

Ihr Atem beruhigte sich nur langsam. Sie fuhr sich mit den Händen durchs Haar und blieb mit einem Nagel hängen. Verdammt, das musste passiert sein, als sie im Stichel gestolpert war. Sie hatte halb blind die Hände nach links und rechts ausgestreckt, sich mit der rechten Hand in die Mauer gekrallt, aufgerappelt und war weitergerannt. Der Nagel war futsch und die anderen hatten Kratzer. Der schöne Lack, den Celi ihr erst heute Nachmittag so perfekt draufgepinselt hatte. Teuer war der gewesen. Sie hatten sich so richtig rausgeputzt, Nägel, Fußnägel, Wimpern, Augenbrauen. Zum Glück waren das Dinge, die Thomas nicht auffielen, aber bei Stephanie musste man vorsichtig sein. Die merkte so was und dann würde sie fragen, wo hast du das machen lassen, das kostet doch richtig viel Geld. Aber Celi hatte den ganzen Kram. Miriam hatte den Verdacht, dass sie manchmal was mitgehen ließ im Zentrum, aber was kümmerte sie das? Es musste reichen, dass Miriam so etwas niemals tun würde. Auf ihre Freundinnen konnte sie nicht auch noch aufpassen.

Aber was, wenn Stephanie sie eben gesehen hatte? Hatte sie bemerkt, dass Miriam komplett angezogen war? Dass sie gerade von draußen gekommen war? Hektisch schälte sie sich aus der Jacke, knöpfte die Hose auf und zog sich die Sachen vom Leib, warf alles in den Schrank und schlüpfte in den Schlafanzug. Trotzdem war sie noch geschminkt und roch nach Zigarettenrauch und vielleicht auch nach Alkohol. Sie hauchte in ihre Hand, schnüffelte. Rauch jedenfalls. Miriam horchte, das Ohr an der Tür, in den Flur hinein. Es war nichts zu hören.

Was für eine verrückte Nacht! Andi war soooo süß. Sie war total verknallt in ihn. Der bloße Gedanke an Andi machte sie sterbensglücklich und unglücklich zugleich, denn er hatte ihr gesagt, dass sie zu jung für ihn sei. In ein paar Jahren vielleicht, hatte er gesagt, und dass er sie süß fand! Er findet mich süß, sagte sie vor sich hin. Er findet mich süß.

Aber Bernd war total durchgeknallt, das eben war typisch für ihn. Was für ein Spinner. Trotzdem war es so lustig gewesen. Celi und sie hatten sich fast in die Hosen gemacht vor Lachen. Es war so cool, dass sie mit den dreien abgehangen hatte. Es war das erste Mal, dass sie sich das traute. Als Andi meinte, was ist mit dir, kommst du auch mit?, da war ihr so heiß geworden. Sie wusste, dass ihr Vater es auf keinen Fall erlauben würde. Aber sie wusste auch, dass so eine Einladung vielleicht nie wieder kam. Celi durfte natürlich auch nicht die ganze Nacht wegbleiben, aber sie hatte ihrer Mutter erzählt, dass sie bei Miriam schlafen wollte.

Was sie wohl jetzt machte? Celi konnte ja schlecht nach Hause gehen, sonst würde ihre Ausrede auffliegen. Scheiße.

Miriams Hochgefühl verflüchtigte sich mit einem Mal. Was, wenn Celi gedacht hatte, sie könnte mit ihr kommen? Aber wie? Wie hätte sie Celi an Papa und Stephanie vorbei in ihr Zimmer schleusen und morgen früh wieder hinausbekommen sollen? Hoffentlich war Celi nicht sauer auf sie. Jetzt, wo Miriam endlich dabei sein durfte.

Vielleicht war Celi mit Bernd mitgegangen. Oder mit Andi? Miriams Hochgefühl war nicht nur futsch, sie fühlte sich, als hätte sie einen Schlag in den Bauch bekommen. Wenn Celi jetzt bei Andi landete, weil sie, Miriam, so plötzlich abgehauen war, und wenn Celi und Andi sich dann näherkamen, wie es halt so passiert, wenn man die Nacht zusammen verbringt, nein. Nein, nein, nein. Das durfte nicht sein. Miriam biss sich in den Arm, um nicht laut aufzuschreien oder zu heulen. Bitte, bitte lass sie nicht zusammenkommen, betete sie, wohl wissend, dass sie heute Nacht überhaupt keinen guten Stand hatte, Gott um irgendetwas zu bitten, nachdem sie sich hinter Papas Rücken aus dem Haus geschlichen hatte. Ach, Scheiße, war das alles kompliziert.

Miriam horchte wieder und als sie ganz sicher war, dass alle ruhig in ihren Betten lagen, schlich sie leise ins Bad und wusch sich die Schminke vom Gesicht.

–

Gerôme lief über die Kieselsteinwege im Arboretum, die in dem von Frankfurter Lichtern erhellten Nachthimmel weißleuchteten. Er war gerne hier. Hier gab es viele weite Felder und Wiesen, auf denen manchmal Kühe weideten. Die Baumgruppen waren wie Inseln. Er kannte hier bald jeden Stein und es gab Orte, Bäume und Steine, die berührte er, wenn er durch den Park lief, so wie jetzt, leichtfüßig trabend ohne Eile, aber voller Energie. Er hatte diese Energieschübe, dann liefen seine Beine fast von selbst los, dann musste er raus und laufen. Manchmal hatte er sie nachts und das war ein Problem. Seine Mutter wollte nicht, dass er nachts lief. Das sei gefährlich, er könnte sich verletzen, er sei nicht sicher nachts, allein da draußen. Sie hatte es ihm verboten und er hatte widerstrebend dazu genickt, aber schon da hatte er insgeheim gewusst, dass er diese Regel nicht immer einhalten konnte. Seine Hand strich über die großen Steine, die einen Halbkreis um eine Wiese bildeten, auf der tagsüber oft gepicknickt wurde. Wenn er einen berührte, musste er jeden anfassen, seine Handfläche kurz über die Steine streichen lassen, spüren, wo sie rau waren und wo glatt und wo Gras oder Moos auf ihnen wuchs. Dann ging es unter den verrückten Halbkörpern durch, die wie verbrannte Afrikaner aussahen, die auf Pfähle gespießt worden waren. Die Figuren hatten ihm Angst gemacht, als er sie zum ersten Mal sah, aber da war er noch ganz klein gewesen. Heute wusste er, dass sie aus Holz geschnitzt waren, und wenn er auch nicht wusste, was sie dort sollten, sie hatten ihn bisher immer anstandslos passieren lassen und so auch heute. Am alten Flughafen blieb er am Zaun stehen, krallte für einen Moment die Finger in die Löcher im Maschendrahtzaun und lauschte. Die Geräusche der Autobahn in seinem Rücken, ein gleichmäßiges Rauschen. Vom Flughafen nichts. Dann weiter auf dem Asphaltweg bis zur Schranke vor dem Waldstück. Über die Schranke sprang er, die Beine seitwärts darüber werfend, mit einer Hand an der wackeligen Stange. Die Stange wackelte in ihrer metallenen Halterung und Gerôme hörte ein Geräusch, das nicht hierher gehörte. Er warf den Kopf nach rechts. Hinter ihm, wo das Arboretum endete, bei der Schule fuhr ein Auto davon. Gerôme sah ihm nach, bis es um die Kurve verschwand. Er schüttelte den Kopf. Er hatte nicht erwartet, dass jemand hier sein würde. Nicht um diese Zeit. Noch lange lauschte er in die wieder hergestellte Stille hinein. Man konnte spüren, ob man allein war oder nicht, und jetzt hatte er das Gefühl, dass er wieder allein war. Das war gut. Er lief durch das Waldstück, sprang über die zweite Schranke. Sein nächster Besuch galt dem Weiher, der kleinen Wasserpfütze, umrundet von Bäumen und Hecken, einem Dickicht so dicht, dass er den Weiher erst im letzten Winter überhaupt entdeckt hatte, als die Bäume und Büsche kahl waren und man durch die Zwischenräume der Äste gucken konnte. Wenn er den Weiher besuchte, musste er eine Hand in sein braunes Wasser tauchen, aber heute bei dieser Eiseskälte würde das Wasser gefroren sein. Gerôme freute sich darauf, die Eisschicht zu berühren. Er lief an den Bäumen entlang, bis sich eine Lücke auftat, durch die er gebückt und die Äste mit dem Arm über dem Kopf abwehrend eintreten konnte. Das Wasser war ein klares Weiß, jedenfalls da, wo keine Blätter darauf lagen, es lag Reif auf dem Eis. Gerôme kauerte sich hin, ganz still, und betrachtete das Eis, diesen ungewohnten Anblick, wo sonst das bräunliche Wasser war. Die Stille war hier mächtiger als draußen auf dem Feld, wo man die Autobahn lauter rauschen hörte. Hier war man wie in einem Raum, und in einem Raum spürte man immer ganz schnell, ob man alleine war, und Gerôme hatte ganz sicher das Gefühl, allein zu sein, aber dort links am Rande der Eisfläche schimmerte es milchig weiß zwischen Blättern und Ästen hervor, ein ganz anderes Weiß als die Eisfläche auf dem Weiher. Es war auch nicht hart, sondern weich und rund, das dachte er, als er schon wusste, dass es ein Mensch war oder wie ein Mensch aussah. Gerôme rührte sich keinen Millimeter, nur den Kopf hatte er zu diesem Menschen hingedreht und suchte ihn mit den Augen ab. Unter den Blättern war überall nackte Haut, er sah einen Fuß mit Zehen weiß aus dem Laub ragen und sein Blick wanderte hoch an einem Bein entlang, einem Hüftknochen, einer Hand, einem Arm, und dann war da das Gesicht. Ein Mädchen oder eine Frau, ein blasses Gesicht, eingerahmt von Laub oder braunem Haar, das war kaum zu unterscheiden. Der Kopf zur Weiherseite gedreht, blaue Augen richteten sich ausdruckslos auf ihn. Gerôme spürte einen Frosch im Hals, so nannte seine Mutter es, wenn man sich räuspern musste, und er musste sich räuspern, wollte aber keinen Laut von sich geben. Er versuchte, den Frosch wegzuschlucken, aber es kratzte und juckte in seinem Hals und schließlich musste er dem Drang nachgeben. Ein kratziges Geräusch entwich seinem Hals und es raschelte. Eine Maus huschte aus dem Dickicht, guckte kurz und rannte davon, rannte der Frau über die Hand, die nicht mal wackelte. Gerôme trat einen Schritt zurück, zog den anderen Fuß nach. Er drehte sich langsam, bog die dornigen Zweige aus dem Weg, die störrisch waren und versuchten, ihn an der Jacke festzuhalten. Er riss sich los und lief, rannte jetzt schnell. Sein Atem kam in dicken Wolken aus seinem Mund und leuchtete weiß vor seinem Gesicht, er hörte sich keuchen. Auf freiem Feld, weit weg von Bäumen, Büschen und Steinklötzen, kam er zum Stehen, beugte sich vor, atmete schwer. Er hob den Kopf und sah hinunter ins Dorf. Der Wind trug ein klares Klingeln über die Felder und Wiesen. Es waren Glocken, jetzt erkannte er es. Glocken läuteten nachts nicht, nur an Silvester. Gerôme schüttelte den Kopf, als wollte er das Läuten aus seinen Ohren schütteln, aber es läutete ja draußen. Von der Kirche kam das Läuten. Im Ort wussten sie schon, dass die Frau tot war. Es waren die Totenglocken, die für sie läuteten. Eine kalte Gänsehaut kroch über Gerômes Körper. Er hatte irgendwie gehofft, dass sie doch nur schliefe, aber Menschen schliefen nicht bei solcher Kälte und nackt. Er gab ein langgezogenes Stöhnen von sich und begann zu laufen, über Steine und Lehmbrocken, auf den Weg und von dort nach Hause, wo er sicher wäre. Seine Mutter hatte Recht gehabt.

–

Als Elisabeth die Kinder um zwanzig vor sechs weckte, hatte sie das Gefühl, nicht mehr als eine Stunde geschlafen zu haben. „Habt ihr heute Nacht die Glocken gehört?“, fragte sie die Zwillinge. Markus und Lukas sahen sie verständnislos an und schüttelten die Köpfe. Auch Marlene hatte fest geschlafen und erinnerte sich an nichts. Die Kinder stiegen schlaftrunken in die am Vorabend zurechtgelegten Anziehsachen und kamen kurze Zeit später die Treppe herunter. Henry hatte schon den Talar angezogen.

„Geht schon mal los“, sagte Elisabeth. „Ich brauche noch ein paar Schluck Tee.“ Es war ihr lieber, allein zum Osterfeuer zu laufen. Für sie war der Ostermorgen feierlich, allerdings nur, wenn Markus und Marlene nicht unterwegs darüber stritten, wer im letzten Jahr die meisten Eier gefunden hatte oder ob die Frauen am Grab den toten Jesus mumifizieren wollten.

Als Elisabeth auf den Hof trat, war es noch völlig dunkel. Die kalte Luft strömte in ihren Körper und auf einmal fühlte sie sich wach und klar. Sie lief den Weg zum Friedhof entlang. Unter ihren Füßen knirschte der Kies. Vögel zwitscherten aufgeregt, aber abgesehen davon war es still und friedlich. Außer dem Weg und der Öffnung in der Friedhofsmauer war alles schwarz. Über dem Friedhof lag ein orangefarbener Schein. Es war ein Bild, das Elisabeth an Berichte über Nah-Tod-Erlebnisse erinnerte. Wie der legendäre Tunnel mit einem Licht am Ende.

Sie wollte gerade durch das Tor in der Mauer in den schmalen Stichel treten, als sie im Augenwinkel wahrnahm, wie sich etwas Weißes auf sie zubewegte, wie eine Walze rollte es an, und unterdrückte Flüche und ein ziemlich unösterlicher Tumult drangen an ihr Ohr. Es war die Prozession der Ministranten, die paarweise in ihren weißen Gewändern vom Stichel auf den Friedhof drängten. Elisabeth trat wieder zurück, um auf ihrer Seite der Mauer abzuwarten, bis der Zug der Ministranten vorüber war. Sie sah, dass einige ihrer Gewänder ziemlich dreckig waren. Sie waren am Saum braun und fleckig. Vielleicht war einer ausgerutscht und hingefallen und die anderen wie die Dominosteine hinterher.

Als sie nach ihnen auf den Friedhof trat, brannte das Feuer schon lichterloh. Orangefarbene Funken stiegen in den schwarzen Himmel auf. Markus, Lukas und Marlene standen mit den Küsterkindern Miriam und Samuel in der ersten Reihe und wetteten, welcher Funke am höchsten steigen würde. Elisabeth schlängelte sich durch die Menschenmenge möglichst nah an sie heran und hoffte, dass die Funken nicht die Fleecejacken der Kinder in Flammen aufgehen lassen würden.

Sonst machte sie sich ja gerne darüber lustig, wie die Sulzbacher bei jeder Gelegenheit ein Großaufgebot von Polizei, Feuerwehr und Notarztwagen organisierten. So zum

Beispiel beim Sankt Martinszug, für den Polizei und Feuerwehr die Straßen weiträumig absperrten. Die selbstgebastelten Laternen der Kinder kämpften dann vergeblich gegen das blinkende Licht der Feuerwehrwagen an, die den Martinszug von evangelischer zu katholischer Kirche flankierten. Heute war Elisabeth allerdings beruhigt, hinter dem Friedhofstor die Front eines Feuerwehrwagens hervorragen und Elke Haupt von der Freiwilligen Feuerwehr in einer Leuchtweste im Hintergrund stehen zu sehen.

Henry und sein katholischer Kollege Herrmann sprachen Gebete, die Gemeinde sang Lieder. Die Osterkerzen wurden am Osterfeuer entzündet. Elisabeth liebte diese Tradition, nach der beide Kirchen ihre Osterkerzen am selben Feuer entzündeten. Dann war wieder Schluss mit der Ökumene. Die Katholiken verließen den Friedhof durch den Haupteingang. Die Evangelischen schoben sich durch das Nadelöhr der Friedhofsmauer und beschritten den kurzen Kiesweg zur evangelischen Kirche. Einige wünschten sich schon „Frohe Ostern". Die Kirche war dunkel, als die Gemeinde einzog. Erst im Verlauf des Gottesdienstes zündeten Henry und Thomas nach und nach Kerzen an. Der Gottesdienst an diesem höchsten Feiertag bestand aus liturgischen Gesängen, Gebeten und Lesungen. Elisabeth sah sich mehrmals besorgt nach den Jungen um, die ein paar Reihen weiter auf der Empore saßen. Sie benahmen sich unauffällig.

Schließlich begann das von den Kindern und Elisabeth gleichermaßen gefürchtete Abendmahl. Das liturgische „Hosianna, gelobet sei, der da kommt im Namen des Herrn" kündigte unmissverständlich an, dass der Gottesdienstausschuss auch dieses Jahr kein Erbarmen mit der Ostermorgen-Gemeinde kannte und etwa auf das Abendmahl im frühen

Gottesdienst verzichtet hätte. Es folgten die Einsetzungsworte und langsam setzte sich, angeleitet von Küster Thomas, die erste Abendmahlsgruppe in Gang und stellte sich umständlich zu einem Halbkreis im Altarraum auf.

Von ihrem Platz auf der Empore beugte Elisabeth sich über das Geländer und sah hinunter in den Altarraum. Sie ging gewohnheitsmäßig die Reihen durch und zählte überschlägig die Gottesdienstbesucher. Vier, wenn sie Pech hatten, fünf Gruppen würde es wohl geben. Elisabeth schloss die Augen und richtete sich auf eine lange Wartezeit ein. Neben ihr rutschte Marlene unruhig in der Bank hin und her und machte irritierende Singsang-Geräusche. Vielleicht verlor sie vor Langeweile den Verstand. Vielleicht soll das Abendmahl uns einen Vorgeschmack auf die Ewigkeit geben, dachte Elisabeth gerade, als vorne im Altarraum Unruhe ausbrach.

Auf der Kanzelseite des Abendmahl-Kreises beugten sich die Leute vor, bückten sich. Jemand lag am Boden.

„Wir brauchen einen Krankenwagen", sagte Henry zum Mikrophon gerichtet. „Es ist jemand ohnmächtig geworden."

Elke von der Freiwilligen Feuerwehr lief den Mittelgang hinunter zum Altarraum. Sie zog ein Handy aus der Hosentasche, drückte kurz ein, zwei Tasten und sagte etwas, das von dem Gemurmel, das jetzt durch die Bänke lief, übertönt wurde. Dann bahnte sie sich einen Weg durch die Gruppe, die sich immer noch um das Ohnmachtsopfer drängte. Für einen kurzen Augenblick gaben sie den Blick auf die am Boden liegende zierliche Gestalt frei und Elisabeth glaubte zu erkennen, dass es sich bei der Ohnmächtigen um eine Frau handelte. Die Zwillinge und Marlene waren zum Balkon der Empore gelaufen und versuchten, möglichst viel von dem Spektakel mitzubekommen. Nach nur zwei Minuten traten zwei Männer mit einer Trage in die Kirche, liefen zum Altarraum und trugen kurz darauf eine Frau den Mittelgang entlang. Jetzt erkannte Elisabeth Tanja Godot, die Mutter einer von Marlenes Freundinnen. Tanja hob den Kopf an und sah sich verwirrt um. Dann schlossen sich die Kirchentüren schon hinter den Sanitätern und ihrer Patientin.

–

„Hast du mal wieder zu lange gepredigt?" Paul, Ortspolizist in Sulzbach und Elisabeths ehemaliger Schulkamerad, klopfte Henry auf die Schulter und ließ sich auf den leeren Stuhl neben ihm fallen. Der große Saal des Gemeindehauses war festlich gedeckt. Auf den Tischen standen Körbe mit gefärbten Eiern, Kaffeekannen, Saftkrüge. An der Seite war ein langes Buffet mit Brot, Hefezöpfen, Osterlammküchlein, Aufschnitt und Käse aufgebaut.

„Wieso?"

„Ich höre, die Leute fallen bei dir vor Langeweile in Ohnmacht."

„Also, an der Predigt kann's nicht gelegen haben. Der Gottesdienst hatte nämlich gar keine. Ist rein liturgisch."

„Was machst du überhaupt hier?", fragte Elisabeth. Paul war doch katholisch.

„Will mal schauen, was die Konkurrenz zu bieten hat." Paul nahm sich ein rotes Ei aus dem Körbchen, das vor ihm auf dem Tisch stand. Dann griff er nach Henrys leerem Teller und klopfte das Ei auf. „Habt ihr auch Salz?"

Thomas schob ihm einen Salzstreuer hin.

„Und woran lag es dann?" Das Ei verschwand fast komplett in Pauls Mund und er sah fragend in die Runde.

„Erschöpfung, vermute ich“, sagte Elisabeth. „Tanja ist im Festausschuss. Die haben erst nach dem Konzert angefangen, das Frühstück vorzubereiten, wer weiß, wann sie damit fertig waren. Dann ist sie wahrscheinlich nachts von den Glocken wach geworden und heute Morgen wieder früh raus ...“

„Tja, Ehrenamt ist auch nichts für Weicheier“, merkte Markus an. Markus und Lukas hatten die kleinen Schokoeier, die auf allen Tischen auslagen, eingesammelt und teilten nun ihre Beute.

„Das ist wohl wahr.“ Paul wischte sich den Mund mit Henrys Serviette ab.

„Was war denn mit euren Glocken los?“, fragte Henry. „Ich denke, die sind nachts noch in Rom, wie können sie dann mitten in der Nacht schon wieder läuten?“

„Dieses Jahr sind sie nicht mit nach Rom geflogen. Wegen der Glockenturm-Sanierung“, erklärte Paul. „Deswegen waren sie ja auch so laut, weil die Verkleidung fehlt.“

„Das erklärt aber noch nicht das Läuten um vier Uhr nachts.“ Henry zog seinen Teller wieder an sich und nahm sich ein gelbes Ei.

„Das stimmt.“ Paul sah nachdenklich aus.

„Wie habt ihr sie denn wieder abgestellt?“, fragte Thomas.

„Oh, ich glaube, die Elli ist hingefahren.“ Das war Thomas' katholische Kollegin.

Annemarie kam an den Tisch und stellte der Gesellschaft eine volle Kaffeekanne hin. Als sie die leere Kanne mitnehmen wollte, griff Paul nach ihrer Hand. „Nun setz dich doch mal dazu, Annemarie.“ Er stand auf und schob Annemarie auf seinen Stuhl. Dann sah er sich um und scheuchte Markus und Lukas von ihren Stühlen. „Los, verteilt die Schokoeier wieder auf den Tischen. Die sind doch nicht alle für euch!“

Er zog einen Stuhl heran und setzte sich neben Annemarie. „Wie siehst du überhaupt aus? Du bist ja völlig übermüdet."

„Ach, halb so schlimm." Annemarie winkte ab. Aber Paul hatte recht, fand Henry. Annemarie legte sonst großen Wert auf ihr Äußeres. Sie besaß einen Frisörladen in Sulzbach und bot dort auch kosmetische Behandlungen an. Sich selbst betrachtete sie als Aushängeschild ihres Geschäfts. Es würde ihr niemals einfallen, ungeschminkt oder in alten Jeans und T-Shirt auf die Straße zu gehen. Heute hatte Annemarie dunkle Ringe unter den Augen und ihre Haare wirkten ungekämmt. Sie strich sich fahrig eine Strähne aus dem Gesicht.

„Ihr habt ja wieder reichlich aufgefahren!", lobte Elisabeth das Buffet.

„Ja, ich hoffe, es reicht", sagte Annemarie.

„Ach, bestimmt. – Übrigens würde ich gerne nächste Woche mal zu dir kommen. Du weißt schon, vor der Einführungsfeier am Sonntag." In Sulzbach jagte eine Feier die nächste. Am kommenden Sonntag sollte die neue Kantorin, Nachfolgerin des Kirchenmusikers Torat, in einem Gottesdienst mit anschließendem Sektempfang begrüßt werden.

„Ja, komm nur", erwiderte Annemarie. „Vormittags ist es normalerweise kein Problem."

Henry hatte seinen Teller gut festgehalten und ging damit zum Buffet, um noch etwas Brot und Käse zu seinem Ei zu holen. Auf dem Weg kam er an der Küche vorbei. Ingrid und Elke bestückten gemeinsam ein Tablett mit sauberen Gläsern. Henry ging zur Anrichte und sagte: „Tolles Buffet, wie immer! Vielen Dank!" Die beiden Frauen sahen auf, da klirrte es.

„Oh, verdammt!" Elke bückte sich und auch Ingrid verschwand hinter der Theke.

„Was ist passiert?" Henry stellte seinen Teller auf die Theke und ging zur Küchentür. Die beiden Frauen sammelten Scherben auf, offenbar war Elke ein Glas heruntergefallen. Henry nahm die Schaufel mit dem Besen vom Haken an der Heizung.

„Lieber nicht anfassen." Er bückte sich, um die Scherben aufzufegen.

„Ach, lassen Sie, Herr Pfarrer." Ingrid nahm ihm die Werkzeuge aus der Hand. „Wir machen das schon."

Elke richtete sich auf und hielt sich an der Theke fest.

„Alles okay?", fragte Henry.

„Ja, ja. Nur ein bisschen schwindelig, vom schnellen Aufstehen."

„Und vom wenigen Schlafen, nehme ich an."

„Was?" Elke sah ihn mit großen Augen an.

„Na, es war ja eine kurze Nacht und Sie haben hier bis spät gearbeitet." Henry ließ den Blick über die Tische gleiten.

„Ja, ja, das stimmt." Ingrid stand auf, die Schaufel voller Scherben. „Und nächsten Sonntag geht's schon wieder weiter mit dem Feiern."

„Da machen wir aber nicht so eine große Geschichte", sagte Henry. „Sekt und ein bisschen Knabberzeug, das reicht völlig."

„Ja, Herr Pfarrer. Lassen Sie uns mal machen." Ingrid Mach brachte die Scherben zum Mülleimer und Henry wich ihr Richtung Tür aus. Er ging zurück an seinen Tisch und dann nochmal zur Theke.

„Hab den Teller vergessen", sagte er zu Ingrid, die nickte, ohne Henry wirklich anzusehen.

–

Während des Frühstücks war die Sonne herausgekommen. Als Familie Steinhaus aus dem Gemeindehaus trat, hatte die Luft sich merklich erwärmt. „Lasst uns 'ne Fahrradtour machen", bat Lukas. „Und Picknicken!", rief Markus.

„Was wollt ihr denn schon wieder essen?" Elisabeth sah ihre Söhne an. „Wir kommen gerade vom Frühstück."

„Wir wollen Ostereier suchen", sagte Markus.

„Im Arboretum", ergänzte Lukas.

„Und wer soll die da verstecken?", fragte Elisabeth.

„Na, ihr." Beide Zwillinge nickten.

Elisabeth und Henry ließen sich nicht lange bitten. Nach dem langen Winter war dies der erste milde Sonnentag.

„Dann lauft nochmal hoch und fragt Ingrid, ob wir ein paar von den übriggebliebenen Eiern haben dürfen", sagte Elisabeth zu den Jungen.

Kurz darauf radelten sie los. Die Jungen hatten auch Thomas und Samuel überredet mitzukommen. Mittlerweile lag fast schon ein bisschen Frühling in der Luft. Die Forsythien ließen zartes Gelb an ihren Knospen ahnen. Der Boden aber war noch gefroren. Hin und wieder musste man eine Eispfütze umfahren.

Die Kinder radelten wie die Wilden voran und Elisabeth, Henry und Thomas gemütlich plaudernd hinterher. Schließlich kamen sie an eine Lichtung mit einem Hochsitz und ein paar Bänken und hielten an.

Thomas hatte die Eier eingepackt und gab nun Henry und Elisabeth einen Teil in die Hände. Alle drei stiefelten in verschiedene Richtungen durch das hohe Gras davon und machten sich ans Verstecken.

Das Arboretum war Anfang der 80er Jahre als Ausgleichsraum für den Flughafenausbau angelegt worden und diente als Naherholungsgebiet für Sulzbach, Schwalbach und Eschborn. Dort wuchsen Bäume und Sträucher aus verschiedenen Regionen der nördlichen Erdhalbkugel. Auch die Ruine eines bis zum Zweiten Weltkrieg genutzten Militärflughafens stand noch verborgen von Zäunen und Hecken im Arboretum.

Elisabeth näherte sich einer Baumgruppe, die von dichten Büschen umwachsen war. Gleich hinter der Baumgruppe lag ein kleiner Weiher. Dort gab es sicher gute Verstecke. Sie bahnte sich einen Pfad durch das kahle, aber dichte Gestrüpp und stand bald unter den Bäumen, wo es auf einmal merklich kühler war und ihre Augen sich nach dem hellen Sonnenschein erst an das Dämmerlicht gewöhnen mussten.

Der Boden war hier noch hart vom Frost. Unter Elisabeths Schuhen knackten Zweige. Auf dem Wasser lag eine dünne Eisschicht wie eine Frischhaltefolie, sodass man Lust bekam, sie ein bisschen einzutreten, zu spüren, wie dick und fest sie noch war. Das Knacken zu hören und zu sehen, wie sich Risse bildeten und ausweiteten wie ein Spinnennetz. Die Jungs würden das tun, sobald sie die Eier entdeckt hätten, vielleicht schon davor. So verlockend es für Elisabeth war, für sie würde es unwiderstehlich sein.

Elisabeth ließ den Blick über den Weiher streifen, den sie auf ihren Läufen und Spaziergängen durchs Arboretum sonst kaum mehr als erahnte, war er doch von Frühling bis Herbst ganz vom Laub der Bäume und Büsche verborgen und auch im Winter noch gut versteckt. Schon jetzt entdeckte sie zarte, hellgrüne Knospen an braun-grauen Zweigen. Noch ein paar Tage, dann würden Blätter sprießen, das Eis schmelzen und die Bewohner dieses Tümpels wären wieder in ihrer schattigen Höhle eingeschlossen.

Elisabeth besann sich darauf, die Eier zu verstecken. Der

Busch zu ihrer Linken war dornig und ausladend. Sie machte einen Schritt nach rechts und hielt sich am dünnen Stamm eines Baumes fest, um nicht das Gleichgewicht zu verlieren, denn sie war auf etwas Unebenes, Weiches getreten und taumelte. Sie sah zu Boden und ein seltsamer Ton entwich ihrer Kehle, halb Einatmen, halb Seufzen. Ihr Fuß stand auf einer Hand, die zu einem unvollkommen unter dem Laub des Vorjahres verborgenen nackten Körper gehörte. Elisabeth sprang zur Seite, fiel fast zu Boden, rappelte sich auf und hielt sich wieder an dem dünnen Baumstamm fest. Sie schloss die Augen und Hitze strömte ihr vom Nacken über die Ohren in den Kopf, schnell öffnete sie sie wieder, sie wollte nicht in blinder Hilflosigkeit an diesem grausigen Ort sein.

Ihr erster Impuls war, wegzulaufen und zu vergessen, was sie gesehen und gefühlt hatte. Sie war geläutert und im Einklang mit sich und der Welt, vielleicht sogar mit Gott gewesen, nach dem frühen Aufstehen in der kalten Luft, dem feierlichen Gottesdienst und dem reichhaltigen Frühstück. Die Karwoche war vorüber, der Herr war auferstanden und die Sonne schien, jagte endlich diesen hartnäckigen Winter davon. Elisabeth barst geradezu vor Frühlingsgefühlen und Aufbruchsstimmung.

Dass sie in diese düstere Tümpellichtung mit ihrem bösen Geheimnis getappt war, war ein Versehen gewesen. Nie wieder wollte sie die Stille und Abgeschiedenheit dieser Welt stören, sie versprach es dem Tümpeldämon bereitwillig. Niemals wieder würde sie den Vorhang aus Blättern, die Mauer aus Zweigen, Ästen und Dornen antasten, viel mehr respektieren, dass die Geister dieser Welt unter sich bleiben wollten, wenn sie nur Elisabeths Welt auch in Frieden ließen.

Gegen ihren Willen suchte ihr Blick die zarte, weiße Haut,

die zwischen braunen, trockenen Blättern hervorschimmerte. Erbarmungslos fügte das Gehirn zusammen, was die Augen sahen, setzte das, was unter dem Laub zu sehen war, zu einem Ganzen: Arme, Beine, Leib und schließlich ein Kopf, ein Gesicht, aus dem blaue Augen starr ins Leere sahen. Das Gesicht war das einer jungen Frau, zarte gebogene Brauen, braune Wimpern, bläulich schimmernde, dünne Haut unter den Augen, braune, kinnlange Haare. Jung und ungeschminkt sah sie aus, unschuldig. Alles, was zu sehen war, war weiß und bloß. Die Leiche war splitternackt, Elisabeth sah eine Schulter, einen Hüftknochen, einen Fuß mit nackten Zehen. Größe 38 vielleicht, dachte sie, und das brachte sie zurück in die Wirklichkeit, in der die Polizei von dieser Leiche erfahren musste.

„Mama!", hörte sie Lukas rufen. „Wo bleibst du? Wir wollen anfangen!" Elisabeth riss sich vom Anblick des leblosen weißen Körpers los und stolperte hastig aus dem Gebüsch. Sie rannte.

„Da kommt sie ja schon", hörte sie Henry sagen.

Sie schüttelte heftig den Kopf und rannte auf Henry zu.

„Wir müssen die Eiersuche abbrechen", keuchte sie, als sie bei den Männern angekommen war. Erstaunt sahen Thomas und Henry in Elisabeths entsetztes Gesicht. „Im Gebüsch liegt eine Leiche. Eine nackte Frauenleiche."

Henry und Thomas schauten ungläubig.

„Wir müssen die Kinder hier wegbringen." Elisabeths Atem ging jetzt etwas ruhiger. „Ich will nicht, dass sie das sehen."

„Okay", sagte Thomas mit belegter Stimme. „Samuel, Kinder!", rief er, „kommt mal hierher. Elisabeth hat dort drüben eine giftige Schlingpflanze entdeckt. Da können wir nicht suchen. Helft uns mal. Ihr könnt auf dieser Seite die Eier suchen, die Henry und ich versteckt haben, und dann fahren wir lieber weiter. Fasst keine Pflanzen an, wenn's geht." Er ging zu den Kindern und führte sie vom Weiher fort.

Elisabeth und Henry sahen sich an.

„Was machen wir jetzt?", flüsterte Elisabeth.

„Wir müssen die Polizei holen."

„Aber erst müssen die Kinder weg", sagte Elisabeth. Die Kinder kamen aus den Büschen zurückgelaufen mit den erbeuteten Eiern in der Hand. Thomas sammelte sie ein. Er sah zu Henry und Elisabeth hin. Henry machte eine kleine winkende Handbewegung, um Thomas zu bedeuten, dass die Kinder fort sollten. Thomas nickte.

Markus löste sich aus der Gruppe und kam auf seine Eltern zugelaufen. „Mama, kann ich die Giftpflanze mal sehen?", rief er.

„Nein, Schatz, lieber nicht!" Elisabeths Stimme klang etwas zu panisch. Markus guckte erstaunt. Da verdunkelte sich der Himmel über ihnen. Eine harmlose kleine Wolke hatte sich vor die Sonne geschoben.

Thomas sagte: „Schaut mal, es fängt vielleicht an zu regnen. Lasst uns lieber nach Hause fahren."

„Ja, steigt auf die Räder, Kinder", stimmte Henry zu.

„Kommt ihr nicht mit?", fragte Markus, da Elisabeth und Henry keine Anstalten machten aufzubrechen.

„Ich will noch schnell die Pflanze fotografieren, damit ich nachher im Internet nachgucken kann, ob ich recht habe mit dem Gift ...", erklärte Elisabeth etwas lahm. „Wenn es jetzt eh regnet, könnt ihr euch zu Hause ja eine DVD anmachen", schlug Henry vor.

„Ja!" Markus machte auf der Stelle kehrt, rannte zu den anderen und gab die frohe Botschaft weiter.

„Die würden ihr Erstgeburtsrecht für eine Vorabendsendung verkaufen", murmelte Henry und wählte eine Nummer in seinem Handy.

„Paul, hier ist Henry", sprach er nach einem Moment in das Telefon. „Wir sind im Arboretum und ..." Er zögerte und sah Elisabeth an, als habe er plötzlich Zweifel. „Also, Elisabeth hat eine Leiche entdeckt. – Nein, das ist kein Aprilscherz! – Bei der Lichtung mit dem Hochsitz. Am Weiher.– Krankenwagen?" Henry sah Elisabeth fragend an. Sie schüttelte den Kopf und biss sich auf die Lippen. „Nein, die Frau ist mit Sicherheit tot." Elisabeth schwankte plötzlich etwas und hielt sich an Henrys Arm fest. „Warte, Paul, ruf doch sicherheitshalber einen Krankenwagen. Mir ist heute schon jemand ohnmächtig geworden. Ja, beeil dich!"

–

Als wenige Minuten später ein Notarztwagen und dicht hinterher zwei Polizeiautos angerast kamen, hatten Henry und Elisabeth sich auf einer der Bänke niedergelassen. Der Notarzt sprang aus dem Auto, sah sich Elisabeth kurz an und sagte dann zu Henry: „Wo ist die Leiche?" Henry deutete auf die Baumgruppe, aus der Elisabeth nach ihrem Fund getaumelt war. „Irgendwo dort, meine Frau hat sie entdeckt." Der Mann rannte zu den Bäumen und stieg dann vorsichtig ins Dickicht. Aus den Polizeiwagen stiegen fast zeitgleich zwei Männer. Einer rannte dem Notarzt hinterher, der andere kam auf Henry und Elisabeth zu. Es war Paul.

„Alles okay mit Elisabeth?", fragte er.

„Ja, geht schon wieder", sagte Elisabeth verlegen. Sie sah bleich aus.

„Der Notarzt wird euch nach Hause bringen", sagte Paul. „Um die Räder macht euch keine Sorgen. Hier rücken gleich jede Menge Wagen von der Spurensicherung an, da kriegen wir eure Räder beide unter. Ich werde dafür sorgen, dass ihr sie heute Abend wieder habt." Jetzt stapfte der Mann aus dem anderen Polizeiauto aus der Baumgruppe heraus und näherte sich ihnen. Als er vor ihnen stand, sagte Paul: „Holger Ungern von der Mordkommission kennt ihr ja schon." Ungern hatte schon einmal in einem Fall mit Paul ermittelt, als ein vermeintlicher Motorradunfall am Eichwald sich als Mordanschlag herausstellte. An Ungern gerichtet sagte Paul: „Elisabeth hat die Frau gefunden."

„Hallo", sagte Ungern knapp. „Haben Sie die Frau angefasst oder irgendetwas am Fundort verändert?"

„Nein. Angefasst nicht", sagte Elisabeth, „aber ich bin auf ihre Hand getreten. Natürlich aus Versehen. So habe ich sie entdeckt." Sie spürte Übelkeit in sich hochsteigen und hielt sich wieder an Henry fest.

„Holger, ich glaube, Elisabeth muss jetzt nach Hause. Du kannst sie später vernehmen", sagte Paul.

Ungern nickte. „Wir sollten uns sowieso erst mal an die Spurensicherung machen, bevor es regnet." Er drehte sich um und ging zurück zum Weiher.

„Ist es euch recht, wenn wir morgen Vormittag so gegen zehn kommen und dir ein paar Fragen stellen?", fragte Paul Elisabeth. Sie nickte. Paul winkte dem Notarzt und dieser öffnete Elisabeth und Henry die Wagentür. Nach einem kurzen Blick auf Elisabeth drückte er ihr eine Brechtüte in die Hand. „Sicherheitshalber", sagte er.

Zweites Kapitel

Als Elisabeth am nächsten Morgen aufwachte, schien die Sonne so hell ins Zimmer, als wäre schon Mittag. Dagegen sprach, dass das Haus so still war. Elisabeth fühlte sich beklommen, ohne zu wissen, warum. Sie hatte wohl etwas Bedrückendes geträumt. Sie hob den Kopf, um auf den Wecker auf dem Nachttisch zu sehen, aber das tat weh. Warum tat ihr Kopf weh? Ach, ja. Sie erinnerte sich. Sie wusste nicht nur, warum ihr Kopf weh tat, sondern auch, woher ihre Niedergeschlagenheit rührte. Seufzend senkte sie den Kopf wieder auf das Kissen. Die tote Frau im Arboretum. Auf deren Hand sie getreten war. Auch jetzt noch jagte das einen unwillkürlichen Schauder durch ihren Körper.

Apropos Körper. Der Kopf tat weh, weil sie, nachdem die Kinder fertig ferngesehen, laut und fröhlich zu Abend gegessen, sich mit Henry um Computer-Spiel-Zeiten gezankt hatten und endlich, endlich ins Bett gegangen waren, – weil sie und Henry sich dann im Wohnzimmer zusammengesetzt und eine Flasche Rotwein getrunken hatten. Von dieser war mehr als die Hälfte auf Elisabeths Konto gegangen. Sie hatten gerätselt, wer die arme Frau wohl war. Wer ihr das angetan hatte. Warum sie nackt war. Ob es ein Sexualverbrechen war. Bei diesem Gedanken stiegen Elisabeth schon wieder die Tränen in die Augen. Sie schluckte und zwang sich, tief durchzuatmen. Sie hatten überlegt, ob man die Kinder allein im Arboretum radeln oder spielen lassen durfte. Was, wenn es sich um einen Serienmörder handelte?

Ob die Polizei heute schon mehr wusste?, überlegte Elisabeth. Oh nein, Paul hatte seinen Besuch für heute angekündigt. Ob man das auf morgen verschieben konnte? Könnte sie sagen, dass sie krank war? Unter Schock stand? Elisabeth hoffte, dass die Kinder noch nichts von der Leiche erfahren würden. Bei dem Gedanken, dass so etwas den Kindern die Ostertage verderben sollte, wurde Elisabeth wütend. Außerdem fürchtete sie die Faszination und Neugier, die ein solches Ereignis mit Sicherheit bei den Kindern auslösen würde, jedenfalls bis es Nacht wurde. Dann würde die Faszination vielleicht doch der Angst weichen.

Abrupt schlug Elisabeth die Bettdecke zurück und stand auf. Henry machte „hmpf". Kleine Baby-Blitze schlugen in ihrem Kopf ein, die sie aber zu ignorieren beschloss. Sie würde nicht daliegen und weinen und Angst haben vor allem und nichts. Elisabeth wankte aus dem Schlafzimmer. Sie suchte im Kleiderschrank im Flur nach ihrer Jogginghose und einem Kapuzenpulli. In der Küche löste sie zwei Aspirin in einem Glas Wasser auf und trank es gierig aus. Sie trank noch zwei Gläser Wasser. Dann zog sie sich, noch etwas wackelig auf den Beinen, die Laufschuhe an. Sie setzte die Kapuze und ihre Sonnenbrille auf und verließ das Haus. Joggen kam wegen der Kopf-Blitze nicht infrage. Aber sie konnte walken. Sie schlug den Weg zum Arboretum ein. Jetzt erst recht. Es war noch kalt, aber die Kälte erfrischte sie. Auf den Wiesen glitzerte Tau. Die Häuser lagen still und verschlafen in der Morgensonne. So früh war niemand unterwegs.

Elisabeth wählte eine Runde, die nicht am Fundort der Leiche vorbeiführte. Sie lief am Bach entlang, Richtung

Schwalbacher Tennisplätze. Am meisten liebte Elisabeth am Laufen, wie es den Kopf durchlüftete. Während sie lief, hatte sie tausend Gedanken, die kamen und gingen, und am Ende hatte sie das Gefühl, dass alles seinen Sinn hatte und irgendwie zu schaffen war.

Während sie den Berg hoch zum Reiterhof marschierte, fiel ihr die Abgabefrist für die Mitarbeiterzeitung der Telesmart ein, die Dienstagmittag ablief. Elisabeth arbeitete als selbständige „Kommunikationsberaterin", wie sie es nannte. Noch besser klang es auf Englisch: „councel of communications". Sie verfasste alle Arten von Texten für Unternehmen, Berichte, Broschüren, Texte für Internetauftritte und – unseligerweise – neuerdings auch eine Mitarbeiterzeitung für die Firma Telesmart.

Ausgerechnet das Schreiben der Mitarbeiterzeitung an eine Externe outzusourcen, war allerdings eine Schnapsidee, wie Elisabeth fand. Sie hatte doch keine Ahnung davon, wie es sich anfühlte, für „Telesmart" zu arbeiten, welche Unternehmenskultur dort herrschte. Sie wusste nicht, ob die Mitarbeiter gerne und freiwillig in ihren Großraumbüros saßen, wie gut diese klimatisiert und wie bequem die Schreibtischstühle waren. Wie waren die Pausen geregelt? Durfte man die Firma über Mittag verlassen? Gab es eine Kantine? Aß jeder für sich allein vor dem Bildschirm, um Zeit zu sparen? Jedes Mal, wenn eine neue Ausgabe der Zeitung mit dem originellen Titel „Telenews" anstand, stellte Elisabeth irritiert fest, dass sie gar nichts wusste und das, nachdem sie schon etliche Stunden bei „Telesmart" verbracht hatte, um genau solche Dinge herauszufinden. Sie hatte Interviews geführt und sogar einen Workshop über eine Umstrukturierung im Callcenter-Bereich besucht. Sie war vor Langeweile fast gestorben.

„Warum habe ich diesen Auftrag überhaupt angenommen?", rief sie den Pferden zu, die ihr aus den Ställen hinterherguckten. Die Antwort kannte sie allerdings selbst. Nach den Weihnachtsferien hatte Ebbe in der Familienkasse geherrscht, weil Familie Steinhaus sich den noch nie dagewesenen Luxus eines Winterurlaubs gegönnt hatte. Als Helmut Krüger, Geschäftsführer der Telesmart GmbH, im Januar bei Elisabeth angerufen und ihr den Job angeboten hatte, hatte sie nicht lange gezögert und zugesagt. Krüger kannte sie aus ihren Zeiten als Vorstandsassistentin. Er war in Ordnung. Nur der Job nervte.

Auf ihre Bedenken, dass sie als Externe kaum authentisch über die Belange der Telesmart-Mitarbeiter schreiben könne, hatte Krüger ihr nahegelegt, sich bei Facebook anzumelden. Ein Großteil der Telesmart-Mitarbeiter sei ebenfalls bei Facebook und betreibe dort ein Mitarbeiter-Forum.

Das war bisher tatsächlich das Beste an dem ganzen Job gewesen. Bisher hatte sie Facebook für einen raffinierten Trick von Wirtschaft und Geheimdiensten gehalten, törichte junge Menschen, die niemals George Orwells 1984 gelesen hatten, dazu zu bringen, ihre Privatsphäre über Bord zu werfen. Nur Krügers wegen hatte sie sich nach langem Hin und Her schließlich, ohne Foto und mit einem absoluten Minimum an persönlichen Angaben, angemeldet. In den folgenden Wochen war sie überrascht gewesen, wie viele ehemalige Bekannte, hauptsächlich Schulfreunde, mit ihr Kontakt aufgenommen hatten. Als sie schließlich auch einige längst verschollen geglaubte Freunde und Reisegefährten aus ihren Auslandsaufenthalten während des Studiums wiederentdeckte, war sie bekehrt. Jetzt verging kein Tag ohne Facebook. Um ehrlich zu sein, manchmal checkte sie mehrmals täglich, ob sie neue Nachrichten oder Freundschaftsanfragen hatte.

Elisabeth lief am Rand des Arboretums entlang zurück Richtung Sulzbach und überlegte, ob es nicht doch an der Zeit wäre, ein Foto von sich auf ihr Profil einzustellen. Als sie auf den Weg zum Tierheim einbog, tauchte in einiger Entfernung vor ihr eine Gestalt auf. Ein Jugendlicher, wie es aussah, die Kapuze über den Kopf gezogen. Ein unbehagliches Gefühl kroch in Elisabeth hoch. Einerseits gut, dass es nur einer war. Schon mal waren ihr früh morgens zwei betrunkene Jugendliche entgegengekommen, die offensichtlich von ihrer Samstagabend-Sauftour nach Hause wankten. Sie hatten Elisabeth zwar nicht weiter beachtet, aber auch damals hatte sie die Luft angehalten und war froh gewesen, dass sie unbeschadet davongekommen war.

Sie zog kurz in Erwägung, ihre Route zu ändern, um den Jugendlichen nicht überholen zu müssen. Das würde aber einen großen Umweg bedeuten und allmählich bekam sie Hunger. Sie sah hinter sich. Niemand war zu sehen. Sie lief weiter. Als sie auf etwa vierzig Meter an den Jungen herangekommen war, drehte der sich nach ihr um, offenbar hatte er sie jetzt erst gehört. Elisabeth atmete auf. Sie kannte den Jungen. Es war Gerôme, der Sohn der Pfarramtssekretärin. Er wohnte mit seiner Mutter auf einem kleinen Aussiedlerhof am Rande des Arboretums, in der Nähe des Tierheims.

„Hallo, Gerôme“, sagte Elisabeth, als sie auf seiner Höhe angekommen war, und verlangsamte ihr Tempo, um neben ihm laufen zu können. Gerôme sah zur Seite und antwortete nicht.

„Warum bist du so früh auf den Beinen?“, fragte Elisabeth. „Gehst du spazieren?“

„Ja, spazieren“, murmelte Gerôme und sah angestrengt von Elisabeth weg. „Am Tag darf ich spazieren gehen. Auch im Arboretum.“ Gerôme war leicht autistisch. Elisabeth kannte ihn gut. Als er noch kleiner war, hatte seine Mutter ihn ab und zu mit ins Gemeindebüro gebracht, wenn seine Schule ausfiel und sie keine Betreuung für ihn hatte. Inzwischen war er sechzehn und konnte auch mal alleine zu Hause bleiben, daher sah Elisabeth ihn nicht mehr so oft wie früher.

„Im Arboretum sind rote Bänder bei dem Weiher“, sagte Gerôme unvermittelt und sah angestrengt an Elisabeth vorbei.

„Ja“, antwortete Elisabeth.

„Warum?“, wollte Gerôme wissen.

„Eine Frau hat sich gestern dort verletzt“, sagte Elisabeth.

„Aha, verletzt“, stellte Gerôme fest.

Sie waren jetzt am Tierheim angekommen. Gerôme bog grußlos ab und murmelte etwas vor sich hin.

„Tschüss, Gerôme, grüß deine Mutter“, rief Elisabeth ihm nach.

–

Als Elisabeth verschwitzt von ihrem Lauf zurückkehrte, duftete es im Haus nach Kaffee. Sie streckte den jetzt schmerzfreien Kopf in die Küche. Henry war dabei, den Tisch zu dekken.

„Na, Ironwoman“, sagte er erstaunt, als er sie in ihren Laufklamotten sah. „Du hast den Wein ja locker weggesteckt, wenn du schon um acht aufstehen und laufen gehen konntest.“

„Na ja, ein paar Aspirin hat es schon gebraucht. Und die ersten Kilometer bin ich eher geschlichen als gelaufen", gab Elisabeth zu.

„Du warst doch nicht im Arboretum?", fragte Henry alarmiert.

„Doch", erklärte Elisabeth. „Ich gehe oft ins Arboretum. Und so ein blöder Mörder soll mir das nicht verderben."

„Du bist total verrückt", sagte Henry. „Was, wenn das so ein Serienkiller ist, der eine Frau nach der anderen umbringt?"

„Ich muss erst mal duschen", zog Elisabeth sich aus der Affäre. Sie wollte sich die gute Laune, in die der Lauf sie versetzt hatte, nicht gleich wieder verderben lassen. Henry hatte natürlich recht. Es war leichtsinnig gewesen und die Kinder würde sie auf keinen Fall so bald wieder ins Arboretum lassen.

„Paul hat angerufen", rief Henry ihr nach. „Er kommt um elf."

Sie hatten gerade die letzten Krümel des Frühstücks vertilgt, als es klingelte. Vor der Tür standen Paul und Ungern. Elisabeth führte sie ins Wohnzimmer. „Wollt ihr noch einen Kaffee?", fragte sie.

Ungern winkte ab.

„Ich gerne", sagte Paul.

Elisabeth holte den Kaffee, schloss die Tür und setzte sich aufs Sofa. Paul saß auf einem Stuhl, den er vom Esstisch herangezogen hatte. Ungern stand am Fenster und sah in den Pfarrgarten hinaus.

„Hältst du nach Scharfschützen Ausschau, oder setzt du dich zu uns?", fragte Paul. Ungern drehte sich um, schaute mürrisch, vielleicht war es aber auch seine Version von verlegen. Zögernd setzte er sich auf den Sessel, sah Paul an und nickte.

„Elisabeth“, begann Paul, „wir müssen dich bitten, nochmal alles ganz genau zu erzählen.“ Elisabeth seufzte und erzählte von der Radtour und dem Eierverstecken, bis zur Entdeckung der Leiche.

„Ist dir irgendetwas aufgefallen – mal von der Leiche abgesehen – klar, die ist dir aufgefallen“, sagte Paul, „sonst säßen wir nicht hier. Ich meine, war irgendwer in der Nähe, lag da noch irgendein Gegenstand, kam die Frau dir bekannt vor?“

Elisabeth dachte nach. „Nein, es ist außer uns niemand dagewesen. Bei der Leiche hat auch nichts gelegen. Auffällig war eher das Nichts an dieser Leiche, das Fehlen der Kleidung, gar keine Kleidung.“ Elisabeth biss sich auf die Lippen.

„Ja“, meldete sich Ungern zu Wort. „Das ist so. Die Leiche war splitterfasernackt, nirgends auch nur ein Kleidungsstück im Umkreis von einem halben Kilometer. Keine Handtasche, keine Papiere. Gar nichts.“

„War es ein Sexualverbrechen?“, fragte Elisabeth. Diese Frage musste jetzt raus, sie würde sonst pausenlos fantasieren, was man dieser Frau wohl angetan hatte.

„Soweit der Arzt das am Tatort beurteilen konnte, nein“, antwortete Paul. „Die Autopsie-Ergebnisse haben wir noch nicht, aber es waren keine Anzeichen von Gewalt, keine blauen Flecken, keine Würgemale, keine ...“ Paul sah das Blut aus Elisabeths Gesicht weichen und hörte auf.

Nach einer kleinen Pause fuhr er fort: „Nur am Rücken hatte sie ein paar Schürfwunden, na ja, und ein Hämatom am Hinterkopf.“ Paul griff in die Innentasche seiner Jacke.

„Meinst du, du könntest dir noch ein Foto vom Gesicht der Frau ansehen?“

Elisabeth nickte. Sie wollte einfach nur alles hinter sich bringen, damit Paul und sein mürrischer Kollege sie in Ruhe ließen. Paul holte das Foto aus der Tasche. Es zeigte eine sehr blasse junge Frau mit braunem Pagenschnitt. Hübsch. Ihre Augen waren etwas gerötet, so als hätte sie geweint.

Elisabeth kniff die Augen zusammen und starrte auf das Foto. „Irgendwie kommt sie mir bekannt vor“, sagte sie schließlich. „Aber ich weiß nicht, woher. Vielleicht habe ich sie mal in der Kirche gesehen. Oder vielleicht ist sie eine ehemalige Konfirmandin von Henry“, überlegte sie. „Tut mir leid, Paul“, sagte sie dann, „mir kommt nichts Konkretes in den Sinn.“

„Okay.“ Paul stand auf. „Wenn dir etwas einfällt, ruf einfach an. Ich werde Henry noch das Foto zeigen.“ Paul und Ungern verabschiedeten sich.

Elisabeth blieb auf dem Sofa sitzen. Draußen sprachen Ungern und Paul mit Henry, der auch nichts Brauchbares zu der Frau auf dem Foto sagen konnte, außer, dass es definitiv keine ehemalige Konfirmandin war. Es war so eine kurze Nacht gewesen, dachte Elisabeth. Aber lang genug, um einen Mord zu begehen.

–

Ilona Rusche saß am PC, als Henry am Dienstagmorgen um zehn das Gemeindebüro betrat. Er hatte schon um neun kurz im Büro vorbeigeschaut und sich gewundert, dass Ilona noch nicht dagewesen war. Das Gemeindebüro befand sich im Erdgeschoss des Pfarrhauses. Henry brauchte nur durch die

Verbindungstür in seinem Arbeitszimmer zu gehen, schon stand er im Gemeindebüro. Natürlich hatte das Büro auch einen eigenen Eingang.

„Morgen, Ilona“, sagte er. „Schöne Feiertage gehabt?“ Er verzichtete darauf, sie zu fragen, warum sie so spät zur Arbeit gekommen war. Am Morgen nach den Osterfeiertagen war der Andrang im Gemeindebüro sicher überschaubar.

Ilona hatte eine Tasse Kaffee vor sich stehen und sah offenbar die Mails durch, die die Gemeinde während der Feiertage erhalten hatte. „Geht so“, antwortete sie, „Gerôme ist total durch den Wind. Ich kann heute auch nur kurz bleiben. Ich kann ihn im Moment nicht lange allein lassen.“

„Warum, was ist denn los?“ Henry setzte sich an den Tisch gegenüber von Ilonas Schreibtisch.

„Ich habe keine Ahnung.“ Ilona wandte sich vom Bildschirm ab und sah Henry an. „Er ist an Ostern regelrecht durchgedreht.“ Sie nahm einen Schluck Kaffee. „Ich glaube, er war in der Osternacht draußen.“

Henry wusste, dass Gerôme ein Wanderer war und den Drang hatte, stundenlang durch die Gegend zu laufen. Schon als er klein war, war das so gewesen. Ilona hatte ihre liebe Mühe gehabt, aufzupassen, dass der kleine Kerl ihr nicht entwischte. Ein paar Mal war die halbe Gemeinde ausgerückt, um ihn wieder einzufangen. Jetzt, wo er den Straßenverkehr beachten konnte, war es nicht mehr so schlimm, wenn er auf eine seiner ruhelosen Wanderungen ging. Sein Orientierungssinn war hervorragend. Ilona musste keine Angst haben, dass er sich verlief.

„Er weiß ganz genau, dass er nachts nicht allein losgehen darf“, sagte sie jetzt. „Ganz genau weiß er das.“ Sie umklammerte die Kaffeetasse, sodass ihre Finger weiß wurden.

„Aber er ist ja zurückgekommen“, versuchte Henry sie zu trösten. „Es ist ja nichts passiert.“

„Trotzdem. Was, wenn ihm mal was zustößt? Wenn er im Dunkeln stolpert und hinfällt, bewusstlos wird. Kein Mensch weiß dann, wo er ist. Oder wenn er die falschen Leute trifft. Außerdem ...“ Sie sah angestrengt in die Tasse. „Er ist seitdem so aufgeregt. Er spricht immer von den Glocken. *Das sind die Totenglocken. Die Totenglocken läuten für die Tote. Das ist der Totenalarm.* So geht es die ganze Zeit.“

„Vielleicht haben die Glocken ihn geweckt und dann ist er rausgegangen. Später hat er dann von der toten Frau gehört und jetzt bringt er das mit den Glocken in Zusammenhang.“

„Von welcher toten Frau?“

„Hast du nichts davon gehört?“

„Wovon denn?“

Da hatte die Sulzbacher Gerüchteküche ja gründlich versagt. Wenn Ilona über die Feiertage zu Hause geblieben war, hatte sie von dem Ganzen wohl nichts mitbekommen. Henry erzählte Ilona alles. „Meinst du, Gerôme hat irgendwie Wind von der Sache bekommen?“, fragte er dann.

„Kann sein.“ Ilona nickte abwesend.

Henry hatte Mitleid mit dem Jungen. Und mit Ilona. Sie hatte es nicht leicht, alleinerziehend, mit einem behinderten Kind und der Sorge, ob dieses jemals in der Lage sein würde, alleine zu leben.

„Ich muss nach Hause.“ Ilona stand auf.

Henry sah sie überrascht an. „Jetzt sofort?“

Ilona drückte auf den Powerknopf und fuhr den PC runter, ohne die Programme zu schließen. Na, da musste er sich ja nicht wundern, wenn immer alles kaputtging.

„Was ist mit der Kirchenvorstandssitzung?“

„Hab ich dir alles in dein Fach gelegt." Ilona goss ihren Kaffeerest ins Waschbecken der kleinen Gästetoilette. Sie griff nach ihrem Mantel und einen Moment später fiel die Tür schwer hinter ihr ins Schloss.

Henry sah ihr nach. Hier machte auch jeder, was er wollte. Er stand auf und holte die Unterlagen aus seinem Fach. Schade, er hatte eigentlich von Ilona erfahren wollen, warum die katholischen Glocken denn nun mitten in der Nacht geläutet hatten. Normalerweise war Ilona nämlich bestens informiert.

–

Am Vormittag brachte Elisabeth Marlene zu den Godots. Die Kinder hatten diese Woche noch Ferien. Da Henry und Elisabeth zu Hause arbeiteten, war dies immer eine gewisse Belastungsprobe. Markus und Lukas waren an schönen Tagen zwar meistens draußen und brauchten kaum elterliche Zuwendung. Marlene aber hatte keinen familieninternen Spielkameraden. Deshalb hatte Elisabeth Marlene mit Tanjas Tochter Marie verabredet. Am Abend hatte Elisabeth bei Tanja angerufen, um zu fragen, ob diese nach ihrer Ohnmacht am Sonntag wieder fit war. Ja, natürlich, es sei doch gar nichts gewesen, hatte Tanja versichert.

Die Godots waren vor etwa einem Jahr nach Sulzbach gezogen. Marie ging mit Marlene in die Klasse. Elisabeth hatte Marie eingeladen, den Kindergottesdienst zu besuchen, und die beiden Mädchen hatten sich angefreundet. Tanja hatte sich durch das Engagement im Festausschuss recht schnell in der Kirchengemeinde eingelebt und Bekanntschaften geschlossen. Elisabeth war erstaunt gewesen, dass diese

Gruppe alteingesessener Sulzbacher die „zugeschmeckte“ Tanja so bereitwillig aufgenommen hatte, aber helfende Hände waren eben immer willkommen, das war in der Kirche nicht anders als in den Vereinen. Jedenfalls wirkte der Festausschuss auf Elisabeth wie eine verschworene Gemeinschaft, in der Tanja mittlerweile als vollwertiges Mitglied akzeptiert war. Elisabeth freute sich darüber, denn sie konnte Tanja gut leiden, nur ihr Mann wirkte etwas unnahbar. Tanja hatte einmal geäußert, dass ihr Mann die Kirchensteuer lieber in einem Jahresbeitrag im Golfclub angelegt sähe.

„Welche Kirchensteuer?“, hatte Henry gefragt, als Elisabeth ihm das erzählte. „Er ist doch gar kein Mitglied. Nur Tanja zahlt von ihrem Halbtagsjob Kirchensteuer. Soll er den Golfclub doch von seinen gesparten Kirchensteuern bezahlen und sie in Ruhe lassen.“

Als Elisabeth und Marlene das Reihenhaus der Godots erreichten, öffnete Horst Godot gerade das Garagentor. Elisabeths Gruß erwiderte er mit einem knappen Nicken.

„Meinen Sie, Tanja ist wirklich wieder richtig fit?“, vergewisserte sich Elisabeth. „Ich habe ein schlechtes Gewissen, dass ich ihr jetzt noch Marlene bringe, aber ich habe heute einen Abgabetermin. Sonst könnten die Mädchen auch bei uns spielen.“

„Ach, Tanja wird sich schon wieder berappeln“, wehrte Godot ab. „Was treibt sie sich auch die ganze Nacht mit den Festausschuss-Frauen herum. Bisschen übertrieben, wenn Sie mich fragen. Dann morgens um fünf schon wieder Osterfeuer, die ist ja gar nicht nach Hause gekommen. Kein Wunder, wenn man da umkippt. Ostern sollte in erster Linie ein Familienfest sein, wenn Sie mich fragen!“ Damit schwang er sich in seinen Audi und fuhr los.

Elisabeth wunderte sich. Sie war ziemlich sicher, dass das Licht im Gemeindesaal aus gewesen war, als sie in der Osternacht gegen elf Uhr ins Bett ging.

„Habt ihr wirklich bis in die Puppen das Osterfrühstück vorbereitet?“, fragte sie Tanja, als diese an die Tür kam, um Elisabeth und Marlene zu begrüßen.

„Ach, wir haben noch ein bisschen zusammengesessen und geschwätzt, na ja, da ist es spät geworden“, erwiderte Tanja.

„So spät, dass du gar nicht mehr nach Hause gegangen bist, wie dein Mann sagt?“

„Natürlich war ich zu Hause!“, widersprach Tanja, „der hat nur so fest geschlafen, dass er nicht mitbekommen hat, wann ich kam.“

–

Wieder zu Hause angekommen, setzte Elisabeth einen Kaffee auf, schmiss den PC an und bereitete sich auf ihren Auftrag vor.

Manchmal vermisste sie ihre Zeit als Assistentin des Finanzvorstands eines großen Unternehmens. Diese aufgeladene Atmosphäre, die dichte Schlagzahl, das gemeinsame Feiern von Erfolgen und vor allem die Kollegen. Vielleicht hatte sie auch deshalb diese blöde Mitarbeiter-Zeitung übernommen, weil ihr die Kollegen fehlten, das Gemeinschaftsgefühl. Die Geburt der Zwillinge hatte für sie jede Art von Karriere beendet, die eine ständige Präsenz im Büro oder eine umfangreiche Reisetätigkeit oder sonst die jederzeitige Verfügbarkeit voraussetzte. Also so ziemlich jede Karriere, für die Elisabeth als Betriebswirtin qualifiziert war. Aber es war in Ordnung. Denn Elisabeth war viel zu gerne in der Nähe ihrer

Lieben, auch wenn diese ihr manchmal auf die Nerven gingen. Vor allem wenn sie Ferien hatten. Immerhin, im Moment war alles ruhig. Keine Kampfgeräusche, keine Schmerzensschreie, keine Quengelei nach Fernsehen oder Computerspielen drangen zu Elisabeths Arbeitszimmer in der kleinen Dachkammer hinauf. Elisabeth seufzte und fing an, aus den Unterlagen der Telesmart und ihren Notizen eine Zeitung zu basteln.

Nach drei Stunden, in denen sie sich eine Glosse, einen Bericht über die Einführung eines neuen Reisebuchungssystems und den „Witz der Woche" aus den Fingern gesogen hatte, wurde im Erdgeschoss die Haustür eingetreten. Jedenfalls hörte es sich so an. Die Zwillinge waren von ihren Streifzügen zurückgekehrt. Bald hörte Elisabeth Getrappel auf der Treppe und Lukas streckte den Kopf durch die Tür. Etwas außer Atem fragte er:

„Wann gibt's zu essen, Mama?"

„Weiß nicht, kocht denn jemand?", fragte Elisabeth zurück.

„Ja, du, Mama!", empörte sich Lukas.

„Nee, Schatz, jetzt nicht. Hab' heute einen Abgabetermin. Macht doch mal zwei Dosen Ravioli warm."

„Oh nee, dann kochen wir lieber Spaghetti", sagte Lukas.

„Ist auch recht", antwortete Elisabeth, es waren ja sicher erst die dritten in den letzten fünf Tagen, „ein Glas Bolo-Sauce müsste im Küchenschrank stehen."

„Wir rufen dich dann!", sagte Lukas und polterte die Treppe hinunter.

Elisabeth reckte sich. Sie war gut vorangekommen und hatte sich ein kleines Päuschen verdient. Sie ging auf Facebook, öffnete ihren Account. Sie blinzelte. „Du hast einen Freundschaftsantrag von Jan Kauder" stand da. Das kleine

Bild eines Mannes darunter, den Elisabeth unter Millionen erkannt hätte. Darunter eine Nachricht von ihm.

Elisabeth hörte die Stille ihres kleinen Arbeitszimmers rauschen wie die Niagarafälle. Ein Freundschaftsantrag von Jan Kauder. Aus heiterem Himmel, ausgerechnet jetzt. Hatte sie nicht vor kurzem noch an ihn gedacht? Ach ja, beim Kammerkonzert, als sie seine Schwester Ingrid gesehen hatte. War das Zufall? Oder Gedankenübertragung? Wo war Jan überhaupt? Spielte Entfernung eine Rolle bei Gedankenübertragung?

Elisabeth wurde klar, dass sie den Moment hinauszögerte, seine Nachricht anzuklicken. Was mochte er ihr nach all diesen Jahren schreiben? Was wollte er von ihr? Und sie? Wollte sie seine Nachricht überhaupt lesen? Wollte sie, dass er wieder eine Rolle in ihrem Leben spielte? Sofern das überhaupt zur Debatte stand, vielleicht überschätzte sie diesen „Freundschaftsantrag", wie es bei Facebook immer so dramatisch hieß, der in 90 % der Fälle doch eher als eine unverbindliche Kontaktaufnahme gemeint war. Vielleicht organisierte er ein Klassentreffen. Jan? Unsinn.

Oder war sie es, die dramatisierte? Schließlich war sie nicht mit Jan verheiratet gewesen. Nicht mal richtig zusammen, jedenfalls nicht für eine nennenswerte Zeit. Und apropos Zeit: Das „Ganze", was da gar nicht so nennenswert gewesen war, war mehr als zwanzig Jahre her. Aber spielte Zeit eine Rolle, wenn es um Gefühle ging? Konnte Zeit etwas über die Intensität einer Bindung aussagen, über die Tiefe einer Enttäuschung? Kam es auf Tage, Wochen, Monate an, wenn man liebte?

„Mama! Essen ist fertig", rief es von unten und der Stolz über diese Aussage war bis ins Dachgeschoss wahrnehmbar.

Der Essensruf zog Elisabeth mit Macht zurück in die Gegenwart. Sie stand auf. Jan hatte vierundzwanzig Jahre gewartet, um sich bei ihr zu melden, er würde auch noch ein bisschen länger warten können.

–

„Mama, hörst du mir überhaupt zu?"

Elisabeth schreckte auf. Die Bolognese-Spaghetti vom Mittagessen waren schon verdaut, die warme Frühlingssonne war hinter dem Gemeindehaus verschwunden und hatte Hof und Garten in ein kühles Schattenreich verwandelt. Familie Steinhaus saß inzwischen vollzählig beim Abendessen. Marlene war von Marie zurückgekehrt und hatte Elisabeth offenbar von ihrem Tag erzählt.

„Nein, Schatz, entschuldige", sagte Elisabeth zu Marlene, die sie irritiert ansah. „Ich war in Gedanken." Die Wahrheit war, dass Elisabeth den ganzen Nachmittag keinen klaren Gedanken mehr hatte fassen können. Jans Nachricht war denkbar kurz gewesen: „Hallo Prinzessin! Wie ist dein Leben? Ich denke an dich. Jan"

„Erzähl bitte nochmal, Marlene, jetzt höre ich bestimmt zu!", sagte Elisabeth.

„Oh nee, nicht nochmal die ganze Geschichte", mischte Markus sich ein. „Sie war bei Marie und Maries Mutter hat die Pfannkuchen verbrannt. Spannender wird's auch beim zweiten Mal nicht."

„Was soll denn das?", ermahnte Henry. „Du willst deine Geschichten auch selber erzählen und möchtest, dass man dir zuhört. Und du erzählst manchmal Donald-Duck-Hefte nach, die ich schon gelesen habe."

„Ja, aber dann sagt ihr auch, ich soll aufhören“, murmelte Markus.

„Wieso hat Tanja denn die Pfannkuchen verbrannt?“, fragte Elisabeth.

„Weil das Telefon geklingelt hat“, erklärte Marlene.

„Das muss ja ein aufregender Anruf gewesen sein“, meinte Lukas, „Mama kann Pfannkuchen backen und telefonieren.“

„Ich weiß nicht“, Marlene zuckte mit den Schultern. „Tanja ist aus der Küche gegangen. Ich habe nur gehört, dass sie gesagt hat: *Elisabeth war hier.*“

„Na, das ist ja auch immer ein Ereignis, über das es sich zu berichten lohnt“, sagte Henry.

„Tanjas Mann war wieder am Meckern“, erzählte Elisabeth. „Tanja sei die ganze Nacht nicht nach Hause gekommen. Das ist totale Übertreibung. Und Ostern sei doch in erster Linie ein Familienfest.“

„Was will er denn da so feiern, als Familie? Eine Auferstehung, an die er nicht glaubt?“ Henry stand auf.

„Wo gehst du hin, Papa?“, fragte Lukas. „Ich bin heute dran mit Abendprogramm.“

„Heute leider nicht“, sagte Henry, „ich habe Kirchenvorstandssitzung. Aber morgen, da bist du dran und dann gnade dir Gott!“

„Ich mach dich alle!“, rief Lukas seinem Vater hinterher.

Das Lieblingsabendprogramm aller Kinder bestand darin, mit Henry zu „kämpfen“. Henry versuchte schon seit einiger Zeit geltend zu machen, dass er eigentlich zu alt für Kämpfe und diese nicht gut für seinen Rücken seien, aber davon wollten die Kinder nichts wissen.

Jetzt beugte er sich zu Elisabeth und gab ihr einen Abschiedskuss. „Hast du deinen Abgabetermin geschafft?", fragte er. Elisabeth schüttelte den Kopf.

„Ich muss heute Abend noch was tun", antwortete sie, „vielleicht sehen wir uns noch, wenn du wiederkommst."

„Das wird aber spät", sagte er im Hinausgehen, „wir gehen anschließend noch was trinken."

–

Tanja sah zu, wie das Blut ins Spülbecken tropfte, kleine Blutpfützchen auf dem nassen Aluminium-Boden bildete, die sich langsam auflösten und mit dem Wasser vermischten.

„Jetzt stellt dieser Heini sein Auto schon wieder vor unserem Haus ab." Horst lehnte an der Arbeitsfläche und sah aus dem Küchenfenster. „Wieso fährt er nicht in seine Garage?" Er sah kurz zu Tanja hin. „Weil er zu fett ist. Wahrscheinlich kommt er nicht mehr raus, wenn er in die Garage fährt. Dann steckt er fest."

Mit Verwunderung nahm Tanja wahr, dass sie das Messer noch immer gegen ihren Finger drückte. Erst jetzt spürte sie einen leichten Schmerz, aber er war gut auszuhalten. Das Blut machte leise „pitsch, pitsch", immer wenn wieder ein kleiner Tropfen an ihrem Finger entlanggelaufen war und auf dem Spülbeckenboden auftraf. Wenn der Schmerz nachließ, drückte sie ein bisschen fester zu. Sie hatte wieder so ein wakkeliges Gefühl in den Beinen wie neulich beim Abendmahl, kurz bevor sie in Ohnmacht gefallen war. Sie lehnte sich gegen den Spültisch. Der Gedanke an das Abendmahl war ihr unangenehm, sie drückte das Messer noch etwas tiefer in die Wunde. Der Schmerz sollte die Erinnerung daran verscheuchen, dass sie als Unreine zum Abendmahl gegangen war.

Denn wer unwürdig isst und trinkt, der isst und trinkt sich selbst zum Gericht … Paulus sagte das, so viel wusste sie noch aus ihren Jugendgruppen-Tagen. Sie hatte gar nicht gehen wollen, aber alle in ihrer Bank waren aufgestanden und es war einfacher gewesen, mitzugehen, als sitzen zu bleiben. Außerdem, wie hätte es ausgesehen, wenn sie als Einzige in ihrer Bank sitzen geblieben wäre? Aber als sie im Altarraum stand, lastete ihre Unwürdigkeit zentnerschwer auf ihr. Wie konnte sie den Leib des Herrn entgegennehmen und aus dem Kelch trinken, nach allem, was sie getan hatte? Wenn Gottes Zorn sie wie ein Blitz treffen sollte, dann sicher jetzt. Ihre Beine hatten angefangen zu zittern, als der Kelch näher und näher kam, und plötzlich war sie weg gewesen. Einfach weg. Wäre sie doch nie wieder aufgewacht.

„Ja, sag mal, spinnst du jetzt total?"

Sie erschrak, als Horst plötzlich neben ihr stand, ihr das Messer aus der Hand riss. „Was soll denn das, bist du total plemplem?" Horst hielt ihr das blutige Messer vors Gesicht.

Marie war vom Tisch aufgesprungen, der schon für das Abendbrot gedeckt war. „Mama, was hast du gemacht? Hast du dich geschnitten?"

„Halb so schlimm, mein Schatz." Die Schnittwunde brannte jetzt fürchterlich. Tanja stiegen Tränen in die Augen.

„Fang jetzt bloß nicht an zu heulen", sagte Horst. „Los, hol dir ein Pflaster und Jod und so." Er machte eine wegscheuchende Handbewegung. Tanja hielt ihren verletzten Finger hoch und fing mit der anderen Hand das Blut auf, damit es nicht auf den Flur tropfte. Im Bad nahm sie das Wundspray aus dem Medizinschrank. Angeblich sollte es schmerzlos sein, brannte aber doch. Mit einem Pflaster war es nicht getan. Umständlich wickelte sie etwas Mullbinde fest um den Schnitt, um die Blutung zu stoppen. Sie klebte ein Stück Leukoplast zur Befestigung auf.

In der Küche hatten Horst und Marie sich an den Tisch gesetzt und angefangen zu essen. Marie sah besorgt auf, als Tanja hereinkam. Tanja setzte sich auf ihren Platz.

„Und weißt du was?“ Horst hatte diesen Tonfall, als wäre er fast geplatzt, bis er es endlich loswerden konnte. „Mit diesem Kirchenkram ist jetzt Schluss.“

„Was willst du damit sagen?“ Tanjas Stimme klang viel zu piepsig.

„Du spielst ja bald Mutter Theresa. Letzte Woche Osterfrühstück, dieses Wochenende Sektempfang für diese – wie heißt das nochmal?“

„Kantorin.“

„Kantorin.“ Er sprach das Wort extra affektiert aus. „Was zum Teufel soll das sein?“

„Das ist eine Kirchenmusikerin. Sie leitet den Chor und spielt die Orgel.“

„Na klasse. Früher hieß so was Chorleiter oder Organist. Wie dem auch sei, die Familie geht vor.“

„Was fehlt euch denn? Ich wasche, kaufe ein, koche, ich weiß gar nicht, was dein Problem ist.“

„Am Wochenende gehört die Familie zusammen. Da unternimmt man was, nimmt sich Zeit.“

„Du musst doch auch manchmal am Wochenende arbeiten oder verreisen.“

„Ja, genau. Aber das ist Arbeit. Damit verdiene ich unsere Brötchen. Davon bezahlen wir das alles hier.“ Eine umfassende Geste, Haus, Auto, alles. Kein Wort über ihren Zuverdienst im Krankenhaus, das war ja nur ein schlecht bezahlter Teilzeitjob.

„So, und wenn schon einer ab und zu am Wochenende arbeiten muss, dann muss der andere erst recht zu Hause sein, bei Marie. Das ist doch klar.“ Er goss etwas zu heftig Wasser in sein Glas, es schwappte über. „So weit kommt’s überhaupt noch, dass die dich als kostenlose Arbeitskraft ausnutzen. Zahlst schon Kirchensteuern und schuftest noch für diesen fragwürdigen Verein. Damit sie sich ihre Paläste bauen können und die Taschen vollstopfen. Und obendrein begrapschen sie noch die kleinen Kinder.“

Tanja sagte nichts mehr. Horst war jähzornig und musste einfach manchmal Dampf ablassen. Es hatte keinen Sinn, dann mit ihm zu diskutieren. Er konnte ihr nicht verbieten, im Festausschuss mitzumachen. Dort waren ihre besten Freundinnen, ihr ganzes soziales Leben, hier in Sulzbach, wo sie seinetwegen hingezogen waren.

„Weinst du, Mama?“ Tanja saß an Maries Bett und sprach mit ihr das Nachtgebet. Horst hatte sich nach dem Abendessen ins Wohnzimmer verzogen.

„Nur ein bisschen.“ Tanja wischte sich die Tränen mit dem Ärmel ab.

„Bist du traurig, weil Papa geschimpft hat?“

„Nein. Vielleicht ein bisschen.“

„Warum will Papa nicht, dass du in der Kirche arbeitest?“

„Ich weiß nicht, mein Schatz. Er denkt, dass ich nicht genug Zeit für euch habe.“

Marie starrte an die Decke und dachte nach. „Dann beten wir jetzt, dass alles wieder gut wird, ja?“, sagte sie schließlich.

Tanja biss sich auf die Lippen und kniff sich heimlich fest in den Arm, damit die Tränen nicht weiterflossen. Zum Glück betete Marie inbrünstig und mit geschlossenen Augen:

„Lieber Gott, ich schlaf nun ein, mach die Augen zu. Du wirst auch noch bei mir sein, wenn heut Nacht ich ruh. Und mach, dass alles wieder gut wird! Amen." Als sie fertig war, strahlte sie ihre Mutter an. „Siehst du."

Tanja gab ihr einen Kuss und löschte das Licht.

–

Der Kirchenvorstand war fast vollzählig versammelt, als Henry den kleinen Gemeindesaal betrat. Schon von draußen hatte er hitzige Stimmen gehört. Jetzt fingen sie anscheinend schon vor der Sitzung an, sich zu streiten. Hoffentlich ging es heute nicht so lang.

Drinnen standen sich Heinz Köhler und Elke Haupt in Kampfhaltung gegenüber. Köhler groß, massig, mit schütteren braunen Haaren. Elke lang und dünn, aber sehnig, irgendwie zäh. „Ich hab dir schon tausendmal gesagt, dass der Rüstwagen immer in der Wache stehen muss!", donnerte Köhler.

„Jetzt reg' dich ab, ich hab's ja gehört", erwiderte Elke.

„Ja, gehört hast du es aber schon die anderen 999 Mal. Ich will wissen, ob du's verstanden hast."

„Heinz, wie oft noch: Ich hatte eh den Pieper über Nacht und war für das Osterfeuer eingeteilt. Was hätte bitte passieren sollen, wenn es in der Nacht noch einen Einsatz gegeben hätte? Ich wäre die Erste gewesen, die davon erfahren hätte, wäre zur Wache gefahren, wie sonst auch, nur eben mit dem Rüstwagen, und hätte euch eingesammelt. Wo ist das Problem?"

„Elke, du weißt genau ..."

„Hm, hm!"

Henry kannte niemanden, der sich so nachdrücklich, ja geradezu bedrohlich räuspern konnte wie Renate Schimmer, die Vorsitzende des Kirchenvorstandes. Sie hatte nach Henry den Saal betreten und am Kopfende des großen Besprechungstisches Platz genommen.

„Herr Köhler, Frau Haupt“, rief sie die beiden zur Ordnung. „Ich würde gerne die Sitzung eröffnen. Meinen Sie, das wäre möglich?“ Beide setzten sich hin, ein bisschen wie Schüler, die sich eine Rüge eingefangen hatten. Die Blicke, die sie sich zuwarfen, bedeuteten aber, dass die Sache noch längst nicht geklärt war und bei nächster Gelegenheit weiterverfolgt werden würde.

Sie tagten im kleinen Saal ganz oben im Gemeindehaus. Henry ging zum Kopfende des großen Tisches. Durch das Fenster konnte er in Elisabeths Arbeitszimmer sehen. Dort brannte Licht. Sie saß am Schreibtisch und arbeitete am PC. Er setzte sich neben Renate Schimmer.

„Also, wir haben als ersten Tagesordnungspunkt den Einführungsgottesdienst für Frau Schönhaupt. Ich nehme an, der Festausschuss bereitet den Sektempfang vor?“ Sie sah fragend zu Ingrid Mach.

„Ja, geht klar.“

„Der Dekan wird kommen und ein Grußwort sprechen“, berichtete Frau Schimmer. Henry kürzte in Gedanken seine eigene Begrüßungsrede um die Hälfte.

„Wer besorgt ein Geschenk?“

Renate Schimmer leitete die Kirchenvorstandssitzung mit Autorität und Zielstrebigkeit, die ihr zweifelsohne ihr früherer Beruf verlieh. Als Ärztin kannte sie zum einen die wahren Tragödien des Lebens und des Sterbens und duldete keine Haarspaltereien um „Ferz“ (Sulzbacher Platt für „Firlefanz“).

Als Hausärztin kannte sie zum anderen die Geheimnisse und Peinlichkeiten nahezu aller Sulzbacher Familien. Auch wenn sie nie gegen ihre ärztliche Schweigepflicht verstoßen hatte, an die sie sich selbstverständlich auch im Ruhestand gebunden fühlte, fiel es doch vielen der sonst so streitbaren Sulzbacher schwer, ihr gegenüber allzu bestimmt aufzutreten. So kam man ohne weitere Zwischenfälle gegen zehn Uhr zum Ende der Sitzung. Früh genug, um noch ein Gläschen im nebenan gelegenen ehemaligen Schulhaus zu sich zu nehmen.

„Kommst du noch mit?", fragte Henry Stephanie, die neben ihm saß.

„Ja", antwortete sie. „Ich will nur noch bei Thomas klopfen, er wollte auch dazukommen."

–

Thomas bewohnte mit seinen Kindern das oberste Stockwerk des Gemeindehauses. Er war Witwer. Seine Frau war vor einigen Jahren an einem Hirntumor gestorben, eine Tragödie, die Thomas und seine Kinder Miriam und Samuel noch lange nicht verwunden hatten. Henry wusste, dass Thomas nicht damit gerechnet hatte, jemals wieder eine neue Beziehung einzugehen.

Henry wartete, bis Stephanie Thomas geholt hatte, und gemeinsam betraten sie die Gastwirtschaft. An der Theke lehnte Paul mit einem Glas Bier in der Hand.

„Hast du auch mal Feierabend?", begrüßte Henry ihn. Der Wirt schüttelte Henry die Hand und fragte nach seiner Bestellung. Auf der Theke standen schon etliche angezapfte Biere.

„Ein Pils, bitte", sagte Henry.

„Ihr hattet wohl Kirchenvorstandssitzung“, stellte Paul mit Blick auf die Kirchenvorsteher fest, die an einem großen Tisch Platz nahmen.

„Bist ein echter Detektiv.“ Henry prostete Paul mit seinem Bier zu.

Elke saß nicht bei den anderen am Tisch. Sie war wohl gleich nach der Sitzung nach Hause gegangen. Wahrscheinlich hatte sie keine Lust auf eine weitere Standpauke von Köhler. Schade. Henry mochte Elke. Bei ihr wusste man immer, woran man war. Auch wenn sie manchmal etwas bärbeißig wirkte, wenn es darauf ankam, konnte man sich auf sie verlassen. Dabei hatte sie einen ganz leisen, knochentrockenen Humor, den man freilich nur bemerkte, wenn man ihr eine Weile zuhörte. Sie riss sich nicht um Aufmerksamkeit.

„Hab' heute Nachmittag den Autopsie-Bericht von der Toten im Arboretum bekommen“, sagte Paul. „Sie ist an einer Kopfverletzung gestorben. Könnte eine Treppe hinuntergestürzt oder mit einem harten Gegenstand, einem Stein zum Beispiel, erschlagen worden sein. Komische Sache ist das jedenfalls. Die Gerichtsmedizinerin war völlig perplex, so was hat sie wohl auch noch nie gehabt.“

„Wieso?“ So außergewöhnlich hörte sich die Todesursache für Henry nicht an.

„Na ja. Die Frau war sozusagen *generalüberholt.* Gewaschen, Augenbrauen gezupft und gefärbt, Wimpern gefärbt.“ Paul zählte an seinen Fingern ab. „Maniküre, Pediküre und frisch geschnittene und getönte Haare. Kein Krümelchen an ihrem Körper, das nicht aus dem Arboretum stammt. Aber das war offensichtlich nicht der Tatort.“

„Wieso nicht?“, fragte Henry.

„Na ja, sie wird wohl kaum frisch gebadet, nackt und ohne Schuhe ins Arboretum gelaufen sein, dazu noch bei der Kälte Samstagnacht."

„Schwer vorstellbar", gab Henry zu. Die Frau tat ihm leid. Wer auch immer sie ins Arboretum gebracht hatte, hätte wenigstens ihren Körper bedecken können. Er war froh, dass er die Leiche nicht gesehen hatte. Schon die Vorstellung, wie sie nackt und bloß dalag, war furchtbar.

„Sie sind noch dabei zu rekonstruieren, wie sie vor ihrer Verwandlung ausgesehen haben könnte. Morgen soll ich ein paar Bilder bekommen. Die würde ich euch dann auch nochmal zeigen", sagte Paul.

„Glaubt ihr denn, sie ist aus Sulzbach? Sie könnte doch auch aus Schwalbach oder Eschborn ins Arboretum gebracht worden sein." Es gab verschiedene Zufahrtswege in das Landschaftsschutzgebiet.

„Keine Ahnung. Aber irgendwo müssen wir ja anfangen, und immerhin habt ihr sie gefunden", erwiderte Paul.

„Am Ende verdächtigst du uns noch."

„Ja, wer weiß, ich habe gehört, dass du Kirchenaustritte sehr persönlich nehmen sollst. Vielleicht sollte ich mir mal eure Statistik ansehen."

„Hör auf, das ist nicht komisch."

–

Während die Kirchenvorstandssitzung ihren Lauf nahm, sagte Elisabeth den Kindern Gute Nacht, räumte noch dies und das auf und stieg dann wieder in ihre Dachkammer hinauf. Nach einem Nachmittag des Aufgewühltseins und der Unschlüssigkeit war ihr nun klar, was sie tun würde. Sie würde ihm antworten. Auch wenn eine Stimme in ihrem Hinterkopf der Meinung war, dass dabei nichts Gutes herauskommen konnte.

Was, wenn er dann nicht mehr antworten würde? Wer sich einmal sang- und klanglos aus dem Staub gemacht hatte, könnte dies auch ein zweites Mal tun. Wie würde sie dann dastehen? Wollte sie wirklich eine zweite Kränkung von diesem Mann hinnehmen, jetzt, mit vierzig, verheiratet, Mutter von drei Kindern? Hatte sie das nötig?

Unsinn, beschied Elisabeth dieser nörgelnden Feigling-Stimme. Gerade mit vierzig war es wohl höchste Zeit, sich mit dieser Teenager-Episode auseinanderzusetzen, um sie dann geklärt und bereinigt endgültig zu den Akten legen zu können. Gerade aus der Sicherheit ihrer Situation heraus konnte sie es wagen, es mit Jan noch einmal aufzunehmen, sagte sie sich, und der Sache einen würdevollen Schlusspunkt verpassen. Einen Schluss, bei dem sie etwas mitzureden hatte, der nicht passiv erlitten werden musste. Einen reifen, selbstbewussten Abgang anstelle der Wertherschen Verzweiflung, die sie ergriffen hatte, als Jan damals einfach abgehauen war. Oder so ähnlich.

Hallo Prinzessin! Wie ist dein Leben? Ich denke an dich. Jan, hatte er geschrieben. Sie schrieb: *Hallo Arschloch. Was geht's dich an?*

„Mama?“

Elisabeth fuhr zusammen. Markus stand im Schlafanzug in der Tür. Meine Güte, hatte er sie erschreckt!

„Markus! Was ist los?“ Elisabeth fühlte sich eigenartig ertappt.

Markus setzte sich in den Sessel. Er nahm den Brieföffner vom Schreibtisch und fuhr mit dem Finger die Klinge entlang. „Weißt du, Mama." Er inspizierte die eingravierte Aufschrift „inoxidable, rostfrei, stainless" und runzelte die Stirn. Dann fing er an, mit der Spitze auf die Tischplatte zu klopfen. Elisabeth streckte den Arm aus und nahm ihm den Brieföffner aus der Hand.

„Was ist los, mein Schatz?"

„Ach, nichts, nur ..." Er lehnte sich im Sessel zurück, legte die Fingerspitzen seiner Hände aneinander und starrte sie an. „Die Miriam."

Ach, dachte Elisabeth. „Was ist mit Miriam?"

„Die ist so komisch geworden."

„Wie denn, komisch?"

„Na ja, wie die jetzt aussieht, so geschminkt und so Klamotten. Und die ist überhaupt nicht mehr lustig."

Markus hatte sich im Winter in Miriam verliebt, das war Elisabeth nicht entgangen.

„Na ja, sie ist jetzt voll in der Pubertät. Da verändern sich die Kinder. Werden erwachsener." Und unzurechnungsfähiger, fügte sie in Gedanken hinzu.

„Pff, das hat doch mit erwachsen nichts zu tun. Du schminkst dich ja auch nicht so."

„Was stört dich denn? Die Schminke?"

„Nee. Dass sie nichts mehr mit uns macht, du weißt schon."

„Hm." Elisabeth nickte. „Das ist sicher nur so eine Phase. Sie wird bestimmt wieder normal und dann gibt sie sich auch wieder mit euch ab."

„Wie lange dauert so was, Pubertät?"

„Drei, vier Jahre?"

„Drei, vier Jahre!“ Markus sah sie entsetzt an. Das war ein Drittel seiner bisherigen Lebenszeit.

„Vielleicht auch kürzer.“

„Hoffentlich.“

„Ja, hoffentlich“, sagte Elisabeth.

Markus saß noch eine Weile im Sessel und starrte in die Dunkelheit hinaus. Schließlich stand er auf.

„Ich geh dann mal.“

„Gute Nacht, Schatz.“

„Ja.“

Drittes Kapitel

Noch so sauer, Prinzessin, nach 24 Jahren?, blinkte Elisabeth am Morgen Jans Antwort entgegen. Elisabeth wurde rot vor Empörung. Prinzessin, Prinzessin. So hatte er sie damals genannt. Jedenfalls nachdem er irgendwie mitbekommen hatte, dass sie den gleichen Planeten bewohnte wie er. Das war auf der Skifreizeit in ihrer zwölften Jahrgangsstufe gewesen, die seine dreizehnte war.

Elisabeth war Ingrids hübscher kleiner Bruder schon lange aufgefallen. Jeder kannte Jan. Er war cool. Trug eine Lederjacke. Einen Ohrring. Ging selten zur Schule, nur gerade so oft, um nicht ernsthaft Ärger zu bekommen. Elisabeth hatte oft davon geträumt, ihn kennenzulernen, mit seinen Freunden abhängen zu dürfen. Aber dies schien schon deshalb zum Scheitern verurteilt, weil Elisabeth nicht rauchte. Und wie konnte man in der Raucherecke abhängen, wenn man nicht rauchte und auch keine Freunde hatte, die rauchten?

Dann kam die Skifreizeit. Anfangs schien es so, als bliebe auch hier das schulische Kastenwesen unverändert. Die Coolen waren mit den Coolen zusammen, die Normalen mit ihren normalen Freunden und die Uncoolen waren schlau genug gewesen, gar nicht erst mitzufahren. Bis Jan sich eines späten Abends plötzlich zu Elisabeth setzte.

„Willst du für immer an mir vorbeisehen oder wirst du mal zugeben, dass ich existiere?", hatte er zu ihr gesagt.

„Was?“ Das war ja verkehrte Welt! Anscheinend hatte sie so gründlich die Hoffnung aufgegeben, dass Jan sie jemals bemerken würde, dass sie es sich abgewöhnt hatte, zu ihm hinzusehen, seine Nähe zu suchen, ihn überhaupt noch wahrzunehmen. Das wiederum war Jan nicht gewohnt. Elisabeth erschien ihm auf einmal interessant. Er wich den ganzen Abend nicht von ihrer Seite, und sie redeten bis fünf Uhr morgens. In dieser Nacht hatte er angefangen, sie Prinzessin zu nennen.

Nicht „noch sauer nach 24 Jahren“, tippte Elisabeth. *24 Jahre vergingen ganz prima, ohne dass du eine Rolle in ihnen gespielt hättest.* (Das war gelogen. Sie hatte oft an ihn gedacht. Nur in den letzten zehn Jahren vielleicht nicht mehr so oft.) *Aber da du anscheinend plötzlich wieder wild auf eine Rolle bist: die Ich-hab-mich-wie-ein-Arsch-benommen-und-sang-und-klanglos-verpisst-Rolle ist noch zu vergeben.*

Ja, sie war noch sauer. Und enttäuscht, gekränkt, verwirrt, aufgeregt, musste Elisabeth sich eingestehen. Sie klickte auf „senden“. Eine Gänsehaut machte sich auf ihren Armen breit. Sie wippte nervös mit dem Fuß. So ging das nicht. Sie konnte nicht hier sitzen und warten, dass Jan antwortete. Sie konnte aber beim besten Willen auch nichts arbeiten. Was könnte sie denn erledigen, etwas, wobei sie sich nicht konzentrieren müsste? Frisör! Ja, das war genau das Richtige. Elisabeth griff zum Telefon und meldete sich bei Annemarie an.

Als Elisabeth gerade aus dem Haus gehen wollte, sah sie die Gestalt eines Mannes durch das Butzenglas der Tür. Mist, hoffentlich kein Obdachloser/Bedürftiger/Bonifaziuswegpilgerer/Für-die-Tiere-im-Zirkus-Sammler oder wer sich sonst zu jeder Tageszeit vor einem Pfarrhaus einfinden konnte, dachte sie. Prompt klingelte es. Sie ging zum Küchenfenster, öffnete es und sah hinaus. „Ach, Paul!“, rief sie erleichtert, „warte einen Moment.“

„Hast du kurz Zeit?“, fragte Paul, als sie ihm die Tür öffnete.

„Eigentlich bin ich gerade auf dem Weg zum Frisör.“

„Brauchst du gar nicht.“ Paul durfte man kein „eigentlich“ geben, das hätte Elisabeth mittlerweile wissen können.

„Es dauert nicht lange“, versprach er, als er schon auf dem Weg zum Wohnzimmersofa war. „Hat Henry dir von den Autopsie-Ergebnissen erzählt?“

„Nein.“ Elisabeth hatte demonstrativ Schuhe und Jacke anbehalten und setzte sich widerstrebend in den Sessel, Paul gegenüber. „Ich habe ihn gestern Abend nicht mehr gesehen und beim Frühstück, vor den Kindern, wollte er sicher nicht darüber sprechen. Was gibt es denn?“

Paul erzählte ihr von der „Generalüberholung“ der Leiche. Elisabeth schwieg einen Moment, um die Information auf sich wirken zu lassen.

„Vielleicht wollte sie heiraten“, sagte sie dann. „Das wäre so ein Anlass, zu dem eine Frau das volle Schönheitsprogramm über sich ergehen lassen würde.“

„Wäre eine Möglichkeit“, stimmte Paul zu und notierte sich „Braut?“ auf seinem Notizblock. Dann kramte er Papiere aus der Tasche.

„Nicht noch mehr Fotos!“ Elisabeth hob abwehrend die Hand. Die Erinnerung an die leibhaftige Tote machte ihr noch genug zu schaffen.

„Kein Foto“, sagte Paul. „Wir haben versucht zu rekonstruieren, wie die Frau vor ihrer Verwandlung ausgesehen haben könnte. Es sind ein paar Bilder mit verschiedenen Haarlängen.“ Er legte drei Bilder vor Elisabeth auf den Tisch.

„Die Frau war blond?“, rief Elisabeth aus.

„Ja“, bestätigte Paul. „Sie hatte eine Tönung. Die kann man im Labor anscheinend so entfernen, dass man die Original-Haarfarbe wieder bekommt.“

„Das ist komisch.“

„Wieso ist das komisch?“, wollte Paul wissen.

„Weil die meisten Frauen blond sein wollen. Ich weiß nicht, warum eine Frau sich so eine mausbraune Tönung machen sollte, wenn sie naturblonde Haare hat“, sagte Elisabeth. „Jedenfalls nicht, wenn sie heiraten will. Dann will man doch so aussehen, wie man aussieht, nur schöner eben. Man will doch nicht, dass die Kinder in zehn Jahren die Hochzeitsbilder angucken und sagen: Papa, wer war denn eigentlich deine erste Frau, die mit den mausbraunen Haaren?“

„Vielleicht wollte sie sich verstecken“, sagte Paul. „Vielleicht wurde sie gesucht.“

„Aber von wem? Von der Polizei? Das musst du doch rausfinden können.“

„Wir vergleichen die Bilder gerade mit unserer Kartei und den als vermisst gemeldeten Frauen“, sagte Paul. „Es gibt aber noch eine andere Möglichkeit.“

Elisabeth sah ihn fragend an.

„Vielleicht wollte sie sich vor ihrem Mörder verstecken“, sagte er.

–

Als Elisabeth endlich in Annemaries Frisörladen ankam, verfrachtete diese sie gleich auf den Stuhl am Waschbecken und fragte: „Wie immer?“

Elisabeth bestätigte das. „Wie immer" bedeutete: widerspenstige Chaoslocken ausdünnen und ordentlich schneiden und erste graue Haare mit Tönung in eigener Haarfarbe abdecken. Nein danke, keine „Pflege" für acht Euro und weitere fünfzehn Minuten Wartezeit. Ach ja, und Augenbrauen in Form zupfen und ganz sachte färben.

Es dauerte lange, bis man seine Frisörin dahin erzogen hatte, das zu tun, was man wollte, und zwar wie man es wollte, sowie Dinge zu lassen, die man nicht wollte, ja endlich auch die Überredungsversuche hierzu sein zu lassen. Bei Annemarie war Elisabeth diese Erziehungsarbeit einigermaßen gelungen und daher hielt sie ihr die Treue, auch wenn Annemarie es nicht lassen konnte, hin und wieder über Elisabeths „unmögliche" Haare zu meckern, was Elisabeth wiederum unmöglich fand für eine Dienstleisterin. Vielleicht war das der Haken, und Elisabeth verstand nicht, dass Annemarie eine Künstlerin war und keine „Dienstleisterin".

Annemarie wusch Elisabeth die Haare. Elisabeth schloss die Augen. Haarewaschen war mit Abstand das Beste am ganzen Frisörbesuch. Man musste nicht reden und die Kopfmassage war schön entspannend.

Viel zu bald schlang Annemarie Elisabeth ein Handtuch um den Kopf und bat sie zu einem anderen Stuhl. Sie holte sich einen Hocker auf Rollen heran und fing an, ihr die Haare zu kämmen und dann zu schneiden.

„Herrlich, dass es endlich Frühling geworden ist", sagte Elisabeth, um nicht weiter stumm wie ein Fisch dazusitzen. Wetter als Gesprächsthema war zwar nicht sehr einfallsreich, aber unverfänglich. Außerdem war Elisabeth schließlich hier, um sich verwöhnen zu lassen. Und das Hirn abzuschalten.

„Hat ja lange genug gedauert, die Kälte." Annemarie nuschelte die Worte zwischen dem Kamm hindurch, den sie mit dem Mund hielt, während sie eine Partie Haare abteilte und mit einer Klammer feststeckte.

„Ich war am Ostermontag im Arboretum laufen, seit Ewigkeiten wieder mal", erzählte Elisabeth. Laufen war auch ein gutes Gesprächsthema, eine Gemeinsamkeit zwischen ihnen. Elisabeth sah Annemarie manchmal beim Joggen im Wald. Annemarie joggte allerdings in einer anderen „Liga" als Elisabeth, die die Disziplin des moderaten Hausfrauenjoggings pflegte: fünf Kilometer, nicht besonders schnell, in schlabberigen, ausgewaschenen Sportklamotten. Annemarie dagegen lief grundsätzlich in knappen, signal-farbenen Sportsachen und bis an die Zähne mit kleinen Gewichten hier und da bewaffnet, 10 Kilometer mindestens und die wahrscheinlich schneller als Elisabeth ihre fünf.

Überhaupt hatte diese Frau eine Wahnsinns-Disziplin, dachte Elisabeth. Ihr Mann hatte sie vor vielen Jahren mit einem Berg Schulden sitzen lassen und sich wer-weiß-wohin abgesetzt. Annemarie biss sich durch, stotterte die Schulden von ihrem Frisörinnen-Lohn ab und machte auch da nicht halt, sondern brachte es bis zum eigenen Laden. Zu Hause pflegte sie ihre alte Mutter und hatte noch Zeit für den Festausschuss. Und immer sah sie tipp topp aus. Manche Leute verfügten über Energiequellen, die sie, Elisabeth, noch nicht erschlossen hatte. Sie brauchte an den meisten Tagen einen Mittagsschlaf und trotzdem fielen ihr abends um zehn pünktlich die Augen vorm Fernseher zu, wenn sie sich nicht schon vorher mit einem Buch ins Bett zurückzog.

„Sag mal, Annemarie", fragte Elisabeth. „Hast du eigentlich manchmal Blondinen, die sich die Haare dunkel tönen lassen?" Annemarie hielt inne und sah Elisabeth im Spiegel an.

„Ja, manchmal. Warum fragst du?"

„Ach, nur so." Elisabeth war sich plötzlich nicht sicher, ob diese Information, die sie von Paul über die Autopsie hatte, vertraulich war.

„Manche Frauen haben Strähnen oder Highlights, die rausgewachsen sind, und wollen dann wieder eine einheitliche Haarfarbe haben", erklärte Annemarie.

„Ja, aber ich meine so eine richtige Blondine, eine Naturblonde", sagte Elisabeth. „Die würde sich doch normalerweise nicht die Haare dunkler färben. "

„Weiß nicht", sagte Annemarie, „manche wollen auch mal was Neues ausprobieren."

Elisabeth meinte hier einen Vorwurf herauszuhören und verfiel in Schweigen.

–

Nach dem Mittagessen gönnten Henry und Elisabeth sich einen Kaffee. Sie saßen am aufgeräumten Küchentisch, die Spülmaschine brummte. Elisabeth war zufrieden, denn Henry hatte bemerkt, dass sie beim Frisör gewesen war, und ihre Frisur gelobt. Denn um ehrlich zu sein, konnte er selten sehen, wofür genau da 40 Euro den Besitzer gewechselt hatten.

„Wie war eigentlich die KV-Sitzung?", fragte Elisabeth. Sie goss Milch in ihren Kaffee und hielt Henry die Milchtüte hin.

„Ganz gut. Alle sind schon aufgeregt wegen der neuen Kantorin. Haben Angst, dass sie allerlei ‚neumodischen Ferz' einführen will."

„Gibt's dafür denn Anhaltspunkte?"

„Ach, woher. Sie hat nur angekündigt, mit tibetischen Klangschalen arbeiten zu wollen."

„Ach, du meine Güte", sagte Elisabeth. „Spielt sie denn kein Instrument?"

„Doch, sie ist A-Musikerin", sagte Henry. „Und sie singt ganz fantastisch. Ich habe sie mal drüben in Eschborn gehört, wo sie in einem Festgottesdienst gesungen hat. Stephanie fand sie ein bisschen affektiert, aber mir hat's gefallen." Henry goss Milch in seinen Kaffee und stand kurz auf, um die Milchtüte in den Kühlschrank zu stellen. „Hat Paul übrigens mit dir gesprochen?"

„Ja", antwortete Elisabeth. „Er hat mir Bilder davon gezeigt, wie die Tote vielleicht wirklich ausgesehen hat. Irgendwie kommt sie mir bekannt vor, aber ich weiß nicht, woher."

Es klingelte. Henry und Elisabeth sahen sich an. Die Leute hielten nichts von Mittagspausen. „Ist bestimmt für den Herrn Pfarrer", sagte Elisabeth. Der Herr Pfarrer stand ächzend auf und ging zur Tür.

–

Vor der Tür stand Frau Reichert, eine Ex-Konfi-Mutter, mit ihrem Ex-Konfi Bernd im Schlepptau, der mürrisch dreinblickte. Frau Reichert hatte eine Einkaufstasche in der Hand. Bernd trug Turnschuhe mit offenen Schnürsenkeln, tiefsitzende, Unterhosen-hervorblitzen-lassende Jeans und einen schwarzen Kapuzenpulli. Kopfhörer umschlangen seinen Nacken wie ein Collier, das man falsch herum angezogen hatte, und ein Kabel verschwand im Kragen des Kapuzenpullis.

„Herr Parrer, isch muss emol mit Ihne redde, des geht net so weiter mit dem Bernd“, sagte Frau Reichert. „Herr Pfarrer“ diente anscheinend als Anrede und Begrüßungsformel in einem.

„Jetzt?“, fragte Henry wenig begeistert.

„A ja, isch dacht“, sagte Frau Reichert und wirkte für einen Moment etwas ausgebremst, nahm dann aber von neuem Anlauf: „Herr Parrer, isch bin so verzweifelt mit dem Bub, Sie müsse uns jetzt emol helfe!“

Das musste er wohl. Henry bat die beiden herein und ging mit ihnen durch sein Arbeitszimmer hindurch ins Gemeindebüro. Dort führte er sie ins Besprechungszimmer. Frau Reichert ließ sich auf den Stuhl fallen, den Henry ihr anbot. Bernd stand einen Augenblick unschlüssig herum und setzte sich dann am anderen Ende des Tisches auf den Stuhl, der am weitesten von seiner Mutter und Henry entfernt war. Henry schloss die Tür zur Pfarrwohnung und setzte sich ebenfalls.

„Was ist denn passiert?“, fragte er.

„Ei, isch hab ja alls Äjer mit dem Bernd“, fing Frau Reichert an, als säße der Junge nicht im gleichen Zimmer, „jeden Abend drauße bis in die Puppe, in der Schule schlechte Note, de Hoam en Ton, dass mer sich schäme muss. Aber des hier, des schlädt dem Fass de Bodem aus!“ Frau Reichert hielt anklagend eine Frauenhandtasche hoch und ließ sie vor Henrys Augen hin und her baumeln. Die Handtasche sah eigentlich ganz annehmbar aus. Henry guckte fragend.

„Die hab isch heut bei ihm im Zimmer gefunne, als isch ihm die Wäsch in'n Schrank leje wollt.“ Frau Reichert öffnete die Tasche. „So, und hier is e Portemonnee mit Geld, en Schlüssel, und en Nokia-Handy, wo de Akku leer is. Aber das Beste kimmt noch!“ Sie kramte in ihrer Einkaufstasche, die auf dem Fußboden stand. Als sie wieder nach oben kam, streckte sie eine hellbraune Stiefelette in die Höhe. „En Fraueschuh!“, sagte sie überflüssigerweise.

„Wo hast du die Sachen denn her?“, fragte Henry Bernd. Bernd starrte Henry eine Weile an und zuckte schließlich mit den Schultern.

„Sehe Sie, und so is des immer mit dem“, rief Frau Reichert aufgebracht, „der redd net. Der redd einfach net.“

„Frau Reichert“, sagte Henry und beugte sich etwas zu ihr nach vorne. „Vielleicht wäre es besser, wenn Bernd und ich uns mal unter vier Augen unterhalten würden, so unter Männern gewissermaßen.“

Frau Reichert sah Henry einen Moment lang an und schien zu überlegen. Dann sagte sie: „Is recht. Ihr Frausche wird mir sicher e Tasse Kaffee mache.“ Sie stand auf und verließ das Büro in Richtung Pfarrwohnung. Henry hegte Zweifel, aber das mussten die beiden Frauen jetzt unter sich ausmachen.

Bernd saß tief in die Stuhllehne gefläzt mit breit aufgestellten Beinen da und guckte mürrisch aus dem Fenster, als ginge ihn das alles nichts an. Henry ließ den Blick über die Tasche und die Stiefelette gleiten. Irgendetwas in seinem Hinterkopf bimmelte, so wie ein Wecker in einem entfernten Zimmer, den man gestellt und dann vergessen hatte. Henry schob das weg, er musste sich jetzt um Bernd kümmern. Er lehnte sich auch in seinen Stuhl zurück. Sie saßen eine ganze Weile so da, während Henry überlegte.

Henry erinnerte sich an Bernd, der im vergangenen Jahrgang seinen Konfirmandenunterricht besucht hatte. Es war – wie meistens in Sulzbach – eine große Gruppe gewesen, mit der nicht leicht zu arbeiten war. Bernd hatte wenig zum

Unterricht beigetragen, ließ alles mehr oder weniger an sich vorüberziehen. Von Frau Reichert wusste Henry, dass Bernds Vater die Familie verlassen hatte, als Bernd zwei war. Außer Bernd gab es noch zwei wesentlich ältere Geschwister. Frau Reichert musste schon gut vierzig gewesen sein, als sie ihn bekam. Vielleicht hatte der Vater keine Lust mehr gehabt, wieder mit einem Kleinkind im Haus von vorne anzufangen. Henry seufzte.

Bernd besuchte die Realschule am Ort. Anhand der wenigen Male, die Henry Bernd zur Mitarbeit bewegen konnte, hatte er den Eindruck gewonnen, dass hinter der gleichgültigen Fassade ein recht waches Gehirn arbeitete.

Bernd verlagerte seine Stellung, ohne den Blick vom Fenster zu wenden. Dann rutschte er zurück in die alte Stellung. Er schlug ein Bein über das andere. Henry sagte: „Was ist denn jetzt mit der Tasche, Bernd? Und dem Schuh?"

Bernd schwieg. Henry schwieg auch. Er besah sich die Tasche und öffnete das Portemonnaie. Zweihundertfünfzig Euro waren darin. Er klappte es zu und legte es zurück in die Tasche. In der Tasche waren noch eine Packung Papiertaschentücher, eine Packung Kaugummi und ein Lippenstift. Er schloss die Tasche wieder. Dann wandte er sich zu Bernd und sagte: „Du hast recht, Bernd. Hier ist irgendwie so eine Atmosphäre des Misstrauens. Ich denke, es ist das Beste, wenn wir erst mal gemeinsam beten und Gott unser Herz öffnen, damit wir zueinander Vertrauen finden können."

„Nee, ist ja gut", sagte Bernd und setzte sich aufrecht hin. „Ich hab die Tasche im Stichel gefunden. Samstagnacht."

„Aha." Henry lehnte sich zurück. „Wann war das denn so?"

„So um zwölf", antwortete Bernd.

„Und was hast du so um zwölf im Stichel gemacht?", fragte Henry.

„Nix", sagte Bernd mürrisch.

Henry und Bernd wussten beide, was man nachts als Jugendlicher im Stichel machte.

„Wie genau hast du denn die Tasche gefunden?"

„Voll zufällig halt." Bernd zuckte mit den Schultern. „Wir waren abgehauen, als wir jemanden den Stichel hochkommen sahen, weil meine Alte ..."

Henry guckte böse.

„... also weil meine Mutter immer so einen Stress macht, wenn ich mit den Kumpels abhänge. Ich dachte, da kommen so Leute vom Konzert-Abend zurück. Könnte ja sein, dass mich da jemand kennt. Dann kam da aber nur so eine blonde Schnecke aus der anderen Richtung angetrippelt."

„Ja, aber was war denn dann mit der Tasche", wollte Henry wissen.

„Na, ich bin dann wieder nach unten, weil ich meine – meine Cola neben dem Zaun stehen lassen hatte und der Andi, also mein Kumpel, der hat seinen O-Saft über die Mauer geworfen, als wir abgehauen sind. Wir hatten also nix mehr zu trinken und ich wollte die Cola holen. Die hatte aber irgendein sau ..."

Henry machte noch einmal den Blick, der eben ganz gut gewirkt hatte.

„... also irgendein sauberer Sulzbacher muss die Cola ausgeschüttet haben. Ich hatte die Dose in eine Nische an der Mauer gestellt. Als ich sie holen wollte, war sie leer. Dafür lag ein bisschen weiter unten aber die Tasche. Die lag so an der Mauer, dass man sie kaum sehen konnte, da war es dunkel. Und der Schuh lag ein Stück weiter."

„Und da hast du gedacht, die nehme ich mal mit", vervollständigte Henry. „Was um Himmels willen wolltest du denn nur mit dem Schuh?"

Bernd sah jetzt wirklich verlegen aus. „Keine Ahnung. Mann, ich war ganz schön voll. Ich dachte, den hat vielleicht eins von den Mädels verloren."

„Von welchen Mädels sprichst du denn jetzt?"

„Ach, die wir vorher getroffen hatten, ist ja auch egal. Die waren gar nicht mehr dabei, aber ich dachte, vielleicht gehört einer von denen der Schuh."

„Also, du hast die Tasche und den Schuh nicht genommen, um sie zu behalten, das ist schon mal klar", fasste Henry zusammen. „Deshalb ist das Geld ja auch noch drin. Als du wieder nüchtern warst, wusstest du nicht, wohin mit den Sachen und wo du dein Aschenputtel finden könntest, um ihr den Schuh wieder anzuziehen. Mann, Bernd, du bist vielleicht ein Märchenprinz." Henry schüttelte den Kopf. „Ich glaube dir, dass du kein Dieb bist. Aber ich kenne dich ja auch ein bisschen. Kannst du dir vorstellen, wie das hier für einen Außenstehenden oder für die Polizei aussehen würde?"

Bernd senkte den Kopf.

„Du bist doch kein Krimineller. Du bist ein prima Kerl. Aber du musst auf dich aufpassen. Die Sauferei kann dich in Teufels Küche bringen. Weil dann solche Sachen passieren. Sachen, die außer Kontrolle geraten. Außerdem brauchst du deinen Grips noch. Du musst doch einen Beruf lernen und einen Job finden. Oder willst du dir ein Leben lang deinen Suff von der Stütze finanzieren lassen, bis die Leber nicht mehr mitmacht?"

Bernd sah jetzt wirklich unglücklich aus. Henry zwang

sich, die Predigt hier zu beenden, auch wenn er noch einiges zu sagen hätte.

„Ich will dich nicht abkanzeln, Bernd“, sagte er. „Ich mache mir nur Sorgen. Und deine Mutter sowieso. Sie hat Angst, dass du auf die schiefe Bahn gerätst, und das nicht ganz unbegründet. Gut, aber jetzt bringen wir das in Ordnung, einverstanden?“

Bernd sah Henry erwartungsvoll an. „Meinst du, du könntest die Sachen ins Fundbüro bringen, denen erklären, dass du sie Samstagnacht im Stichel gefunden hast, als du mit deinen Freunden da „abgehangen“ hast?“

„Das soll ich denen sagen?“, fragte Bernd. „Die denken doch sofort, dass wir gesoffen haben.“

„Ja, klar denken die das“, bestätigte Henry. „Aber das habt ihr ja auch. Wenn dir das peinlich ist, dann hör auf mit dem Saufen. Wenn es okay für dich ist, dann kannst du es ja auch zugeben.“

Bernd nickte langsam. „Und meine Mutter?“, fragte er.

„Der sage ich, dass du die Sache in Ordnung bringst, und dass sie nicht weiter fragen soll“, sagte Henry. „Dass sie sich daran hält, kann ich allerdings nicht versprechen.“

„Ist klar“, sagte Bernd.

„Gut“, sagte Henry. „Ich lasse dich hier vorne raus, dann rede ich noch ein paar Takte mit deiner Mutter. In der Zeit kannst du die Sache schon hinter dich bringen.“

Bernd nahm die Tasche und den Schuh an sich und schlurfte mit seinen offenen Schuhen und den abgerissenen Hosenbeinen zur Bürotür hinaus. Henry wappnete sich für eine weitere Dosis Frau Reichert und hoffte, dass sie nicht mit seinem Frauchen aneinandergeraten war.

–

Elisabeth hatte Frau Reichert mit dem restlichen Kaffee versorgt, der von ihrem und Henrys unterbrochenen Kaffeestündchen übrig geblieben war. Zähneknirschend setzte sie sich zu ihr, denn noch weniger als mit ihr anstelle von Henry Kaffee zu trinken, wollte sie sie allein in ihrer Küche oder in Henrys Arbeitszimmer lassen.

„Na, wie laufen die Geschäfte, Frau Reichert?", fragte sie. Frau Reichert arbeitete in einer Änderungsschneiderei und Reinigung in Sulzbach.

„Ach, mir habe vill Ärbet, aber des is ja gut, in dene Zeite", antwortete Frau Reichert. „Wisse Sie, was des diesmal für e Sauerei war, die Gewänder von dene Ministrante zu reinige?"

Ach ja, Elisabeth erinnerte sich an die dreckigen Gewänder beim Osterfeuer. „Was war denn da eigentlich passiert?", fragte sie.

„Die müsse da unne im Stichel ausgerutscht sei. Des war ja so kaal in der Nacht. Da hat's gefrorn, aber ka Wasser, sondern Cola oder äjendwie so was. Des sind die junge Leut', die unglückselige, die wo sich da alls im Stichel rumtreibe tun und diese Alkopops trinke."

Sie machte eine Kopfbewegung Richtung Gemeindebüro und seufzte. „Der Bernd ist da aach dabei, aber da kann mer sich de Mund fusselig schwätze, der hört ja net uf mich. Vielleicht, dass Ihr Mann dem Vernunft zuredde kann."

Frau Reichert seufzte nochmal. „Jedefalls, des un de Dreck, des hat mer kaum aus dene empfindliche Stoffe rausgekriegt. So was muss mer sofort machen, net erst drei Daach später."

–

Henry befreite Elisabeth von Frau Reichert und begleitete diese nach draußen. Elisabeth stieg die Treppen hoch in ihr Arbeitszimmer. Ihr fiel ein, dass mittlerweile eine Antwort von Jan gekommen sein konnte. Auf einmal musste sie sich zwingen, nicht zwei Stufen gleichzeitig zu nehmen, so eilig hatte sie es nachzusehen. Sie setzte sich an den PC und öffnete ihren Account. Tatsächlich, eine neue Nachricht von Jan blinkte ihr entgegen.

Hey Prinzessin,
bitte sei nicht mehr sauer. Erzähl mir was von dir. Was macht dein Leben „prima"? Wie hältst du es in Sulzbach aus, dem kulturellen Zentrum des Main-Taunus-Kreises, wo eine entlaufende Katze es in den Sulzbacher Anzeiger schafft. Was gibt es Aufregendes zu berichten?
Jan

Was für eine komische Nachricht. „Erzähl mir was von dir." Warum sollte sie? Und was sollten diese verächtlichen Worte über Sulzbach? Wollte er, dass sie sich schlecht fühlte, weil sie immer noch hier war, während er es in die weite Welt geschafft hatte? Die ganze Nachricht war total verdreht, widersprüchlich und sah ihm gar nicht ähnlich, jedenfalls dem Jan nicht, den sie gekannt hatte. Aber den gab es sicher längst nicht mehr. Genauso wie es die Elisabeth von damals nicht mehr gab. Auch sie hatte sich verändert. Hatte einen knallharten Job ergattert und war gut darin gewesen. Hatte drei Kinder auf die Welt gebracht und so weit großgezogen. Arbeitete wieder. Was fiel ihm ein, so herablassend mit ihr zu reden? Oder war es nicht persönlich gemeint? Der herablassende Ton bezog sich auf Sulzbach. Nicht auf sie. Trotzdem.

Jan, warum auf einmal? „Bitte sei nicht mehr sauer." Machst du es dir so einfach? Was genau willst du von mir? Smalltalk machen?
Elisabeth

Nein, keinen Smalltalk. Aber E-Mails eignen sich nun mal nicht für solche komplizierten Dinge. Damit ich dir erklären kann, was damals los war, müssten wir uns persönlich treffen. Das geht aber im Moment nicht. Können wir uns nicht solange mailen, bis das möglich ist? Bitte.

Oh Gott, er war online. Elisabeth schob den Stuhl vom Schreibtisch weg und stand auf. Sie hatte das Gefühl, er habe sie heimlich beobachtet. Ihr Gesicht war heiß. Sie lief aufgeregt im Zimmer hin und her.

Als die Tür aufging, fuhr Elisabeth vor Schreck zusammen.

„Ich bin's nur." Henry ließ sich in ihren Sessel fallen. Normalerweise hörte sie es, wenn jemand sich auf den Weg zu ihrer Dachkammer machte. Sie warf einen Blick auf den Monitor, aber glücklicherweise war der Bildschirmschoner angegangen und zeigte Markus und Lukas in anrührend cooler Pose mit Sonnenbrillen und Kaugummizigaretten. Erleichtert setzte sie sich auf ihren Stuhl und drehte sich so, dass sie Henry gegenübersaß.

„Bernd hat Samstagnacht eine Frauenhandtasche und einen Frauenschuh im Stichel gefunden."

„Und?"

„Na ja, ist doch komisch. Eine Frauenhandtasche und ein Schuh."

Elisabeth sah ihn verständnislos an. Dann dämmerte es

ihr. Sie spürte, wie sich die Härchen auf ihrem Arm aufstellten. „Du meinst, sie könnte der Frau aus dem Arboretum gehören?"

„Wer sonst würde seine Tasche und sein Handy drei Tage lang nicht vermissen, es sei denn, er wäre tot und bräuchte solche Dinge nicht mehr? Und sie hatte keine Schuhe."

„Ja, aber ihr fehlte mehr als nur ein Schuh."

„Hm."

„Was war denn in der Handtasche drin?"

„Ein Handy und ein Portemonnaie. Eine Packung Taschentücher, Kaugummi, ein Lippenstift", zählte Henry auf.

„Dann kann man doch herausfinden, wem die Sachen gehören. Im Portemonnaie waren doch sicher EC-Karten."

„Nee, da waren keine." Das war tatsächlich merkwürdig. „Da war nur Geld drin."

„Wer hat denn heute keine Kreditkarten? Was ist denn mit Führerschein, Ausweispapieren?"

„Nicht in der Tasche."

„Und dass Bernd die Papiere oder Karten rausgenommen hat?"

„Und das Geld drin lässt? Das Einzige, womit er was anfangen könnte?"

„Stimmt, das passt nicht. Trotzdem, die Sachen könnten wer weiß wem gehören. Vielleicht hat sich längst jemand im Fundbüro gemeldet."

„Ja, war nur so eine Idee." Henry sah auf die Uhr. „Jetzt muss ich aber los."

„Wo gehst du hin?"

„Einen Besuch machen, und dann habe ich noch ein Trauergespräch." Er stand auf. Elisabeth blieb sitzen und lauschte seinen Schritten, als er die Treppen runterging. Dann drehte sie sich zum PC und bewegte die Maus. Markus und Lukas verschwanden und gaben den Blick auf die Nachrichten frei. Keine neue Nachricht. Dann würde sie jetzt wohl mal zum Arbeiten kommen.

–

„Wie wahrscheinlich ist es, dass der Arboretummörder am helllichten Tag zuschlägt und drei spielende Kinder umbringt, wo wir erstens nicht wissen, ob es einen Arboretummörder gibt, vielleicht hat er die Leiche einfach nur hier versteckt, und zweitens, wo wir wissen, dass er – wenn es ihn gibt – auf nackte, erwachsene Frauen steht?"

Markus wollte aufs Flughafengelände, so viel war klar. Lukas wusste auch, dass Markus praktisch immer tat, was er wollte, jedenfalls früher oder später. Und wenn nicht jemand wie Mama ihn daran hinderte. Lukas fand, die Flughafenerkundung hatte jedenfalls Zeit, bis die Polizei den Fall der „Arboretumleiche", wie die Zeitungen titelten, aufgeklärt hatte. Besser noch, bis sie den Mörder gefasst und hinter Gitter gebracht hatte.

„Also, was ist jetzt mit euch?"

„Hm, weiß nicht." Samuel zuckte mit den Schultern. Samuel tat meistens, was Markus wollte. Er folgte ihm blind und vertraute darauf, dass Markus' legendäres Glück auch auf ihn ausstrahlte. Lukas war sauer, weil ihm jetzt auch klar war, dass die ganze Idee, im Arboretum Fußball zu spielen, nur dazu dienen sollte, sie hierher zu locken und über den Zaun auf den alten Flughafen zu klettern.

„Jetzt kommt. Die Sonne scheint, hier sind tausende Spaziergänger, die man jederzeit zu Hilfe rufen kann. Es kann uns überhaupt nichts passieren.“ Markus drehte sich rückwärts zum Zaun und kickte den Ball über seinen Kopf und über den Zaun. Damit war die Sache besiegelt. „Los, wer zuerst am Ball ist.“

Markus und Samuel sprangen am Tor hoch und Markus hatte schon ein Bein drüber, als Lukas sich lustlos an der Seite durch ein Loch im Zaun zwängte. Er hätte den Ball als Erster erreichen können, tat es aber absichtlich nicht. Markus ignorierte das und passte Samuel den Ball zu, während sie sich der Ruine näherten. Lukas zog sich verstohlen ein paar Dornen aus der Jeans. Sie kletterten durch eine Fensteröffnung ins Innere der Ruine. Drinnen war es warm. Auch wenn keine der Fensterscheiben mehr heil war, hatte die Sonne des warmen Apriltages die Halle aufgeheizt. Markus lief voran. Hinter einer weiteren Türöffnung lag eine große Halle.

„Wow, guckt euch das an!“

Samuel und Lukas folgten. An der gegenüberliegenden Wand prangte ein großes Hakenkreuz.

„Alter Schwede“, kommentierte Samuel.

„Dass die das nicht weggemacht haben.“ Lukas vergaß beinahe, dass er gar nicht hatte herkommen wollen. Das war ein dickes Ding, ein Hakenkreuz. An der seitlichen Wand hing ein Schild in dieser Hitler-Schreib-Druckschrift, auf dem stand „Rauchen verboten“.

Markus steckte die Hände in die Hosentaschen und schlenderte in der Halle auf und ab. „Wahrscheinlich haben sie hier die Flugzeuge repariert. Und da drüben haben die Soldaten auf ihren Einsatz gewartet.“

In einer Ecke lagen leere Flaschen, teilweise in Scherben, und Müll. Anscheinend waren sie nicht die Einzigen, die der Zaun nicht abschreckte.

„Findet ihr nicht, dass es hier komisch riecht?“ Samuel war zur linken Seite der Halle gelaufen, hatte den Ball gedribbelt. An der Wand war ein Geländer und es führten ein paar Stufen nach unten, wohl in den Keller.

„Nee“, antwortete Markus.

„Kommt mal hierher.“ Samuel hielt jetzt den Ball fest und ging zu den Stufen. „Oh, Scheiße!“

„Was ist?“ Markus lief zu ihm hin. Lukas' Nase nahm jetzt einen unangenehmen süßlichen Geruch wahr und er wusste wieder, warum er nicht über den Zaun hatte klettern wollen.

„Oh, kotz!“, rief Markus und fing prompt an zu würgen.

Lukas wusste, dass es keine gute Idee war, und dass Mama sagen würde, lass das sein, du tust dir keinen Gefallen. Aber irgendeine Macht zog seine Füße Schritt für Schritt auf die Treppen zu und zwang ihn hinunterzusehen, wo ein Mensch lag. Der Kleidung nach zu urteilen, war es ein Mann, der kopfüber die Treppe hinuntergestürzt war. Jeansbeine lagen noch zur Hälfte auf den Stufen. Oberkörper und Kopf lagen in einer schwarz-braunen Pfütze auf dem Boden, wo die Treppe endete. Die sichtbare Gesichtshälfte schimmerte weißlich durch das bräunliche Wasser, und mehr konnte Lukas nicht erkennen, als er neben seinem Bruder stand und das gleiche Mittagessen auskotzte wie dieser.

–

Als Henry von seinem Trauergespräch nach Hause kam, fand er seine Familie verstört am Abendbrottisch sitzend vor. Keiner hatte etwas auf dem Teller und bis auf Marlene waren alle leichenblass.

„Was ist denn mit euch los?“

„Markus und Lukas haben noch eine Leiche im Arboretum gefunden." Marlene griff nach dem Brotkorb. „Und wir haben nicht vorm Essen gebetet."

„Außer dir isst ja auch keiner was", brummte Lukas.

„Moment mal. Was habt ihr?"

Keiner von den Jungs wollte mit der Geschichte rausrücken.

„Sie waren auf dem alten Flughafen im Arboretum", sagte Elisabeth schließlich. „Sind über den Zaun geklettert." Sie brachte genug Energie auf, um den Jungs einen strengen Blick zuzuwerfen. „In der Ruine haben sie eine Leiche gefunden."

„Wieder eine Frau?", fragte Henry.

Elisabeth schüttelte den Kopf. „Eine Männerleiche. Mit Kleidern. Die Polizei war schon da."

„Paul und Ungern?"

„Nein. Polizisten aus Wiesbaden."

Bevor Henry weiter fragen konnte, klingelte es an der Tür. Er stand auf. Um diese Zeit kamen gerne Obdachlose oder Bettler vorbei, die überließ Elisabeth ihrem Mann.

Vor der Tür stand Frau Reichert. „Na, Sie habe meinem Sohn ja en schönen Rat gegeben!", raunzte sie Henry an. „Eebe kimmt die Polizei und holt meinen Jungen ab. Wege der Handtasch und dem Schuh!"

„Wieso das denn?", fragte Henry „Er hat sie doch zum Fundbüro gebracht, oder?"

„Ja, hot er", bestätigte Frau Reichert. „Und jetzt stecke sie ihn ins Gefängnis, ich weiß net, was ich jetzt mache soll!" Sie fing an zu weinen.

„Jetzt kommen Sie erst mal rein." Henry führte sie in sein Arbeitszimmer. „Setzen Sie sich mal. Wir rufen den Herrn Kramer an." Er wählte Pauls Nummer und wartete.

„Paul, hier ist Henry. Ich rufe wegen Bernd Reichert an. Die Polizei hat ihn festgenommen, weil er angeblich eine Handtasche gestohlen hat. Ich glaube, das ist ein Irrtum. Seine Mutter ist hier bei mir. Weißt du was von der Sache?"

Henry hörte einen Moment zu. „Was?", rief er dann ungläubig. „Wie kommt ihr denn darauf?" Er hörte wieder längere Zeit zu. Dann sagte er: „Ja, das wäre super. Wir warten hier auf dich." Er legte auf. Dann drehte er sich zu Frau Reichert um. „Die Sache ist ein bisschen verzwickt. Das kann man schlecht am Telefon klären. Aber der Herr Kramer ist unterwegs hierher. Dann können wir gleich in Ruhe mit ihm sprechen." Er würde sich hüten, derjenige zu sein, der Frau Reichert erklärte, dass ihr Sohn des Mordes verdächtigt wurde, an der Toten im Arboretum.

–

„Also, Frau Reichert", begann Paul, sobald Henry ihn und Frau Reichert ins Wohnzimmer geführt hatte. „Es sieht so aus: Ihr Sohn hat heute eine Handtasche mitsamt einem Damenschuh im Fundbüro abgegeben. In der Handtasche befand sich ein Handy, das in Finnland auf den Namen Hanna Merikangas registriert ist."

„Ja, die Sache hat er im Stichel gefunne", sagte Frau Reichert, „und wie ihm der Herr Parrer das gerate hat, da hat er sie ordentlich abgegebe. Wieso wird er denn jetzt festgehalte?"

„Weil die Sachen der Frau gehörten, die Frau Steinhaus am Ostersonntag tot im Arboretum gefunden hat, Frau Reichert", sagte Paul. „Wir müssen jetzt klären, ob Ihr Sohn etwas mit der Sache zu tun hat."

Frau Reichert wurde kalkweiß im Gesicht und sagte erst mal nichts mehr.

„Das muss aber noch nicht heißen, dass Bernd die Frau ermordet hat", versuchte Henry die Wogen zu glätten. „Bernd war mit einem Freund, der das sicher bezeugen kann, im Stichel und die Frau wurde im Arboretum gefunden. Selbst wenn das Arboretum nicht der Tatort war, wie hätte Bernd die Frau denn vom Stichel dorthin schaffen sollen? Er kann nicht Auto fahren und das sind mindestens drei Kilometer. Außerdem wäre er doch unter diesen Umständen niemals so blöd gewesen, die Sachen ins Fundbüro zu bringen."

„Was ist mit dem Freund?", fragte Paul. „Vielleicht ist der Auto gefahren."

Dazu wollte Henry jetzt nichts sagen. Andi Neuhaus, mit dem Bernd unterwegs gewesen sein wollte, war achtzehn und hatte vielleicht schon den Führerschein.

„Aber wo ist das Motiv?", fragte Henry. „Wer auf das Geld aus ist, behält keinen Schuh."

Paul stand auf. „Frau Reichert", sagte er, „ich werde Bernd jetzt nochmal befragen, was genau da im Stichel los war. Und mit wem er da war, ob das ein taugliches Alibi ist. Vielleicht sehen wir dann klarer. Bernd ist ja noch minderjährig. Wollen Sie einen Anwalt für ihn? Der wird vom Staat bezahlt."

Frau Reichert sah Henry fragend an. Henry nickte.

„Ja, also sicherheitshalber en Anwalt, wär doch besser", erklärte Frau Reichert. Paul bedachte Henry mit einem grimmigen Blick und sagte: „In Ordnung. Den kriegen wir nur heute Abend nicht mehr. Aber morgen früh können wir dann loslegen."

Henry begleitete Paul nach draußen.

„Was sind denn das für Geschichten mit deinen Jungs?",

fragte Paul. „Ich habe gehört, die haben schon wieder eine Leiche im Arboretum gefunden?“

„Ich habe es auch gerade erst erfahren. Warum bist du nicht gekommen? Da waren irgendwelche anderen Polizisten hier.“

„Das bearbeiten Kollegen vom BKA. Weil der Flughafen militärisches Sondergelände ist. Außerdem gehen sie nicht davon aus, dass der Tote was mit unserer Leiche zu tun hat.“

„Ist das nicht ein bisschen vorschnell geurteilt? Die Leiche ist heute Nachmittag gefunden worden und jetzt wollen sie schon wissen, dass sie nichts mit der Frau zu tun hat?“

„Ich hab nicht gesagt, dass sie es wissen. Es ist erst mal eine Annahme. Die Leiche von heute ist männlich, bekleidet, der Fundort ein anderer. Natürlich schließen sie nicht völlig aus, dass die Fälle doch miteinander verbunden sein könnten.“

„Hm.“ Henry war nicht zufrieden. Die Polizei sollte diese Ermorderei im Arboretum in den Griff kriegen und seine Familie in Ruhe lassen.

„Wie hast du gesagt, heißt der Kumpel von Bernd? Der mit ihm im Stichel war?“, fragte Paul.

„Der Andi Neuhaus“, sagte Henry. „Moment mal, das habe ich doch gar nicht gesagt!“

„Nee?“ Paul machte ein unschuldiges Gesicht. „Ist aber gut, dass ich es weiß, obwohl du's nicht gesagt hast. Denn so kann ich den Neuhaus-Andi heute Abend noch befragen, ohne erst mal die Schleife über Bernds Anwalt zu drehen, weißt du.“ Er ging pfeifend weg.

Anders als ihr Sohn Bernd hatte Frau Reichert nichts gegen ein Gebet mit dem Herrn Pfarrer einzuwenden. Henry betete dafür, dass Bernd die Nacht in der Untersuchungshaft gut überstehen und bald freigelassen werde. Frau Reichert verließ das Pfarrhaus einigermaßen beruhigt.

Henry stieg die Treppen hoch und sah nach seinen Kindern. Marlene schien schon fast beunruhigend ruhig angesichts der jüngsten Ereignisse. Vielleicht verdrängte sie es. Die Jungs waren blass und kleinlaut. Zum ersten Mal seit langem ließen sie Henry ein Nachtgebet sprechen. Unten angekommen, setzten Henry und Elisabeth sich aufs Sofa.

„Das ist ein ganz schöner Hammer“, sagte Henry.

„Das kannst du laut sagen.“ Elisabeth wusste zwar nicht, ob er damit den Leichenfund der Jungen meinte oder dass die Tote im Arboretum die finnische Geigerin sein sollte.

Sie saßen schweigend zusammen.

„Die Finnin hatte blonde lange Haare“, sagte Elisabeth langsam. „Die Tote hatte einen brünetten Bob.“

„Der gefärbt war“, erwiderte Henry. „Was spricht dagegen, dass auch die Frisur frisch geschnitten war?“

„Aber warum?“

„Damit man sie nicht erkennt.“

„Okay, mal angenommen, sie ist auf der Flucht vor ihrem Mörder. Sie schneidet und färbt sich die Haare. Der Mörder findet sie trotzdem und bringt sie um. Wie kam sie vom Stichel, wo sie die Sachen verloren hat, ins Arboretum?“

„Und warum hat sie sich die Haare erst Sonntagnacht geschnitten und gefärbt?“, überlegte Henry.

„Vielleicht hat sie ihren Mörder erst im Konzert gesehen.“ Elisabeth sprach leise. Dieser Gedanke war verstörend. Dann hätten sie mit einem Mörder im gleichen Raum gesessen. Dann wäre er aller Wahrscheinlichkeit nach einer von ihnen. „Aber wo hat sie sich Sonntagnacht die Haare gefärbt? Sie hatte doch kein Hotelzimmer hier in Sulzbach?“

Henry schüttelte den Kopf. „Nicht, dass ich wüsste."

„Und wann? Das Konzert war um 22 Uhr zu Ende. Wann hat Bernd die Tasche gefunden?"

„Gegen Mitternacht, sagt er."

„Zwei Stunden. Das würde reichen fürs Haarefärben. Aber wo hat sie es getan?" Elisabeth schüttelte den Kopf. „Das sind alles ziemlich abenteuerliche Theorien."

„Vielleicht hat sie eine Perücke getragen?"

„Eine blonde?" Elisabeth sah skeptisch aus. „Das müsste aber eine verdammt gute Perücke gewesen sein. Außerdem war sie auch auf dem Foto vom Werbeplakat blond."

„Du hast recht", sagte Henry.

Das Telefon klingelte. Henry ging ran. Es war Paul.

„Da stimmt irgendwas nicht", sagte er. „Wie und wann hat die Frau ihre Verwandlung machen lassen, wenn sie am Samstag das Kammerkonzert als Blondine verlassen hat und am Sonntagmittag als Brünette im Arboretum aufgefunden wurde?"

„Paul hat's auch gemerkt", sagte Henry an Elisabeth gerichtet. „Genau", sprach er dann ins Telefon, „wir haben auch gerade darüber gesprochen. Ich stell dich mal laut."

„Vielleicht war sie am nächsten Morgen beim Frisör", überlegte Elisabeth. „Ach nee, da war ja Sonntag, da hat ja kein Frisör geöffnet."

„Der Zeitpunkt des Todes muss außerdem irgendwann gegen Mitternacht gewesen sein", tönte es blechern aus dem Lautsprecher des Telefons.

„Das kann ja dann nur eins bedeuten", sagte Henry. „Sie muss ihre Verwandlung post mortem erfahren haben."

Elisabeth schüttelte sich. „Das ist absurd!", sagte sie. „Wer macht denn so was?"

„Jemand, der was davon versteht“, sagte Paul. „Die Gerichtsmedizinerin sagt, das war ein professioneller Job, der Haarschnitt, die Tönung, alles.“

„Und wenn die Tote doch nicht Hanna ist?“, fragte Elisabeth.

„Jede Wette, dass sie es ist“, erwiderte Paul. „Der Gerichtsmedizin ist nämlich noch etwas aufgefallen: Der kleine Finger an der linken Hand der Toten war länger und kräftiger als der rechte kleine Finger.“

Elisabeth und Henry sahen sich entgeistert an.

„Das ist bei Violinisten so“, sagte Paul. „Jedenfalls, wenn wir die DNA von den Sachen in der Tasche und dem Schuh mit ihrer verglichen haben, wissen wir es hundertprozentig.“

Es entstand eine Pause.

„Und jetzt?“, fragte Henry.

„Jetzt lass ich den Kleinen wieder zu seiner Mama“, sagte Paul. „Ich kann mir beim besten Willen nicht vorstellen, wie die beiden Dorftrunkenbolde die Finnin frisiert, getönt und manikürt haben könnten.“

Henry war sehr erleichtert, dass Bernd die Nacht nicht in Untersuchungshaft verbringen musste. „Ich gehe jetzt ins Bett“, sagte er zu Elisabeth. „Kommst du auch?“

„Gleich“, sagte sie. „Ich will nochmal kurz an den PC.“

„Jetzt noch?“

Elisabeth war keine Nachteule. Selbst wenn sie einen dringenden Abgabetermin hatte, ging sie früh ins Bett. Sie stand dann eher schon um fünf Uhr morgens auf, um zu arbeiten.

„Ja, will noch was gucken“, murmelte Elisabeth und verschwand nach oben.

–

Irgendwie hatte sie ein schlechtes Gewissen, dass sie Henry nicht sagen wollte, was sie vorhatte. Aber es würde jetzt zu lange dauern, ihm zu erklären, dass Jan sich bei ihr gemeldet hatte und so weiter.

Zwei neue Nachrichten blinkten ihr entgegen:

Schreiben wir uns?
Jan

Hallo Elisabeth,
bin zurück vom Oster-Kurzurlaub. Hast du Zeit für ein bis zwei Gläser Rotwein zu viel bei Da Vinci? Morgen Abend?
Anke

Anke war jetzt genau der Mensch, mit dem Elisabeth reden wollte. Sie tippte sofort eine Antwort und verabredete sich mit ihr. Mit ihnen klappte es spontan meist am besten. Wenn beide erst mal anfingen, Terminkalender zu zücken, konnten Wochen vergehen, bis man einen gemeinsamen freien Abend fand.

Blieb noch Jan.

Ja. Vielleicht. Wenn du mir sagst, wo du bist und was du machst, schrieb sie. Das war genug Aufregung für einen Tag. Sie ging auch schlafen.

–

Heinz Köhler öffnete Paul die Tür. Köhler war vor Jahren von der ehemaligen Hoechst AG mit einer kleinen Abfindung in den Vorruhestand geschickt worden, obwohl er noch gut in der Lage gewesen wäre, seinen Job als technischer Hausmeister zu versehen. Das war eine Kränkung, die ihn immer noch schmerzte. Gut, dass er bei Hoechst auch einige Jahre bei der Werksfeuerwehr gewesen und daher von der Freiwilligen Feuerwehr in Sulzbach mit Kusshand aufgenommen worden war. Dort war er nun schon, seit Paul denken konnte, Truppführer und als solcher von manchen Sulzbachern höher geachtet als der Bürgermeister.

„Ich hab das Knöllchen bezahlt, falls du deswegen kommst, aber für mich ist das trotzdem Wegelagerei, mit euren verdeckten Blitzer-Autos“, brummte Köhler Paul an. „Anständige Leute machen so was nicht.“

„Deswegen komme ich nicht“, sagte Paul. „Ich habe eine Frage zu einem Feuerwehreinsatz. Ob du wohl den Anstand hättest, mich hereinzubitten und bei der Ausführung meiner Amtshandlungen zu unterstützen?“

„Rotzlöffel“, knurrte Köhler. „Deine Amtshandlungen sind ortsbekannt. Rumknutschen auf den Spielplätzen, Abfackeln von Mülltonnen, Fahren von Muttis Auto ohne Fahrerlaubnis. Mir kannst du nichts erzählen.“ Er machte Platz, sodass Paul in das schmale Reihenhäuschen eintreten konnte.

„Jetzt mach mal halblang“, sagte Paul. „Die meisten Mädchen wollten ja doch nicht mit mir rumknutschen. Und so viele Spielplätze wie heute hatten wir damals auch gar nicht.“

Heinz gab ein mehrdeutiges Schnauben von sich und machte eine widerwillige Geste Richtung Esstisch, wo Paul sich auf einem Stuhl niederließ. „Was willst du denn wissen?“, fragte er, nachdem er sich ebenfalls gesetzt hatte.

„Es geht um die Leiche im Arboretum“, erklärte Paul. Wieder ein – diesmal zustimmend klingender – Grunzer. „In der Osternacht ist ein Rüstwagen unten am Stichel gesehen worden. Hattet ihr einen Einsatz?"

„Himmelherrgottsakrament!" Köhlers Faust fiel krachend auf den Esstisch. „Die Haupt-Elke, verdammich! Tausendmal hab ich der schon erklärt, dass sie den Wagen nicht einfach mit nach Hause nehmen kann, auch nicht wenn sie Bereitschaft hat", donnerte Heinz. „Aber die hat ja kein Einsehen. Wer die raubeinige Emanze überhaupt bei der Feuerwehr aufgenommen hat, das möchte ich mal wissen."

„Du meinst also", fragte Paul vorsichtig, als der erste Wolkenbruch vorüber zu sein schien, „Elke Haupt hat den Wagen vorschriftswidrig mitgenommen? Es gab keinen Einsatz in der Osternacht? Warum hat sie ihn denn dann genommen?"

„Ja, weil sie sich zu fein war, ihn am Morgen vor dem Osterfeuer aus der Zentrale zu holen, wie das jeder andere von uns getan hätte", donnerte Köhler.

„Ist das schon mal vorgekommen?" fragte Paul.

„Darauf kannst du einen lassen", erklärte Köhler düster. „Diese Frau denkt, sie steht über den Regeln, an die sich der gemeine Mann hier halten muss. Die hat Haare auf den Zähnen, da kannst du ganze Zöpfe draus flechten. Kein Wunder, dass die keinen Kerl hat, wer will denn so einen Besen im Haus haben, geschweige denn im Bett?"

„Heinz!"

Paul fuhr erschrocken herum. Die Stimme war aus dem hinteren Teil des Zimmers gekommen, von da, wo die Essecke in das dunklere Wohnzimmer überging. Erst jetzt erkannte Paul eine Gestalt, die unter einer Decke auf dem Sofa lag. „Frau Köhler!", rief er aus. Es war die Mutter von Heinz Köhler. Sie musste über neunzig sein.

„Wenn du den Großvater von der Elke gekannt hättest, Heinz, dann würdest du nicht so reden. Das war ein gemeiner Kerl und ein Säufer noch dazu. Das arme Ding war ja keine zehn, als sie schon beide Eltern verloren hatte. Der alte Haupt, der hat sie nie haben wollen, nur die Else, seine Frau, hat sich um das Kind gekümmert, bis sie dann selbst gestorben ist. Es ist ein Wunder, dass aus der Elke so ein feines Mädchen geworden ist, bei der Kindheit. Und dass sie mit euch Mannsbildern nichts zu tun haben will, dafür hat schon der alte Haupt gesorgt, mit seinem faulen Mundwerk und wie er die Else und die Elke behandelt hat."

Heinz sah betroffen zu seiner Mutter hinüber und klappte den Mund zu. „Davon hast du aber nie was erzählt", sagte er nach einer Pause.

„Das geht euch Gockel auch nichts an", schnaubte die Alte aus ihren Decken hervor. „Aber wenn du solche Reden schwingst, da muss dir ja einer den Kopf waschen, und das bin, wie's aussieht, ich. Jedenfalls solange ich noch lebe", brummte sie abschließend.

Köhler sah jetzt aus wie ein kleiner Junge, der bei einer Untat ertappt worden war. Paul fand, es geschah ihm recht.

–

Anke erschien braungebrannt und wie das blühende Leben im Restaurant. Es gab sicher keinen Mann, der sich nicht nach ihr umdrehte. Sie war aber auch ein echtes Naturereignis, und das war ganz wörtlich zu verstehen. Die Haare naturblond, die Wimpern von Natur aus lang und schwarz, die Beine ebenfalls lang und golden gebräunt. Sie ließ sich neben Elisabeth auf die Eckbank fallen und küsste sie zur

Begrüßung. Elisabeth und Anke kannten sich schon seit der Schule und hatten viele gemeinsame Bekannte in der Gegend. Nach dem Abitur hatten sie sich für einige Zeit aus den Augen verloren. In der evangelischen Studentengemeinde waren sie sich dann wieder über den Weg gelaufen und Freundinnen geworden. Anke war Rechtsanwältin und arbeitete meistens wie eine Besessene.

„Es war toll!" Anke war mit ihrem neuen Freund auf einem Kurztrip in Italien gewesen und fing sofort an, Elisabeth davon vorzuschwärmen. „Du glaubst nicht, wie schön es da ist. Zum In-die-Knie-gehen!"

Leider hatte Anke die schlechte Angewohnheit, sich in Arbeitskollegen zu verlieben, was meistens in die Hose ging. Irgendwann kam es unweigerlich zu Konkurrenz, Eifersucht, widerstreitenden Interessen oder beziehungsfeindlichen Auslandseinsätzen, die meist früher als später zum Ende der Beziehung führten. Auch dieses Mal hatte sie sich aus dem reichen Angebot junger, ehrgeiziger Anwaltskollegen bedient, aber so weit schien noch alles in Ordnung zu sein.

Nachdem sie bestellt und Anke ausführlich von Italien geschwärmt und Elisabeth gezwungen hatte, Urlaubsfotos auf ihrem iPhone anzuschauen, hielt sie inne und sagte: „So, jetzt erzähl du mal. Wie waren deine Feiertage? Das ist ja eine furchtbare Sache mit der toten Frau im Arboretum. Meine Eltern haben mir vorhin am Telefon erzählt, dass du die Frau entdeckt haben sollst."

„Du kennst ja nur die halbe Geschichte, warte mal, bis du den Rest gehört hast." Elisabeth erzählte Anke von der schrecklichen Entdeckung, die ihre Jungs am Tag zuvor am alten Flughafen gemacht hatten, und dann die ganze Geschichte von der Tasche bis hin zu dem Verdacht, dass es sich bei der Toten um eine finnische Geigerin handelte, die Elisabeth noch am Abend ihres Todes im Kammerkonzert der evangelischen Kirchengemeinde gesehen und spielen gehört hatte.

„Weißt du, dass mein Papa vor vielen Jahren auf Konzert-Tour in Finnland gewesen ist?"

„Dein Vater kann doch gar nicht singen."

„Nee, aber Busfahren kann er." Ankes Vater besaß ein Unternehmen für Busreisen mit Sitz in Sulzbach, „Morgenstern-Reisen".

„Er und der Erich Mach haben die Kantorei auf einer Finnland-Tour als Fahrer begleitet. Muss 'ne richtig lustige Tour gewesen sein. Die Finnen können anscheinend ganz schön feiern. Er erzählt heute noch davon. Du weißt schon, mit den Finnen in die Sauna, Wodka trinken und sich nackt im Schnee wälzen. Lauter so Sachen, bei denen man sich seine eigenen Eltern lieber nicht vorstellen möchte."

„Jetzt übertreibst du aber. So schlimm ist das doch nicht."

„Nee, aber da muss es auch sonst ganz schön zur Sache gegangen sein." Anke fuhr mit ihrem langen und perfekt manikürten Zeigefinger über die glänzend polierte Gabel.

„Wie meinst du das denn?"

„Konkreter wird mein alter Herr nicht. Er sagt dann Sachen wie *leben und leben lassen* und *das ist nichts für euch Kinder und Frauenzimmer.*"

„Das klingt ja direkt beunruhigend. Ist deine Mutter da nicht eifersüchtig?"

„Die weiß bestimmt Bescheid. Ich glaube nicht, dass mein Vater sich irgendwas zuschulden kommen lassen hat, sonst hätte er wahrscheinlich gar nichts gesagt."

„Also war es die wilde Kantorei, die über die Stränge geschlagen hat. Kaum zu glauben."

„Die waren da noch jung, das darfst du nicht vergessen."

„Wann war das denn?"

„1994 war das."

„Und wieso ist der Erich Mach mitgefahren?", fragte Elisabeth.

„Papa und Erich sind Skatbrüder", sagte Anke. „Als die Kantorei gefragt hat, ob Papa sie nach Finnland fahren würde, hat er Erich gefragt, ob er mitkommt. Damit er nicht so allein unter den Chorbrüdern und -schwestern wäre. Und damit sie sich beim Fahren abwechseln konnten. Die sind die Vogelflugroute gefahren, über Schweden. Das ist 'ne ganz schön lange Fahrt."

„Ach nee", staunte Elisabeth. „Die Welt ist ein Dorf!"

„Du meist wohl, Sulzbach ist ein Dorf", erwiderte Anke. „Wer hätte das gedacht."

„Aber, wenn die Finnlandreise allen so gut gefallen hat …" Elisabeth malte mit dem Messer Linien in die Tischdecke. „Warum sind sie nicht wieder hingefahren? Warum nur das eine Mal?"

Anke zuckte mit den Schultern. „Du fragst Sachen. Für meinen Vater und Erich Mach wurde die Finnland-Tour vom Tod ihres dritten Skat-Bruders überschattet. Er starb, während die beiden in Finnland waren. Papa denkt heute noch jedes Mal an Benny, wenn er auf der Eschborner Straße an der Stelle vorbeikommt, wo Benny angefahren wurde. Du weißt schon, das Holzkreuz kurz hinter der Ausfahrt zum Mann-Mobilia, wenn man nach Schwalbach reinfährt."

„Ach, das ist für Benny." Elisabeth hatte damals von dem Unfall nichts mitbekommen oder es schnell wieder vergessen, sie hatte diesen Benny ja nicht gekannt. Aber das Kreuz hatte sie schon tausendmal gesehen. „Da sind immer noch oft frische Blumen. Dabei ist das ja jetzt schon zwanzig Jahre her“, wunderte sie sich.

„Das wird Susanne sein, die Witwe. Die bringt sicher die Blumen hin.“ Sie schwiegen einen Moment. „Ich glaube, Papa und Erich waren schon deshalb nicht in der Laune, die Tour zu wiederholen. Was die Kantorei betrifft, habe ich natürlich keine Ahnung“, sagte Anke schließlich.

Elisabeth hatte aber noch etwas auf dem Herzen. „Rate mal, wer sich bei mir gemeldet hat!“, sagte sie.

„Woher soll ich das wissen?“, fragte Anke.

Kurz bevor Elisabeth zum Treffen mit Anke aufgebrochen war, war schon wieder eine neue Nachricht in ihrem Mailordner gewesen:

Vielleicht ist gut!, hatte er geschrieben und: *Vielleicht ist viel besser als, „Was geht's dich an, du Arschloch?“ – Darf man das überhaupt als Pfarrfrau? Entschuldige. Ich freue mich nur. Also: Ich bin in Paris und mache Fotos für ein Reisemagazin. Und du? Jetzt bist du dran. Was gibt es Aufregendes in deinem prima Leben?*

Elisabeth hatte auf den Bildschirm gestarrt, bis die Buchstaben vor ihren Augen verschwammen. War ihr Leben prima? Ja. Klar. Sie hatte Henry. Sie hatte die Kinder. Sie hatte ihren Beruf, der zwar keine große Karriere war, aber perfekt zu ihren Lebensumständen passte und meistens sogar Spaß machte. Sie hatte das Haus und den Garten – zumindest geliehen, solange Henry hier Pfarrer war. Aber war nicht alles im Leben allenfalls geliehen? Von Gott geschenkt für eine von ihm bemessene Spanne Zeit?

Und war ihr Leben aufregend? Na ja. Abgesehen von der Entdeckung einer Leiche beim Ostereiersuchen eher so mittelmäßig aufregend. Das Leben verlief eigentlich ganz geregelt, schon wegen der Schule der Kinder. Geregelte Essenszeiten, Bettgehzeiten. Sonntags Kirche. Häufig Gemeindeveranstaltungen. Ab und zu ein Treffen mit Freunden. Viel zu selten eigentlich. Urlaub in den großen Ferien. Nein, für einen wie Jan, der Fotos in Paris machte, war das sicher nicht aufregend. Sie hatte geantwortet:

Das Aufregendste, was hier in letzter Zeit passiert ist, ist, dass die Ministranten auf dem Weg zum Osterfeuer einer Alkopop-Attacke zum Opfer gefallen sind. Sie sind im Stichel reihenweise auf vereister Cola ausgerutscht und haben sich ihre Alben versaut. Hast du das noch nicht im Sulzbacher Anzeiger gelesen? Das ist doch sicher eine Nachricht wert. Ach, und natürlich, dass eine Frau ermordet wurde und ich das Pech hatte, die Leiche im Arboretum zu entdecken. Angesichts dieser Art von Aufregung bin ich eigentlich ganz froh über mein ansonsten beschauliches Leben.

Elisabeth

Anke sah die tagträumende Elisabeth verwundert an und fragte mit plötzlicher Erkenntnis: „Doch nicht etwa Jan?"

Anke wusste, dass Jan ein unerledigtes Kapitel in Elisabeths Leben war. Elisabeth hatte ihr die Geschichte mit Jan schon zu Studienzeiten erzählt, als die Sache noch frisch und unverdaut war. Deshalb wusste Anke auch, wie sehr Jans Abgang sie damals verletzt hatte. Sie konnte sich vorstellen, welche Wirkung Jans Wiederauftauchen in Elisabeths Leben verursachen musste. „Erzähl!", forderte Anke ihre Freundin auf.

Elisabeth erzählte von den E-Mails.

„Und er hat nicht gesagt, woher sein Interesse auf einmal

herrührt oder was er eigentlich will?", fragte Anke schließlich.

„Nein."

„Was machst du, wenn er dich treffen will?"

„Puh. Keine Ahnung." Darüber hatte Elisabeth sich noch keine Gedanken gemacht. Sie hatte ein bisschen getagträumt, wie es wohl wäre, Jan wieder zu sehen. Wie er aussehen würde. Was er sagen würde. Wie es sich anfühlen würde. Dass sie unbedingt zwei bis drei Kilo abnehmen müsste, bevor sie ihn traf. Aber die konkrete Aussicht, ihn zu sehen, bestand nicht, und Elisabeth hatte auch nicht überlegt, ob sie ihn treffen würde, wenn sich dies einmal änderte.

„Und was sagt Henry dazu?", fragte Anke.

Au, das traf Elisabeth an einer empfindlichen Stelle.

„Nichts."

„Wie nichts?"

Elisabeth schwieg.

„Du hast ihm gar nichts davon erzählt!", rief Anke aus.

Elisabeth guckte verlegen.

„Weißt du was, meine Liebe?", sagte Anke. Elisabeth sah es kommen. „Du bist bis über beide Ohren in Jan verliebt!" Da war es.

„Nein", sagte Elisabeth. „Das kannst du so nicht sagen. Ich meine, klar, bin ich verwirrt und damals, da war ich ja auch so verliebt in ihn. Aber jetzt, jetzt bin ich doch nicht verliebt. Ich meine, ich kann mir nicht vorstellen, mit ihm zusammen zu sein. Ich habe doch Henry und die Kinder."

„Wie oft checkst du deine E-Mails?", fragte Anke unerbittlich. „Täglich? Stündlich? Alle paar Minuten?"

Elisabeth wurde rot.

„Oh Mann, Mädchen“, sagte Anke. „Du steckst in der Scheiße.“

Viertes Kapitel

Paul schob den Vorhang zur Seite und blickte auf ein Schiff. Ein riesiges weißes Passagierschiff, das nur wenige Meter gegenüber von seinem Hotel in der Bucht von Helsinki ankerte. Um ihn herum glitzerte der Schnee und er musste die Augen zusammenkneifen, bis sie sich vom Dunkel des Hotelzimmers an die Winterlandschaft gewöhnt hatten. Paul ließ den Blick nach rechts zum Hafenbecken wandern, das von kleineren Schiffen und Booten gesäumt in die Innenstadt von Helsinki überging. Über allem thronte ein weißer Zuckerbäcker-Palast mit einer großen grünen Kuppel, die von zwei weiteren, kleineren grünen Türmchen eingerahmt wurde. Das musste die Domkirche sein, so viel Wissen über Helsinki hatte Paul sich beim Warten am Frankfurter Flughafen ergoogelt. Dorthin waren Ungern und er gefahren, sobald die Nachricht gekommen war, dass die DNA aus der Tasche der Finnin Hanna Merikangas mit der der Leiche identisch war. Sie hatten die Spätmaschine nach Helsinki genommen und waren mit dem Taxi vom Flughafen ins Hotel gebracht worden. In der Dunkelheit hatten sie nicht viel von der Stadt gesehen. Jetzt konnte Paul den Blick kaum von ihr lösen. Wie der Palast der Schneekönigin kam ihm die Domkirche vor. Wie viel schöner wäre es, jetzt durch den glitzernden Schnee zum Markt am Hafen zu schlendern und weiter durch die Straßen zum Dom. Nicht, dass er jemals vorgehabt hatte,

Helsinki zu besuchen, aber wie es jetzt so im hellen Sonnenschein unter tiefblauem Himmel vor ihm lag, da hätte er sich hier gerne näher umgesehen. Stattdessen mussten sie die Mutter des Mordopfers vernehmen.

Im Frühstückssaal saß Ungern schon an einem Tisch, mit einem Mann, den Paul nicht kannte.

„Paul, das ist Herr Nieminen, Herr Nieminen, mein Kollege aus Sulzbach, Paul Kramer."

„Freut mich, Sie kennenzulernen!" Der finnische Kollege stand auf und schüttelte Paul die Hand.

Nachdem Paul sich am Buffet mit Kaffee und Brötchen eingedeckt hatte, legte der Finne einen Notizblock auf den Tisch. „Also, wir können heute um neun Uhr Herrn Isotalo treffen, in Helsinki Music Centre." Der Finne rollte die Rs und sprach die Es wie Äs aus. Ungern hatte die finnischen Kollegen kontaktiert und über den Fall informiert. Die Finnen hatten inzwischen in Erfahrung gebracht, dass Hanna Merikangas im Finnischen Radio-Sinfonie-Orchester gespielt hatte, wie ihr Kollege Tapio Isotalo, der Cellist ihrer Deutschland-Tour. An Angehörigen gab es einen neunzehnjährigen Sohn, der sich zurzeit aber in Peru aufhielt, die Mutter und eine Schwester.

Paul sah auf die Uhr, es war Viertel nach acht. „Schaffen wir das denn?" Ein paar Brötchenkrümel stoben aus seinem Mund und landeten auf seinem Teller, ein paar auf der Tischdecke.

„Oh ja, es ist sehr zentral. Danach können wir nach Espoo fahren, Mutter des Opfers zu treffen."

Kollege Nieminen führte Paul und Ungern nach dem Frühstück zu einem zivilen Ford Focus. Unterwegs machte er seine deutschen Kollegen auf Sehenswürdigkeiten aufmerksam.

„Und hier rechts ist der Bahnhof und da vorne links sähen Sie schon Finnische Parlament und jetzt sind wir schon da, am Helsinki Music Centre.“ Er deutete nach rechts. Dort stand ein riesiges quaderförmiges Gebäude aus Stahl und jeder Menge Glas, das einer Reinigungsfirma als alleiniger Kunde ausreichen musste. Die ganze Stadt schien sich in dieser Glaswand zu spiegeln. Sie fuhren um das Gebäude herum und Paul sah, dass es an einer Seite eine gebogene Wand hatte, die es aussehen ließ wie ein umgekipptes Riesenboot, aber ein halbes Riesenboot, denn der Bogen endete am obersten Punkt und von dort fiel eine Glaswand vertikal zum Boden ab. Nein, sie war ein bisschen schief nach innen gerichtet. An dieser Seite verlief am Boden eine niedrige Mauer, die mit buntem Graffiti bemalt war, das offenbar auch zum Gesamtkunstwerk gehörte. Das Gebäude war völlig verrückt und, wie Paul fand, etwas größenwahnsinnig für so ein kleines Land.

Nieminen parkte auf einem riesigen Parkplatz und sie stiegen aus. Eisiger Wind pfiff Paul sofort um den Schädel. Natürlich hatte er für diese Dienstreise noch einmal den Winterparka aus dem Schrank geholt. Sogar einen Schal hatte er mitgenommen. Aber mit einer solchen Affenkälte im April hatte er nicht gerechnet. Trotzdem würde er nicht unwürdig mit Kapuze rumlaufen. Was sollte Nieminen von ihm halten? Schließlich repräsentierte er hier auch seinen Dienstherren, sein Land. Paul lief hinter seinen beiden Kollegen her. Nieminen trug eine gefütterte Mütze. Ungern hatte eine schwarze Strickmütze auf dem Kopf. Eine Windböe zerrte an Pauls Schal. Er schob sich die Kapuze über den Kopf und setzte sie erst im Foyer des Riesenaquariums wieder ab.

„Das ist eine Wahnsinnsarchitektur.“ Ungern drehte sich

einmal um sich selbst und dann nochmal. Dann legte er den Kopf in den Nacken und sah zur Decke.

„Ist das nicht eine riesige Energieverschwendung, so ein Glaskasten?“, fragte Paul. Im Foyer war es angenehm warm, so warm, dass er den Parka hätte ausziehen können.

„Es ist ein Dreifach-Spezial-Glas“, erklärte Nieminen. „Sehr gut für Wärmedämmung, Schallschutz und auch im Sommer gibt es keine Überhitzung.“ Er sah stolz aus.

„Vielleicht sollten wir mal weitergehen.“ Paul zeigte auf seine Uhr.

„Natürlich.“ Der Finne ging zur Rezeption und wechselte ein paar unverständliche Worte mit einer freundlich lächelnden Frau.

„Wir müssen in den zweiten Stock.“ Nieminen leitete sie zu einem Aufzug und oben angelangt durch einen Gang mit grauen Wänden. Vor einem geschlossenen Raum blieb er stehen, las das kleine Schild neben der Tür und nickte. „Hier muss es sein.“

Sie traten in ein modern aussehendes Klassenzimmer. Heller Holzboden, weiße Stühle und Tische, eine Tafel, ein Beamer an der Decke und neben dem Lehrerpult ein massiger Mann mit seinem bauchigen Cello.

„Terve“, sagte Nieminen und weitere unverständliche Dinge. Der Mann lehnte sein Cello an den Lehrerpult und stand auf.

„Isotalo. Guten Tag“. Er schüttelte Paul und Ungern die Hand.

„Sprechen Sie Deutsch?“ Sprachen alle Finnen Deutsch? Paul wunderte sich.

„Ein bisschen, ja.“ Der Mann hatte eine tiefe Stimme, man konnte ihn sich auch als Bass in einer Oper vorstellen.

„Setzen wir uns doch." Nieminen rückte einige Stühle nach vorne, sodass sie sich in einen Kreis setzen konnten.

„Sie haben schon vom Tod Ihrer Kollegin gehört?" Ungern kam zur Sache. Paul lehnte sich in seinem Stuhl zurück und beobachtete Isotalo aufmerksam.

„Ja." Der Finne sah aus wie der Seeelefant bei den Augsburger Puppenspielen. Zutiefst betrübt. Die Nachricht vom Tod seiner Kollegin hatte ihm Nieminen überbracht, als er die Verabredung für die heutige Vernehmung getroffen hatte.

„Und es war wirklich Mord?" Morrrd.

„Unter den Umständen, unter denen Frau Merikangas gefunden wurde, müssen wir davon ausgehen, ja." Ungern konnte Isotalo diese Information geben, denn Isotalo hatte für die Tatnacht ein Alibi, das sie überprüft hatten. Er war von 22.00 bis 1.00 Uhr mit dem Schotten Ben in der Bar seines Hotels gewesen. „Herr Isotalo, Sie waren mit Frau Merikangas zusammen auf Tournee. Wie kam es denn dazu?"

„Die beiden anderen Musiker, Sabine und Ben, wir haben schon einige Tournees zusammen gemacht. Da hat noch eine Geige mitgespielt, Terry, eine Engländerin. Aber sie hat ein Kind bekommen und macht jetzt ein bisschen Pause, wissen Sie? Mutterpause, wie man sagt. Da habe ich Hanna gefragt, ob sie für Terry einspringt. Wenn ich sie nicht gefragt hätte, dann wäre sie noch am Leben. Das ist furchtbar." Er schaute wieder sehr betrübt.

„Und warum denken Sie, hat Hanna zugesagt?"

„Ich weiß nicht."

„Hat sie denn öfters solche Tourneen gemacht?"

„Na, mit dem Sinfonie-Orchester, ja. Wir haben schon auf der ganzen Welt gespielt, in New York, in Japan, Europa."

„Aber so eine Kammerkonzert-Tour. Das war doch eine private Angelegenheit?"

„Ja, das ist privat."

„Ist das lukrativ? Verdienen Sie damit Geld?"

„Nein, das ist nicht zum Geldverdienen. Das ist nur, um zu reisen, Leute treffen, mit den Freunden Musik zu machen, wissen Sie, nicht so eine Stress wie hier mit dem Orchester, ein bisschen lockerer. Wir sind gute Freunde, wir machen das gerne zusammen."

„Aber Hanna gehörte doch gar nicht dazu."

„Ja."

„Warum hat sie dann mitgemacht? Was war ihre Motivation für die Tour?"

„Das weiß ich nicht genau."

„Waren Sie denn gut mit ihr befreundet?"

„Wir waren gute Kollegen. Gehen zusammen in der Mittagspause essen. So was."

„Mehr nicht?"

„Was meinen Sie?"

„Sie hatten keine Beziehung?"

Der Cellist sah Ungern verständnislos an.

„Sie waren kein Paar, kein Liebespaar?"

„Nein, nein. Ich habe Frau und Kinder. Nein, nein, so war es nicht."

„Trotzdem begleitet Hanna Sie auf der Tour, obwohl Sie kein Paar waren, nicht mal besonders gute Freunde, und obwohl sie die anderen Musiker gar nicht kannte und das Ganze finanziell nicht lukrativ war", fasste Ungern zusammen. „Welchen Grund könnte sie gehabt haben, das zu tun?"

„Vielleicht wollte Hanna ein bisschen Abwechslung in ihren Leben haben", brummte Isotalo traurig. „Ihr Sohn war mit Schule fertig, er macht eine Reise nach Südamerika, danach will er anfangen zu studieren. Hanna war allein. Vielleicht hat sie gedacht, so eine Reise ... Ich weiß auch nicht." Isotalo sah jetzt so traurig aus, dass Paul fürchtete, er würde anfangen zu weinen.

„Und als die Tour zu Ende war. Nach dem Sulzbacher Konzert. Da sind Sie ins Hotel gefahren, ins Intercity-Hotel am Frankfurter Bahnhof, richtig?"

„Ja, richtig."

„Wie sind Sie dorthin gekommen?"

„Ich habe mir Taxi geteilt, mit Ben. Er war auch im gleichen Hotel."

Ungern nickte dazu. „Und was hatte Hanna vor? Warum ist sie nicht mit Ihnen mitgekommen?"

„Sie hatte anderes Hotel und wollte mit ihrem Mietwagen dahin fahren."

„Wissen Sie, welches Hotel Hanna gebucht hatte?"

Isotalo schüttelte den Kopf. „Nein. Das war bisschen außerhalb hat sie nur gesagt."

„Und wann wollte Hanna zurück nach Hause fliegen?" Paul und Ungern wussten, dass Hanna einen Flug für Dienstagabend nach Helsinki gebucht hatte, das hatten sie ziemlich bald herausgefunden, nachdem sie wussten, wer sie war.

„Ich weiß nicht genau. Sie wollte noch ein paar Tage in Frankfurt bleiben, Freunde besuchen, hat sie gesagt."

„Hat sie einen Namen genannt?"

„Nein."

„Irgendeinen Anhaltspunkt, einen Ort, woher sie die Freunde kannte? Ob es ein Mann war, eine Frau, eine Familie?"

„Nein, nichts, leider."

Paul sah Isotalo an, als sei er ein Schüler, der gerade eine falsche Antwort gegeben hatte.

„Hanna hat nichts darüber erzählt und ich wollte nicht, äh, rude oder neugierig sein. Sie hat allein gelebt und ich dachte, vielleicht hat sie einen Freund hier, aber will sie das nicht erzählen. Ich habe nicht danach gefragt."

„Ist Ihnen sonst irgendetwas an Hanna aufgefallen? War sie anders als sonst?"

„Sie war ein bisschen nervös."

„Wann? Während der ganzen Tour? Oder nur in Sulzbach?"

„Nur in Sulzbach."

„Woran haben Sie das gemerkt?"

„Sie hat ein bisschen mit den Händen gezittert, beim Spielen. Das habe ich gemerkt. Und sie hat wenig gesprochen am Samstag. War in ihrem Kopf zurückgezogen."

„Und nach dem Konzert? War sie da immer noch nervös?"

„Ich weiß nicht. Ich glaube schon. Sie hat sich ganz schnell von uns verabschiedet. Wollte nicht mehr einen trinken gehen, zum Abschluss. Wollte zu ihrem Auto und ins Hotel fahren."

„Und Sabine? Ist die noch mit ausgegangen?"

„Nein. Sabine ist auch weggefahren. Ihr Sohn hat sie abgeholt. Sie wollten ja noch nach Hamburg fahren."

–

Im Pfarrhaus starrte Elisabeth müde und verkatert auf ihren Bildschirm, der nervtötend langsam hochfuhr. Elisabeth war schlecht gelaunt. Sie fand, dass Anke vorschnell geurteilt hatte. Hatte Elisabeth kein Recht auf eine Klärung? Könnten

Jan und sie nicht Freunde sein, wenn sie nur das unglückselige Ende ihrer Beziehung vor vierundzwanzig Jahren verarbeiteten und hinter sich ließen?

Endlich zeigte der Bildschirm das gewohnte Hintergrundbild. Elisabeths Hand schwebte einen Moment lang unentschlossen über der Maus. Dann schickte sie sich ins Unausweichliche und klickte Facebook an. Jan hatte wieder geschrieben:

Das klingt ja wirklich schlimm. Tut mir leid für dich! Weiß man denn schon, wer es war?

Elisabeth seufzte und dachte nach. Dann schrieb sie:

Die heißeste Spur führt wohl gerade nach Finnland, das Opfer ist nämlich Finnin. Am Ende war es einer aus der Kantorei, die war vor zwanzig Jahren auf einer legendären Finnland-Tournee. Vielleicht ist da noch eine Rechnung offen geblieben.

–

Paul seufzte auf der Rückbank von Nieminens Ford Focus. Ungern und Nieminen saßen vorne und begeisterten sich immer noch über die Architektur des Helsinki Music Centres. „Und man sieht so wenig Stahl!", rief Ungern aus. So ekstatisch hatte Paul seinen Kollegen noch nie erlebt.

„Das kommt wegen der Punkthaltung ... Aber, was eigentlich das Besondere an dem Musikkitalo ist, das ist die Akustik. Schade, dass Sie die nicht erleben können."

Ja, so schade, dachte Paul. Jetzt kam der Teil, vor dem ihm graute. Was gab es Schlimmeres, als einer Mutter die Nachricht vom Tod ihres Kindes zu überbringen? Auch wenn dieses schon erwachsen war. Aber das hatte Nieminen oder einer seiner Kollegen Gott sei Dank gestern schon erledigt. Trotzdem würde dieser Besuch keine fröhliche Angelegenheit werden. Paul musste an Henry denken, der auch häufig solche Situationen erlebte. Auf einmal hatte er große Lust, mit Henry ein Bier trinken zu gehen.

Die Wohnung lag in einem grauen Mehrfamilienhaus inmitten eines Vorortes, in dem kein Haus älter als fünfzig Jahre zu sein schien.

„Schade, dass Sie uns nicht im Sommer besuchen, Espoo ist berühmt dafür, dass es hier so grün ist." Nieminen schwang sich immer mehr zum Fremdenführer auf.

Bäume, sogar kleine Wäldchen hatte Paul auf der Fahrt zu Frau Merikangas' Wohnung gesehen, aber überall der gleiche weiß-graue Schnee. In der Wohnung dagegen dominierten helle, freundliche Farben. Ein heller Holzboden, weiße Einbauschränke im Flur, bunte, gewebte Flickenteppiche im Wohnzimmer und Möbel aus hellem Holz. Wie Ikea für Erwachsene, dachte Paul.

Eine Frau hatte ihnen aufgemacht, die Paul für Hanna Merikangas gehalten hätte, wenn er es nicht besser wüsste. Es war ihre Schwester, Mirja Partanen. Bei näherem Hinsehen war sie etwas älter und auch kräftiger, als Hanna gewesen war.

„Kommen Sie, kommen Sie bitte." Schon wieder eine deutschsprachige Finnin. Diese Pisa-Streber machten Paul fertig.

Frau Partanen führte die Polizisten ins Wohnzimmer. Dort saß Hannas Mutter auf dem Sofa. Sie stand auf, um die Männer zu begrüßen, gab ihnen stumm die Hand. Beiden Frauen sah man an, dass sie geweint hatten.

„Möchten Sie Kaffee?" Frau Partanen sah die Männer an und sagte etwas zu ihrer Mutter.

„Nein, danke." Ungern winkte ab. „Wir wollen Ihnen keine Umstände machen."

„Kiitos, ei", sagte Nieminen, was wohl auch nein hieß.

„Ich. Ich hätte gerne einen Kaffee. Wenn es keine Umstände macht." Paul war selbst überrascht, wie sehr er plötzlich einen Kaffee wollte. Ein Kaffee war das Mindeste, was er brauchte, um diesen Besuch zu überstehen, und dabei war er sich darüber klar, dass er nicht der war, für den der Besuch die größte Zumutung bedeutete.

Seine entschiedene Antwort zauberte ein winziges Lächeln auf das Gesicht von Hannas Schwester und sie verschwand kurz in der Küche. Als Paul seinen Kaffee bekommen hatte, setzten sich alle hin und Ungern begann die Befragung mit einer Beileidsbekundung, die für seine Verhältnisse annehmbar klang.

Frau Partanen übernahm die Übersetzung, was Nieminen nicht zu stören schien.

„Was denken Sie, warum hat Hanna überhaupt an dieser Deutschland-Tour teilgenommen?"

„Meine Mutter sagt, sie ist eingesprungen für eine Violinistin, die eine Babypause macht."

„Ja, das wissen wir. Aber eigentlich war diese Tour für Hanna doch nicht wirklich attraktiv. Finanziell nicht, sie kannte die anderen Musiker gar nicht, von Isotalo abgesehen, mit dem sie auch nicht sehr eng befreundet war. Und musikalisch doch sicher auch nicht. Ich meine, sie spielte im Finnischen Radio-Sinfonie-Orchester. So ein Streichquartett war doch gar nicht ihre Liga."

„Das stimmt." Frau Partanen nickte. „Das war unter ihre Niveau, würde ich sagen."

„Warum hat sie es dann getan?" Ungern sah von der Tochter zur Mutter.

Zögernd übersetzte die Tochter ihrer Mutter die Frage. Die beiden wechselten Blicke.

„Wir wissen es nicht“, sagte Frau Partanen schließlich.

„Hat es Sie nicht gewundert?“ Ungern wartete, bis Frau Partanen übersetzt hatte.

Wieder schweigender Blickwechsel.

„Vielleicht wollte sie eine Abwechslung. Eine Reise machen, aber nicht allein.“

„Welche Freunde wollte sie denn am Ende ihrer Tour in Frankfurt besuchen?“

Frau Partanen beriet sich mit ihrer Mutter.

„Das wissen wir nicht.“

„Hat sie Ihnen denn nicht erzählt, wen sie besuchen wollte?“

„Nein, sie hat nichts gesagt. Wir haben gedacht, die Tour geht bis Dienstag. Von Freunden hat sie nichts erzählt.“

„Hatte Hanna denn Freunde in Deutschland?“

Wieder sahen die Frauen sich an. „Nein, wir wissen von keinen deutschen Freunden.“

Ungern sah die Frauen an. Sein Gesichtsausdruck zeigte deutlich, dass der Gesprächsverlauf ihn frustrierte.

„Was ist denn mit dem Sohn von Hanna?“ Paul hatte das Gefühl, dass das Gespräch sich irgendwie festgefahren hatte. Vielleicht half ja ein Themenwechsel.

„Er ist in Peru. Er hat im Frühjahr die Schule fertig gemacht, hat sein Abitur gemacht und jetzt macht er eine große Reise.“

„Weiß er schon vom Tod seiner Mutter?“

„Ja.“ Tränen kullerten aus Frau Partanens Augen. Sie sagte ein paar Worte zu ihrer Mutter und auch diese fing an zu weinen. „Wir haben Timo gestern Nacht angerufen. Er will mit dem nächsten Flug nach Hause kommen. Aber er ist im Landesinneren. Er muss erst zum Flughafen fahren und dann einen Flug nehmen."

„Und Timos Vater?", Ungern folgte dem Kurs, auf den Paul die Befragung gelenkt hatte. „Weiß er von dem Tod seiner Ex-Frau?"

Die Frauen sahen sich wieder an und schwiegen, nachdem Frau Partanen die Frage übersetzt hatte. „Wir kennen Timos Vater nicht", sagte Frau Partanen schließlich.

„Wie bitte?" Ungern ließ sein Notizbuch sinken. „Sie kennen ihn nicht?"

„Hanna war nicht verheiratet. Timo. Die Schwangerschaft, das war ein Unfall."

„Aber sie wird doch gesagt haben, wer der Vater ist."

Frau Partanen schüttelte den Kopf. „Sie hat gesagt, es ist egal. Er ist kein Vater für Timo. Also ist es egal, wer er ist."

„Ich möchte bitte, dass Sie Ihre Mutter fragen, ob sie weiß, wer Timos Vater ist." Ungern hörte sich jetzt richtig streng an.

Frau Partanen sprach mit ihrer Mutter. Die schüttelte den Kopf.

„Sie hat nichts gesagt."

„Aber sie wird sie doch gefragt haben. Das will man doch wissen, wenn die eigene Tochter mit ..." Ungern hielt inne, rechnete, „mit einundzwanzig schwanger wird! Das will man doch wissen." Ungern sah von Paul zu Nieminen, um dort Bestätigung zu finden. „Ach, das ist doch Mist!" Er knallte sein Notizbuch auf den Tisch und stand auf. „Nieminen, sprechen Sie bitte mit den Zeuginnen. Ich treffe hier anscheinend nicht den richtigen Ton." Er ging zum Fenster und sah hinaus. Paul stellte sich vor, wie die Pflanzen kümmerlich eingingen unter Ungerns mürrischem Blick.

Nieminen rückte seinen Stuhl etwas näher an Frau Merikangas heran und sprach in beschwörendem Tonfall auf die alte Frau ein. Paul leerte seinen Kaffeebecher. Der Kaffee war überraschend lecker gewesen. Er versuchte, aus dem Gespräch zwischen Nieminen und den Frauen irgendwie schlau zu werden, aber er verstand buchstäblich kein einziges Wort.

Nieminen stand auf. „Frau Merikangas bittet uns zu gähen. Sie ist sehr mitgenommen. Vielleicht kann ich sie später nochmal besuchen."

Hannas Schwester begleitete die Männer schweigend bis zur Haustür. Paul warf im Gehen einen Blick auf Hannas Mutter, die im Wohnzimmer sitzen geblieben war. Sie saß aufrecht wie eine Statue, den Blick aus dem Fenster gerichtet.

–

Auf dem Schreibtisch wetteiferten Rückrufbitten, unbezahlte Rechnungen, ein Klassenarbeitsheft von Marlene zum Unterschreiben, jede Menge kleinere To dos (Hartmanns anrufen wg. Taufgespräch, Landfrauen absagen, Zahnreinigung Termin machen) um Henrys Aufmerksamkeit. Er schob die Unterlagen und Zettel in verschiedenen Größen vorsichtig weiter nach hinten und an die Ränder des Schreibtischs, um eine kleine Arbeitsfläche zu schaffen. Zuerst wollte er den Sonntagsgottesdienst unter Dach und Fach bringen. Er kramte in den Unterlagen, bis er die Abkündigungen fand, die Ilona ihm zusammengestellt hatte, und überflog sie. Dienstag Konfirmandenunterricht, Mittwoch Seniorennachmittag im Gemeindehaus. Die Kollekte des vergangenen Sonntags betrug 9.000 Euro. Was? Das konnte nicht sein. Auch nicht an

Ostern. Henry seufzte. Irgendetwas war mit Ilona los. Gestern hatte sie vergessen, die Todesanzeigen für Thomas herauszulegen, damit dieser sie in die Schaukästen hängte. Jetzt diese Abkündigung. Schlimmer als diese beiden Fehler wog aber, dass sie den Gemeindesaal für übernächsten Samstag doppelt vergeben hatte, einmal an die Landfrauen und – für die gleiche Zeit – an die islamische Ahmaddiyya-Gemeinde. Henry hatte keine Ahnung, wie sie aus dieser Nummer wieder herauskommen sollten. Jedenfalls musste er mit ihr reden. Der Gottesdienst musste warten. Henry ging rüber ins Gemeindebüro.

„Ilona?"

Ilona schaute nicht auf, sie war in irgendetwas auf ihrem Bildschirm vertieft.

„Ilona!" Offenbar hatte er jetzt etwas zu laut und entschieden gesprochen, denn Ilona zuckte zusammen. Sie drehte sich zu ihm und sah ihn erschrocken an.

„Entschuldige." Henry setzte sich auf den Besucherstuhl gegenüber von ihrem Schreibtisch. „Ich wollte fragen, ist irgendwas nicht in Ordnung? Bedrückt dich etwas?"

„Geht's um die Landfrauen?" Ilona verdrehte die Augen. „Ich rede mit der Erika. Ich bring das in Ordnung."

„Ich meine nicht nur die Landfrauen. Dass du die Todesanzeigen vergisst rauszulegen. Und hier, schau dir mal die Kollekte vom letzten Sonntag an." Er hielt ihr den Zettel hin, den sie für ihn geschrieben hatte.

„9.000! Das ist Quatsch." Ilona riss ihm den Zettel aus der Hand. „Das korrigiere ich." Sie wandte sich dem PC zu.

„Nein, warte mal."

„Was habe ich denn noch falsch gemacht?" Ilona sah ihn unbehaglich an.

„Hier geht es nicht darum, was du falsch gemacht hast. Ich mache mir nur Sorgen. Das ist doch sonst nicht deine Art. Du bist doch immer total korrekt und zuverlässig. Bedrückt dich irgendetwas?"

Ilona fing an, den Stoff ihres bunten Schals auseinanderzuziehen und strich mit dem Finger auf dem glatten Stoff entlang. „Wenn ich dir jetzt was sage, dann sage ich es dir als Seelsorger. Du musst das für dich behalten."

Henry nickte langsam.

„Kannst du mir das schwören?"

„Also, grundsätzlich habe ich gar keine andere Wahl, als es für mich zu behalten, wenn du mir das so sagst. Aber wenn ich, sagen wir mal, erkennen würde, dass ein Menschenleben in Gefahr ist, wenn ich schweige, dann müsste ich unter Umständen die Schweigepflicht brechen. Aus Nothilfegesichtspunkten."

„Oh, gut. Vergiss es." Ilona ließ den Schal fallen und drehte sich wieder zu ihrem PC.

„Warte, warte." Henry war höchst alarmiert. „Was kann so schlimm sein, dass du es mir nicht erzählen kannst?"

Ilona tippte wie versessen auf ihre Tastatur ein. Henry wollte sich gar nicht vorstellen, welchen Unsinn sie gerade verzapfte. Vielleicht schrieb sie den Landfrauen, sie sollten sich die Bestätigung für die Raumvergabe dahin schieben, wo die Sonne nicht schien. Henry packte die Mehrfachsteckdose und zog den dicksten Stecker raus. Der PC machte ein kleinlautes Geräusch und der Bildschirm wurde dunkel.

„Was machst du denn?" Ilona schob den Stuhl nach hinten.

„Jetzt rede doch bitte mit mir! Dir geht es doch nicht gut damit."

Ilona griff nach dem Telefonhörer und tippte eine Nummer. Für 110 war sie zu lang.

„Wen rufst du an?"

„Rentamt", knurrte sie mit zusammengepressten Lippen. Dann schmiss sie den Hörer aufs Telefon und vergrub das Gesicht zwischen den Händen. Ihre Schultern zuckten und sie schluchzte. Henry stand auf und lief aus dem Büro. Mit einer Packung Kleenex kehrte er zurück. Er stellte sie vor Ilona auf den Tisch und setzte sich wieder.

„Gerôme ...", war zwischen den Schluchzern mittlerweile zu verstehen, „... im Arboretum ... in der Nacht. Oh, Henry, ich hab solche Angst um ihn. Er kommt doch ohne mich nicht zurecht."

Henry schob Ilona die Kleenexpackung hin. „Jetzt hol erst mal Luft." Ilona schnäuzte sich und atmete gehorsam ein.

„Gerôme war in der Osternacht im Arboretum", stellte Henry fest.

Ilona nickte.

„Woher weißt du das?"

„Ich hab gehört, wie er um fünf Uhr morgens nach Hause kam. Er war ganz durcheinander und hat immer nur gesagt: *Die Glocken läuten für eine Tote, die Glocken läuten für eine Tote.* Ich habe ihn erst mal in Ruhe gelassen. Er weiß ja, dass er nachts nicht rausgehen darf und es regt ihn selbst auf, wenn er gegen diese Regel verstößt. Du weißt ja, wie wichtig ihm Regeln sind."

Henry nickte. Das hatte Ilona ihm doch schon am Dienstag nach Ostern alles erzählt.

„Er hat sich dann auch wieder beruhigt. Aber am Ostermontag war er frühmorgens wieder unterwegs und als er danach zurückkam, hat er immer wieder gesagt: *Es ist zu kalt für die Frau da draußen. Die Frau hat sich verletzt, aber es ist zu kalt. Die hat ja nichts anzuziehen.*" Ilona sah Henry an. „Ich hab mir damals nichts dabei gedacht, weil ich ja nichts von der Leiche wusste."

„Er wusste, dass die Tote nackt war."

Ilona nickte kaum merklich.

„War er am Ostersonntag vormittags nochmal draußen?"

„Nein. Er hat den ganzen Vormittag verschlafen."

Also musste er die Leiche in der Osternacht gesehen haben. „Kann es sein, dass ihm jemand erzählt hat, dass die Leiche nackt war?"

„Ich habe es ihm bestimmt nicht gesagt." Ilona schüttelte den Kopf. „Ist natürlich nicht auszuschließen, dass irgendein Schlappmaul nichts Besseres zu tun hatte, als dem Jungen so was zu erzählen."

Jedenfalls hat Gerôme schon in der Osternacht gewusst, dass die Frau tot war, dachte Henry. „Es könnte sein, dass Gerôme den Mörder gesehen hat."

Ilonas Augen weiteten sich.

„Er könnte in Gefahr sein. Es wäre sicher besser, Paul davon zu erzählen."

„Du hast geschworen, es für dich zu behalten." Ilonas Stimme kletterte in die Höhe.

„Ich will es auch gar nicht weitersagen. Du sollst es Paul erzählen. Vielleicht hat Gerôme wichtige Dinge beobachtet, die dazu führen, den Mörder zu schnappen. Du weißt doch, was für eine Beobachtungsgabe und was für ein Gedächtnis er hat. Und solange er der Einzige ist, der etwas über den Mörder weiß, könnte er in großer Gefahr sein."

Ilona biss sich auf die Lippen. Dann sagte sie: „Was, wenn die Polizei denkt, Gerôme hat die Frau getötet?"

„Das werden sie nicht. Paul sagt, das Arboretum war nicht der Tatort."

„Und wenn Gerôme nicht nur im Arboretum war? Er wandert ohne Probleme zehn Kilometer, wenn er unruhig ist."

„Aber wie sollte er die Leiche ins Arboretum geschafft haben? Er kann doch nicht Auto fahren."

Ilona zog die Augenbrauen hoch.

„Kann er doch?"

„Bei uns draußen gibt es Zeiten, wo kaum jemand vorbeikommt. Sein Onkel hat ihm gezeigt, wie man Auto fährt. Sie machen das manchmal, fahren ein kleines Stück auf den Feldwegen rum, rangieren, parken ein. Gerôme liebt das. Er liebt alles, was mit Technik zu tun hat."

„Weißt du, ob er dein Auto in der Osternacht benutzt hat?"

„Ich glaube nicht. Der Autoschlüssel war da, wo er hingehört, in meiner Handtasche. Das Auto stand so, wie ich es geparkt hatte. Aber du weißt ja auch, was für eine Beobachtungsgabe und was für ein Gedächtnis der Junge hat."

–

Hannas Wohnung lag im Nordwesten Helsinkis. Der Hausverwalter erwartete Nieminen und seine deutschen Kollegen vor dem Haus. Er wechselte ein paar Worte mit Nieminen, übergab ihm einen Stapel Post und einen Schlüssel, nickte Paul und Ungern zu, dann gingen die Polizisten hinter Nieminen her. Dies war wieder eine Straße mit grauen Mehrfamilienhäusern, die von außen wenig einladend aussahen. Immerhin, stellte Ungern fest, im Treppenhaus stank es nicht nach Urin und es waren auch keine Schmierereien an die Wand gesprüht worden. Ein altertümlicher Aufzug brachte sie in den vierten Stock. Nieminen sah sich kurz um und steuerte dann auf eine Wohnungstür zu.

Sie traten in einen schmalen Flur, von dem es rechts zu den Schlafzimmern und links zu Wohnzimmer und Küche ging. Die Männer teilten sich wortlos auf. Ungern betrat das erste Schlafzimmer. Es war das Zimmer des Sohnes, davon zeugte ein Eishockey-Schläger, der zwischen Kleiderschrank und Bett an der Wand lehnte, und einige silberne Pokale, für die ein Brett des Bücherregals reserviert war. Ein weiteres war voll mit Comics. Ein gemachtes Bett, ein aufgeräumter Schreibtisch. Ob der Junge sein Zimmer so ordentlich hinterlassen hatte, bevor er auf seine Südamerikareise ging, oder ob die Mutter es aufgeräumt hatte, war jetzt nicht mehr zu rekonstruieren. Ungern öffnete die Tür des Kleiderschranks. Pullis, Hosen, T-Shirts, Unterwäsche, alles ganz normal. Er nahm sich das nächste Schlafzimmer vor. Hannas Zimmer war deutlich kleiner, hier gab es nur einen Einbauschrank und ein Einzelbett mit Nachttisch und eine Kommode. Ungern zog die Schubladen auf, Unterwäsche, Strümpfe, Strumpfhosen, auch hier nichts Ungewöhnliches. Keine Briefe zwischen der Wäsche versteckt, keine Fotos, kein Tagebuch. Im Schrank jede Menge weiße Blusen, schwarze Hosen und Röcke, in den Fächern Sporthosen und Kapuzenpullis. Ungern schloss für einen Moment die Augen, wie um Hannas Nähe besser spüren zu können. Das war sicher keine professionelle Ermittlungsmethode, aber wen kümmerte das. Er bildete sich ein, einen Hauch von Hannas Parfüm zu riechen, das er freilich zu ihren Lebzeiten niemals gerochen hatte. Er hörte Nieminens und Pauls Stimmen näherkommen und sie tauschten Plätze, Ungern betrat das

Wohnzimmer. Dieses war großzügig geschnitten und gemütlich eingerichtet. Vor dem großen Fenster stand ein Sofa und vor der Balkontür ein Notenständer. Ungern ging zum Notenständer und sah nach draußen. Hanna hatte sich einen schönen Platz zum Üben ausgesucht. Von hier konnte man das Meer sehen, davor einen großen Park, der sich erst bei genauerem Hinsehen auf der linken Seite als Friedhof entpuppte. Sowohl auf dem Friedhof als auch im sich daran anschließenden Park wuchsen hohe Nadelbäume. Entlang des Ostseeufers lief ein Sandweg, dem Ungern vielleicht zwei Kilometer mit den Augen folgen konnte. Weit weg meinte er eine Imbissbude auszumachen. Ob Hanna oft auf diesem Sandweg entlanggelaufen war, in ihren Joggingklamotten? Das Meer glitzerte in der Nachmittagssonne, Ungern sah Spaziergänger, Frauen mit Kinderwagen, Jogger. Er hatte Lust, auch dort spazieren zu gehen, an der Bude ein Eis zu kaufen, sich auf eine Bank zu setzen und auf die Ostsee zu gucken. Hanna würde all das nicht mehr tun.

„Wir sind hier so weit durch." Paul trat ins Wohnzimmer. „Nieminen nimmt den Laptop und die Post mit. Er sagt uns Bescheid, wenn er etwas Interessantes entdeckt."

Ungern nickte. Er riss sich vom Anblick der Ostsee los und folgte Paul in den Flur. „Ich werfe noch einen Blick in die Küche", sagte er. In der Küche roch es nach Kaffeepulver. Die Kühlschranktür stand einen Spalt offen. Sie hatte ihn vor der Reise offenbar abgetaut. Ungern öffnete sie. Der Kühlschrank war leer. Der Gedanke daran, wie Hannas Sohn in diese Wohnung zurückkehrte, die seine Mutter niemals wieder betreten würde, deprimierte ihn unsäglich.

–

Paul ließ die reisemüden Knochen auf die Sitzbank in Sulzbachs unscheinbarster und zugleich unübertroffener Gaststätte, dem *Konrad*, fallen und ächzte vor Erleichterung. So verlockend ihm am Morgen die Schneekönigin Helsinki vorgekommen war, so froh war er, diesem mustergültigen, aber dunklen und kalten Land mitsamt seinem mustergültigen, aber verschlossenen und maulfaulen Volk entkommen zu sein.

Der sonst so maulfaule Ungern dagegen hatte auch auf der Fahrt von Espoo zum Flughafen nicht aufgehört, weiter zu schwärmen: „Interessant ist ja auch, nach der nach innen gerichteten Architektur Alvar Aaltos, die man ja direkt daneben am Finlandia-Haus noch besichtigen kann, jetzt diese Transparenz, diese Durchlässigkeit des Music Centres. Das Innen und Außen fließen ineinander ..."

Wenn irgendwas fließen sollte, war es Pauls Meinung nach endlich das lang ersehnte Bier mit Henry. Noch am Flughafen in Helsinki hatte er ihn angerufen und ein Treffen vereinbart.

„Also, hör zu." Paul wischte sich den Schaum vom Mund. „Die Hanna ist nur für eine andere Geigerin eingesprungen. Sie kannte die anderen Musiker des Streichquartetts gar nicht. Uns ist immer noch nicht klar, warum sie das überhaupt gemacht hat."

„Vielleicht wollte sie gerne mal auf Tour gehen. Deutschland besuchen." Henry hatte nicht vorgehabt, heute Abend auszugehen, aber ein Steak beim Konrad würde er ganz sicher nicht ausschlagen, wenn Paul bezahlte.

„Ach, die gehen alle naselang auf Tour, diese finnischen Radio-Sinfoniker. Und dann bezahlt das Orchester alle Spesen. Das war sicher nicht die Motivation."

„Und wenn sie vor ihrem Mörder fliehen wollte? Und er ist ihr hinterhergereist?“

„Eine Flucht nach Deutschland?“ Paul runzelte die Stirn. „Für zwei Wochen? Was würde das bringen? Danach musste sie ja doch wieder zurück nach Hause.“

„Weiß auch nicht. War nur so eine Idee.“

„So, die beiden Herren, hier kommen eure Steaks.“ Die Wirtin setzte jedem von ihnen ein Rumpsteak mit Pfeffersoße und Bratkartoffeln vor, sodass die Lösung des Falls vorerst zurückstehen musste. Das Fleisch war zart und die Soße, na ja, eben unnachahmlich. Erst nach dem Essen konnte Paul wieder an seinen Fall denken.

„Das Merkwürdigste war die Sache mit dem Vater“, sagte er.

„Welcher Vater?“

„Hanna hat einen Sohn. Timo. Er ist neunzehn und weilt zurzeit in Peru.“

„Und?“

„Hannas Mutter behauptet, sie wisse nicht, wer Timos Vater ist. Hannas Schwester genauso. Hanna hätte es nie erzählt. Glaubst du das?“

„Hm. Schwer vorstellbar. Aber ich weiß ja nicht, wie Hanna so vor knapp zwanzig Jahren war. Vielleicht gab es da mehrere Männer in ihrem Leben und sie wusste es selbst nicht …“

„Kannst du dir das wirklich vorstellen? Eine begabte junge Frau, die das Konservatorium mit Bestnoten abgeschlossen, einen Studienplatz an der Sibelius-Akademie ergattert hat. So eine fleißige, begabte, zielstrebige Frau verliert sich hemmungslos im Helsinkier Nachtleben und weiß am Ende nicht, wer der Vater ihres Kindes ist? Nee, glaub mir. Ich habe die

Finnen gesehen. Die machen so was nicht. Und diese Hanna schon erst recht nicht."

Tatsächlich konnte Henry sich das auch nur schwer vorstellen, auch wenn sein Eindruck von Hanna ja nur ein sehr kurzer gewesen war und Menschen sich ändern konnten. „Allerdings", fiel ihm dann ein, „müssen die Finnen doch ganz ordentlich feiern können. Elisabeth hat mir erzählt, dass unsere Kantorei vor vielen Jahren eine Finnland-Tour gemacht hat, bei der es ziemlich wild zugegangen sein soll."

„Wie meinst du das, wild zugegangen?"

„Genaueres wusste Elisabeth nicht. Anke hat ihr das erzählt. Ihr Vater hat damals den Bus gefahren. Mit dem Erich Mach."

„Die sind wahrscheinlich mit den Finnen in die Sauna gegangen und haben Wodka gesoffen und sich für harte Kerle gehalten. Mehr wird da nicht dran sein an der Geschichte." Nieminen hatte bei seiner Music-Centre-Tour auch erwähnt, dass das Gebäude drei Saunen beherbergte. Auf Ungerns Frage, wer da wann mit wem reingehe, hatte Nieminen erklärt, dass in Finnland Frauen und Männer immer getrennt saunierten, nur Familien würden gemeinsam in die Sauna gehen. Sauna-Orgien der evangelischen Kantorei waren also eher unwahrscheinlich. Auch nicht in den wildesten Zeiten der Kantorei. Aber die Vaterschaftsfrage, die wurmte Paul. „Also, warum darf niemand wissen, wer Timos Vater ist?"

„Na, zum Beispiel weil er verheiratet ist?", schlug Henry vor.

„Glaubst du, das ist Grund genug?" Paul sah skeptisch aus.

„Vielleicht ist der Vater jemand Berühmtes", mutmaßte Henry. „Der finnische Präsident. Oder der Dirigent des

Orchesters, und er hat ihr gedroht, dass sie rausfliegt, wenn sie es erzählt."

„Und das würde sie nicht mal ihrer Mutter und ihrer Schwester erzählen?"

„Vielleicht wissen sie es ja und sagen es nur nicht."

Den Eindruck hatte Paul allerdings auch, dass die beiden Frauen mehr wussten, als sie erzählt hatten. Frustrierend war das, dass man sie nicht einfach nochmal vernehmen konnte, ohne gleich wieder in ein Flugzeug zu steigen.

„Aber wozu die Geheimhaltung, jetzt, wo Hanna tot ist?"

Henry zuckte mit den Schultern. „Es könnte den Vater ja immer noch kompromittieren. Wenn es herauskommt."

„Dann müsste es aber wirklich jemand sehr Berühmtes sein."

„Und ob der Sohn weiß, wer sein Vater ist, wisst ihr nicht, weil er in Peru ist."

„Genau."

„Und, hat es euch geschmeckt?" Die Wirtin nahm ihnen zwei blitzblanke Teller ab, von denen die Soße mit Brot restlos abgewischt worden war.

„Dass du das überhaupt noch fragst", sagte Paul.

Henry und Paul saßen eine Weile schweigend über ihren Getränken. Die Gaststätte hatte sich mittlerweile etwas geleert. Vorne standen Wirt und Wirtin mit einem Gästepaar an den Stehtischen. Im Innenraum waren noch zwei Tische mit jeweils einem Paar besetzt. Überhaupt, dachte Paul, schien Henry in Gedanken zu sein. Oder war er nur müde? Paul spürte allmählich, wie der lange Tag sich bemerkbar machte. Er gähnte.

Henry fiel es ausgesprochen schwer, Paul nichts über sein Gespräch mit Ilona zu sagen. Ilona hatte ihm versprochen, sich zu überlegen, ob sie Paul von Gerômes nächtlichem Ausflug erzählen würde, und Henry hatte sie beschworen, das zu tun. Er glaubte nicht, dass Gerôme zu einem Mord fähig wäre. Er glaubte vielmehr, dass er in Gefahr war, wenn der Mörder gemerkt hatte, dass er beobachtet wurde. Ihm fiel ein, dass Gerôme das nächtliche Glockenläuten auf die Leiche im Arboretum bezogen hatte.

„Weiß man eigentlich mittlerweile, warum in der Osternacht die katholischen Glocken geläutet haben?“, fragte er.

„Ich weiß nicht. Ich habe nur gehört, dass die Baustelle nicht richtig gesichert gewesen sein soll. Die Tür zum Glockenturm war nicht abgeschlossen. Es könnte also jemand reingegangen sein und die Glocken geläutet haben.“

„Also eher kein technischer Defekt, sondern ein Streich?“

„So sieht's aus. Aber in diesem Fall ermittle ich zum Glück nicht. Es ist ja kein Schaden entstanden, außer dass die Glocken den Sulzbacher Bürgern den Nachtschlaf geraubt haben.“ Er gähnte wieder. „Jetzt muss ich schlafen gehen. Für morgen früh hat Ungern den Andi ins Präsidium bestellt. Mal sehen, was der zu erzählen hat.“

–

„Wie war's beim Konrad?“ Elisabeth legte das Buch, in dem sie gelesen hatte, vor sich auf die Bettdecke, als Henry leise ins Schlafzimmer trat.

„Ach, du bist noch wach.“ Er schloss die Tür. „Lecker.“

„Und was wollte Paul?“

„Den Fall nochmal durchhecheln. Er war mit Ungern in Finnland.“

„Wie? Wann denn?“

„Gestern hin, heute Abend zurück."

„Wow. Ein internationaler Kriminalfall in Sulzbach. Hat er denn was rausgefunden?"

„Nicht viel. Die Mutter und die Schwester der Toten wollten nicht richtig mit Paul und Ungern sprechen und der Kollege, dieser Isotalo, weißt du, der Cellist, wusste auch nicht viel."

Henry legte seine Hose über den Stuhl in der Ecke des Schlafzimmers und fischte unter der Bettdecke nach der Schlafanzughose.

„Weißt du, ich überlege dauernd, ob Gerôme nicht doch stärker in den Fall verwickelt ist, als wir bisher wissen."

„Wie kommst du denn darauf?" Elisabeth rückte weiter nach hinten, setzte sich aufrechter hin. Das Buch schlug sie zu und legte es auf den Nachttisch.

„Du hast ihn doch am Ostermontag im Arboretum getroffen."

„Ja. Und?"

„Da hat er dich doch auf den Tatort angesprochen." Elisabeth hatte ihm erzählt, dass sie vor dem Jugendlichen erst Angst gehabt hatte, bevor sie in ihm Gerôme erkannte.

„Er hat die Absperrbänder gesehen, ja."

„Hm."

„Was ‚hm'?"

Henry wollte seine Schweigepflicht nicht brechen, die Ilona ihm schließlich noch ausdrücklich auferlegt hatte. Auch wenn Elisabeth sicher nichts weitererzählen würde. Aber dann fiel ihm ein, dass Ilona ja schon am Dienstag nach Ostern davon erzählt hatte, dass Gerôme in der Osternacht im Arboretum gewesen war. Das war kein seelsorgerliches Gespräch gewesen, sondern ein Plausch zwischen dem Pfarrer und seiner Sekretärin. Mist, das hätte er auch Paul erzählen können. Aber dann hätte Ilona garantiert trotzdem gedacht, dass er seine Schweigepflicht verletzt hätte, wäre stinksauer auf ihn und würde jedem, ob er es hören wollte oder nicht, erzählen, dass Pfarrer Henry die Geheimnisse seiner Gemeindeglieder weitertratschte. War das alles kompliziert.

„Gerôme war in der Osternacht auch im Arboretum." So viel konnte er jedenfalls Elisabeth sagen.

„Was?"

„Ilona hat es mir am Dienstag erzählt. Er war danach ganz durcheinander. Hat von den Glocken gesprochen, dass sie für eine Tote läuten."

„Dann hat er die Leiche in der Nacht gesehen?"

„Aber sprich bitte nicht mit Ilona darüber. Sie regt sich total auf, hat Angst, dass die Polizei Gerôme verdächtigt."

„Das ist doch absurd."

„Ja, denke ich auch. Aber wir kennen Gerôme ja auch von Kindesbeinen an." Henry hatte jetzt auch das Schlafanzugoberteil angezogen und ließ sich auf der Bettkante nieder, den Rücken zu Elisabeth. „Obwohl ich manchmal denke …"

„Was denkst du manchmal?"

„Ich weiß, dass Gerôme ein lieber Junge ist, der keiner Fliege was zuleide tut."

„Ja?"

„Aber er ist auch in der Pubertät und er muss doch auch, na ja, einen Sexualtrieb haben, das ist ja normal."

„Und was willst du jetzt damit sagen?"

„Er hat ja nicht wie andere Jungs in seinem Alter die Gelegenheit, sich mit Mädchen zu treffen und auseinanderzusetzen, also zu flirten und so. Für ihn ist das viel schwerer, er ist mit diesen Gefühlen sozusagen allein."

„Gibt es denn in der Behindertenwerkstatt keine Frauen oder Mädchen?"

„Doch. Wahrscheinlich schon." Daran hatte Henry nicht gedacht. „Vielleicht spinne ich ja."

„Du spinnst dir zusammen, dass Gerôme irgendwie diese Hanna getroffen hat und dass er sie, ja was, vergewaltigt hat? Ach, Quatsch, das hat die Polizei ja sowieso schon ausgeschlossen."

„Vielleicht hat er sie getroffen und ihr Verhalten missverstanden und dann kam es zu einem Streit und einem Unfall, irgendwie so." Es kam ihm selbst unwahrscheinlich vor, als er es Elisabeth erklären wollte.

„Also erstens: Gerôme hasst die Nähe von anderen Menschen, insbesondere von solchen, die er nicht kennt."

„Vielleicht ist er schizophren, wegen dem Sexualtrieb, weißt du? Der Trieb will etwas von ihm, was nicht zu seiner autistischen Persönlichkeitsstruktur passt, und deshalb hat er diese Trieb-Persönlichkeit von seiner eigentlichen abgespalten, kompartmentalisiert sozusagen."

„Uuh, der Hobby-Psychologe kramt tief in der Klamottenkiste aller schlechten Hollywood-Filme, die er je gesehen hat."

„Meinst du, das ist völlig unmöglich?"

„Unmöglich? Weiß nicht. Aber da gibt's ja noch das Zweitens."

„Und das wäre?"

„Dass die Frau nicht im Arboretum getötet wurde. Wie sollte Gerôme sie dahin geschafft haben? Er kann doch nicht Autofahren."

Kann er doch, dachte Henry, aber das war nun eine Tatsache, die Ilona strikt unter die Schweigepflicht gestellt hatte, sodass Henry sich auf die Lippen biss. „Du hast recht, das ist ein Problem", sagte er und legte sich unter die Bettdecke. Ein Problem, das er in dieser Nacht noch eine Weile wälzen würde. Außerdem: Dass die Frau nicht im Arboretum getötet wurde, hieß ja noch nicht, dass sie nicht erst im Arboretum gestorben war.

Fünftes Kapitel

Nach der zweiten unruhigen Nacht in Folge erwachte Elisabeth früh am Samstagmorgen. Es war hell draußen, ein sonniger Frühlingstag kündigte sich an. Sie schlich sich leise aus dem Bett. Henry schlief tief und fest. Elisabeth zog ihre Laufsachen an und verließ das Haus, diesmal in Richtung des Bad Sodener Eichwaldes. Sie lief in persönlichem Rekordtempo durch die noch ausgestorbenen Straßen. Sie war ruhelos.

Ankes Analyse vorgestern hatte ihr gehörig den Kopf gewaschen. Mann, hatte sie ein schlechtes Gewissen Henry gegenüber. So hatte der Tag gestern schon mit schlechter Laune und Katerstimmung angefangen. Er wurde auch nicht besser, als Telesmart-Krüger anrief und sie zum Mittagessen ins Coa einlud. Besser gesagt, einbestellte. Da war Elisabeth schon misstrauisch gewesen. Bisher hatten sie sich in seinem Büro getroffen. Andererseits hatten sie im Coa leckere alkoholfreie Cocktails, immerhin ein Lichtblick. Nur, was zog man für so ein Treffen an? Es war Freitag, aber gab es einen Dress-Down-Friday bei Telesmart? Peinlich, dass sie das gar nicht wusste. Aber im dunkelblauen Anzug im Coa aufzulaufen, war das nicht total übertrieben? Unzufrieden hatte sie vor ihrem Schrank gestanden und wie Millionen anderer Frauen gedacht: *Ich hab überhaupt nichts anzuziehen.* Schließlich wurden es dunkle Jeans, Bluse, Blazer.

Über der Zitronengras-Kokosmilch-Suppe rückte Krüger dann mit seinem Anliegen raus. „Frau Steinhaus, das ist jetzt nicht persönlich, überhaupt nicht."

Ihm hatte die letzte Mitarbeiter-Zeitung nicht gefallen. Die sie sich in letzter Minute aus dem Hirn gewrungen hatte. Okay, die war vielleicht nicht so brillant gewesen.

„Also, gestern im Monatsgespräch hat der Betriebsrat gefragt, welche Mitarbeiter denn an der Zeitung mitarbeiten. Hat was von Impressum-Pflicht erzählt. Die Namen müssten da aufgeführt werden." Krüger schob sich den Löffel in den Mund und kämpfte mit seiner ungünstig runden Form, kippte seinen Inhalt schließlich in den leicht geöffneten Mund, schluckte. „Da musste ich zugeben, dass Sie die ganze Zeitung schreiben. So war das ja nicht gedacht. Aber auf die internen Aufrufe, an einer Mitarbeiter-Zeitung mitzuarbeiten, hat sich nie jemand gemeldet!" Krüger war die Peinlichkeit des gestrigen Monatsgesprächs noch ins Gesicht geschrieben.

„Na, jedenfalls, der Schilling, der Betriebsratsvorsitzende, tat wer weiß wie schockiert, als ich gesagt habe, dass eine externe Beraterin die Zeitung schreibt. Das sei Betrug an der Belegschaft, arglistige Täuschung, und so weiter."

Er wollte ihr den Auftrag kündigen. Elisabeth spürte im ersten Moment überraschenderweise nur Erleichterung. Genau das, was den Betriebsrat Gift und Galle spucken ließ, hatte sie ja selbst so an dem Auftrag gestört. Ihr Bauchgefühl hatte von Anfang an gesagt, Finger weg davon, nur die Kontoauszüge sprachen eine andere Sprache. Aber auch die finanzielle Situation hatte sich inzwischen wieder gebessert, also weg mit dem Auftrag. Sie wollte ihn sowieso nicht mehr.

„Dann haben die noch rausgefunden, dass Sie früher

Vorstandsassistentin vom Schrump gewesen sind, und da gingen bei denen alle Lichter aus." Krüger schnäuzte sich die Nase. Die Suppe war scharf, das fand auch Elisabeth. Krüger standen außerdem Schweißperlen auf der Stirn. Es war schwer zu sagen, ob diese von der scharfen Suppe rührten oder von der unangenehmen Aufgabe, Elisabeth den Auftrag zu kündigen.

„Herr Krüger, das ist völlig in Ordnung." Elisabeth gab es auf, die Suppe fertig zu essen. Man konnte unmöglich würdevoll von diesen idiotisch geformten Löffeln essen, während einem gekündigt wurde. Auch wenn die Suppe noch so lecker war. „Ich hatte auch schon das Gefühl, dass ich nicht die Richtige für diese Aufgabe bin."

„Ach, so würde ich das gar nicht sagen." Krüger sah schon etwas erleichtert aus. „Es ist nur der Betriebsrat, das ist hier in Deutschland halt so." Krüger schob ebenfalls seinen Teller fort. „Na ja, und der Witz der Woche hat vielleicht auch etwas zur Situation beigetragen."

Elisabeth hatte Mühe, sich an den letzten Witz der Woche zu erinnern. Was hatte sie da wohl geschrieben? Ach, der Paradieswitz:

„Na, wie ist deine neue Arbeitsstelle?"

„Wie im Paradies."

„Ehrlich?"

„Ja, ich kann jeden Tag hinausgeworfen werden ..."

„Das war ein Problem?"

„Das fanden sie nicht lustig."

„Oh." Vielleicht war sie wirklich nicht die Richtige für den Job gewesen. Krüger zahlte und versicherte ihr noch mehrmals, dass sie die Kündigung nicht persönlich nehmen dürfe. Dann stand sie da mit ihrer neuen Freiheit, aber so richtig schmeckte sie ihr auch nicht. Ihr war noch nie gekündigt worden. Das war kein schönes Gefühl, merkte sie. Sie ärgerte sich, aber am meisten über sich selbst, weil sie den Job überhaupt angenommen hatte.

Daher auch die schlechte Laune, die sie gestern den ganzen Tag gehabt hatte. Sie ging sich selbst am meisten auf die Nerven.

Am Wald angekommen, schlug Elisabeth die 5-Kilometer-Runde ein, die hier jeder lief. Der Waldboden war endlich wieder angenehm trocken, aber noch weich und federnd. Im hellgrünen Laub leuchtete die Sonne. Vögel zwitscherten. Der Wald duftete. Elisabeth verfiel in einen gleichmäßigen, zügigen Trott. Sie versuchte, auch im Kopf in diesen Bildschirmschoner-Modus zu kommen, in dem Gedanken auf der Bildfläche erscheinen und langsam wieder in den Hintergrund schweben, aber es gelang ihr nicht. Der nächste unangenehme Gedanke poppte leuchtend und blinkend auf wie eine dieser unseriösen Werbungen, bei denen man erst minutenlang nach dem Kreuzchen suchte, mit dem man sie löschte, nur damit diese beim nächsten Mausklick wieder aufpoppte.

Es war Ankes Urteil, das sie genauso zielsicher und zügig gefällt hatte, wie sie es auch als Anwältin gewohnt war, die Schwachstelle der Gegenseite zu erkennen und den Finger erbarmungslos – sie würde sagen „professionell" – in die Wunde zu legen.

Und Anke hatte recht. Elisabeth hatte sich schon wieder, diesmal in Abwesenheit sozusagen, in Jan verliebt. Und das, obwohl sie Henry liebte, das stand doch außer Frage. Er war der Vater ihrer Kinder. Er war ein wunderbarer Ehemann, häufig abwesend, körperlich sowie geistig, aber das war eben sein Beruf. Ein Beruf, den Elisabeth akzeptierte, nein, sogar guthieß. Sie stand voll hinter ihm. Und er war ein hervorragender Vater, liebevoll, humorvoll. Nicht immer streng genug, ja. Aber das gehörte jetzt gar nicht zur Sache. Er war im Großen und Ganzen doch noch genau der Mann, in den sie sich verliebt hatte. Das Einzige, was Jan ihm voraus hatte, war ... Was war es denn?

Es war die Erinnerung daran, frisch verliebt zu sein. Wie dieses neue Gefühl schon eine Sensation für sich war. Ach, so fühlte sich die Liebe an! Dazu kam die Erinnerung daran, wie es war, jung zu sein. So blutjung, so frisch und voller Lebenslust und im Bewusstsein der Tatsache, dass das ganze komplette, wunderbare, rätselhafte und verheißungsvolle Leben vor einem lag. Dass noch alles möglich war. Verliebtsein und Jungsein. Eine berauschende Mischung.

Eine Illusion. Die junge Verliebtheit sehnte sich nach nichts mehr als nach Erfüllung, wo doch die Erfüllung das Ende der Sehnsucht war. Das Ende der Sehnsucht. Ja. Aber der Beginn der Wirklichkeit. Und die war doch auch nicht zu verachten. Wer hatte schon solches Glück, den richtigen, wunderbaren Partner zu finden, mit ihm zusammenleben zu dürfen, Kinder mit ihm zu haben?

Sicher, die große Sehnsucht, die Schmetterlinge im Bauch, die gehörten der Vergangenheit an. Aber dies war doch die Erfüllung der Sehnsucht und jetzt musste sie doch glücklich sein. Alles andere war widersinnig. Dazu gemacht, auf ewig unglücklich zu sein. Etwas hinterherzujagen, das es nicht gab.

Das Problem war nur, dass die Sehnsucht nicht aufhörte, wenn sie sich erfüllte. Anstatt in der Erfüllung aufzugehen, zu etwas Neuem zu werden, nämlich zu reinem Glück, sagte die Sehnsucht, ach, ich gucke mir diese Erfüllung eine Weile lang an und irgendwann, da kommt meine Zeit wieder und dann schlage ich zu. Zack! Eine Mail von Jan, und die Sehnsucht ersteht wie ein Phönix aus der Asche, mit dem Unterschied, dass sie nie tot war, sie hatte nur geduldig gewartet, bis ihre Stunde wiederkehrte.

Und wie ein Blatt im Wind hatte Elisabeth sich von diesem lauen Lüftchen, diesem mickrigen Anlass – eine Freundschaftsanfrage bei Facebook, um Himmels willen! – davontragen lassen. Hatte sich von ihrem Lebensbaum gelöst, der ihr alles gab, was sie brauchte, um sich in ein völlig ungewisses, wetterwendisches Lüftchen zu werfen, das sie im nächsten Moment fallen und vergehen lassen konnte.

Aber so weit war es ja nun nicht gekommen. Sie saß sozusagen noch fest am Baum des Lebens und würde sich auch von Jan nicht abpflücken lassen. Anke hatte recht, sie hatte sich wieder in Jan verliebt. Aber in einem hatte Anke unrecht. Sie steckte nicht in der Scheiße. Sie baute welche. Und sie würde damit aufhören.

Sie würde ihm einfach nicht mehr antworten. Wenn nötig, würde sie ihren Facebook-Account schließen. Das schmerzte, aber wenn es nicht anders ging, dann musste es eben sein. Jan würde schon nicht daran verzweifeln. Sie war es letztendlich ja auch nicht, als er damals die Düse gemacht hatte. Auf einen Streich würde sie Jan und Telesmart-Krüger aus ihrem Leben fegen. Was für ein herrlicher Hausputz! Sie würde frei sein.

–

Henry war an diesem Morgen mit dem Entschluss aufgewacht, Ilona noch einmal ins Gewissen zu reden. Wenn

Gerôme nichts mit dem Mord zu tun hatte, war er vielleicht ein wichtiger Zeuge. Und was noch viel schwerer wog, er konnte in Gefahr sein. Wenn der Mörder gemerkt hatte, dass Gerôme ihn gesehen hatte – alles Weitere wollte Henry sich gar nicht ausmalen. Das musste er auch nicht. Ilona, die er gleich nach dem Aufstehen anrief, hatte sich das alles wohl selbst schon überlegt. Sie versprach, Paul anzurufen.

Nach dem Frühstück ging Henry rüber in die Kirche. Dort waren Thomas und Miriam dabei, alles für den Einführungsgottesdienst der neuen Kantorin vorzubereiten. Thomas fummelte an der Verstärkeranlage herum und Miriam richtete den Blumenschmuck auf dem Altar. Dabei plauderten sie über dies und das.

Henry gab Thomas den Zettel mit den Liedern für den morgigen Gottesdienst, die er mit Stephanie abgesprochen hatte, damit dieser die Nummern auf die Anschlagstafeln steckte. Bei ihrem ersten Gottesdienst in Sulzbach würde Frau Schönhaupt nicht selbst orgeln, sie wollte aber ein Lied vortragen. Orgeldienst hatte Stephanie.

Miriam steckte die letzte Blume an ihren Platz und trat ein paar Schritte zurück, um das Ergebnis zu begutachten.

„Schau mal, Papa“, sagte sie, „ist es so gut?“

Thomas sah vom Verstärker auf. Henry fiel auf, wie erwachsen Miriam aussah. Wie sie so schlank und hochgewachsen vor dem blumengeschmückten Altar stand, noch ein paar übriggebliebene Blumen in der Hand, konnte man sich vorstellen, wie sie als Braut aussehen würde, in ein paar Jahren.

Vielleicht hatte Thomas ähnliche Gedanken. Er ging zu seiner Tochter, stellte sich neben sie und legte den Arm um ihre Schulter. „Wunderschön“, sagte er. „An dir ist eine Floristin verloren gegangen.“

„Ja, finde ich auch“, sagte eine Stimme. Stephanie war durch die offene Kirchentür hereingekommen. Sie kam näher, offenbar im Begriff, Thomas zu begrüßen.

Miriam löste sich abrupt aus seinem Arm und stapfte wortlos aus der Kirche. Die übriggebliebenen Blumen ließ sie vor der Tür auf den Boden fallen. Henry sah Thomas und Stephanie an und zog die Augenbrauen nach oben. Stephanie sah sofort unglücklich aus. „Tut mir leid, wenn ich euch gestört habe“, sagte sie. „Ich muss aber unbedingt noch für morgen üben.“

„Mach dir keine Vorwürfe“, sagte Thomas. „Miriam ist halt wahnsinnig eifersüchtig“, sagte er zu Henry gewandt.

„Ich weiß nicht, ob es Eifersucht ist“, sagte Stephanie. „Ich glaube, sie hasst mich einfach, weil ich lebe und ihre Mutter tot ist.“

„Und weil ich dich liebe“, sagte Thomas. „Das würde ich Eifersucht nennen.“ Er küsste Stephanie auf den Mund.

Henry drehte sich weg und begutachtete eingehend Miriams Altarschmuck. Wenn Thomas und Stephanie ihre junge Liebe laufend so zur Schau trugen, hatte er volles Verständnis für Miriam. Als das Liebespaar endlich voneinander ließ und Stephanie sich anschickte, die Treppen zur Empore hochzugehen, fiel ihm etwas ein.

„Sagt mal, ihr zwei …“

Stephanie hielt inne und kam ein paar Schritte zurück.

„Habt ihr mal was von einer Finnland-Tour der Kantorei gehört?“

„Die legendäre Finnland-Tournee, davon haben sie schon, warte mal, ein-, zwei- oder dreitausend Mal geschwärmt.“ Stephanie verdrehte die Augen.

„Und was erzählen die so, wenn sie davon schwärmen?“

„Das ist ja das Nervige. Sie erzählen nichts, sie machen immer nur Andeutungen."

„Und in welche Richtung gehen die Andeutungen?"

„Wie wild und ungehemmt sie damals waren."

„Wild und ungehemmt?"

„Ja, sie werden wohl viel getrunken haben und dann sind sie wohl – oh, Schande – nackt in die Sauna gegangen." Stephanie zuckte mit den Schultern.

„Ist da auch die Rede von Sex?"

„Wie bist du denn heute drauf, Henry?" Stephanie sah Henry amüsiert an. „Ich kenne dich gar nicht als sensationshungriges Lästermaul."

„Es ist nur, weil Elisabeth erzählt hat, dass Anke ihr erzählt hat, dass ihr Vater auf dieser Tour dabei war, und der macht auch immer solche Andeutungen."

„Elisabeth hat gesagt, dass Anke gesagt hat, dass ihr Vater gesagt hat …" Stephanie zählte an ihren Fingern mit. „Pass bloß auf, Henry. So entstehen die wildesten Gerüchte."

„Warum fragst du nicht jemanden, der dabei war?", fragte Thomas.

„Ja, Ankes Vater zum Beispiel", schlug Stephanie vor.

„Der ist gerade im Erzgebirge. Mit der katholischen Kirche", sagte Thomas.

„Leute, das ist ja alles sehr interessant, aber ich muss jetzt echt mal üben." Stephanie warf Thomas eine Kusshand zu, die dieser mit seiner Hand in der Luft auffing. Sie waren wirklich abstoßend.

Henry wunderte sich, dass Stephanie noch üben musste. Sie hatten ein absolutes Standardprogramm abgesprochen, Lieder, die Stephanie aus dem Effeff konnte. Vielleicht war sie ein bisschen aufgeregt.

„Und? Was machst du jetzt mit Miriam?", fragte Henry Thomas, der Stephanie verliebt nachsah.

„Was?" Thomas sah ihn verständnislos an.

„Deine Tochter. Die hier eben rausgestürmt ist."

„Oh." Thomas sah jetzt ernüchtert aus. „Ich hab schon versucht, mit ihr darüber zu reden, aber sie will nicht. Entzieht sich jedem Gespräch über Stephanie. Dabei hat sie mich noch ermutigt, Stephanie anzusprechen. Ich glaube, sie wusste vor mir, dass ich mich in Stephanie verliebt habe." Bei der Erwähnung von Stephanies Namen sah er wieder abstoßend glücklich aus, schwachsinniges Lächeln, glänzende Augen.

„Vielleicht solltet ihr ein bisschen diskreter sein." Thomas und Henry waren langsam Richtung Ausgang gelaufen, da Stephanie schon angefangen hatte zu spielen.

„Diskreter?" Thomas hob die Blumen vom Boden auf.

„Das Küssen vor allen Leuten, das ist vielleicht ein bisschen zu viel für Miriam." *Und für mich auch,* dachte Henry.

„Meinst du?" Thomas sah hoch zu seiner Wohnung im Gemeindehaus, als könnte Miriam dort am Fenster stehen und seine Frage beantworten.

„Weiß nicht. Ist nur so eine Idee." Thomas war praktisch nicht ansprechbar, dachte Henry. Jetzt starrte er völlig abwesend vor sich hin. Henry blieb auch stehen. Er hatte es nicht wirklich eilig, zurück ins Pfarrhaus zu gehen, denn dort wartete vorwurfsvoll sein Schreibtisch darauf, dass er endlich anfing, die morgige Predigt zu schreiben.

„Sprich doch mal mit der alten Frau Köhler", sagte Thomas.

„Wie bitte?"

„Wegen der Finnland-Tournee."

„War die auch mal in der Kantorei?“

„Soviel ich weiß, nicht. Aber die ist ja schon uralt. Und die kriegt eine Menge mit. Hat sie immer schon.“

–

Verdammt, verdammt, erst Henry und dann natürlich Stephanie – und das Geknutsche ging schon wieder los. Miriam trat gegen einen Stein, was weh tat. Sie biss sich auf die Lippen, weil ihr Tränen in die Augen schossen. Sie wusste selbst nicht genau, ob die vom Schmerz an ihrem Fuß rührten oder vom Frust wegen der blöden Osternacht-Sache. Sie musste es Papa beichten. Stephanie hatte sie fast erwischt, es war verdammt knapp gewesen. Sie hatte ihm anscheinend nichts erzählt. Das war anständig von ihr. Aber vielleicht würde sie es ihm noch erzählen. Sie würde denken, dass es gefährlich war, wenn sich eine Vierzehnjährige nachts herumtrieb. Dabei hatten sie echt nichts Gefährliches gemacht. Und Miriam hatte nur ein paar wenige Schlucke von Andis Alkopop getrunken, es hatte ihr nicht richtig geschmeckt. Eigentlich hatte ihr nur gefallen, mit ihm aus derselben Flasche zu trinken. Wie ein Liebespaar.

Sie ließ sich auf dem Spielplatz in die Vogelnestschaukel fallen und sah in den Himmel. Sie musste es Papa beichten, dass sie mit den Jungs draußen gewesen war. Bevor Stephanie doch was sagte. Sie war extra mit ihm in die Kirche gekommen, weil sie gedacht hatte, dass sie dort ungestört sein würden und dass die Atmosphäre in der Kirche ihn in eine versöhnliche Stimmung versetzen würde. Nicht, dass er sonst zu Wutausbrüchen neigte. Er hatte nur immer so viel Angst um sie. Er sagte selbst, dass er ganz allein für sie und Samuel verantwortlich sei, seit ihre Mutter gestorben war, und dass er für zwei auf sie aufpassen musste. Im Grunde hatte er Angst, noch einen geliebten Menschen zu verlieren. Das verstand Miriam auch und sie hatte Mitleid mit ihrem Vater, der alles so prima machte, für sie und Samuel sorgte, wollte, dass sie eine fröhliche Kindheit hatten. Jetzt heulte sie richtig, sie wischte sich mit dem Ärmel über die Augen. Er hatte es nicht verdient, dass sie ihn hinterging, hinter seinem Rücken aus der Wohnung schlich und Jungs traf. Aber es war auch nicht fair, dass sie nicht nur keine Mutter mehr hatte, sondern dass sie deswegen auch immer so wenig durfte. Ach, es war alles nicht fair. Sie schloss die Augen und stieß sich mit dem Fuß vom Boden ab. Das Schaukeln war schön und erinnerte sie an ihre Kindergartenzeit, als sie jeden Tag auf diesem Spielplatz gespielt hatte. Da war das Leben noch einfach gewesen. Sie öffnete die Augen und sah die Wolken zwischen den Zweigen der alten Kastanie ziehen.

Das Verrückte war ja, dass sie ihren Vater ermutigt hatte, sich mit Stephanie anzufreunden. Sie hatte schon an Weihnachten gesehen, wie er sie immer anschmachtete. Dass seine Augen leuchteten wie sonst nie, wenn Stephanie den Raum betrat. Wie sie sich über die richtige Temperatur für die Orgel stritten, damit sie überhaupt ein Gesprächsthema hatten, aber es war ganz klar, dass sie nicht stritten, sondern flirteten. Papa hatte morgens vor dem Gottesdienst immer schon extra früh die Kirche aufgeschlossen und dort gewartet, wenn Stephanie mit Orgeldienst dran war. Beim Kirchenkaffee waren sie immer öfter die letzten, die gingen, so viel hatten sie sich plötzlich zu erzählen. Das hatte sie alles gemerkt und sie hatte auch gemerkt, dass es Papa glücklich machte. Und das war ja eigentlich schön.

Aber als Stephanie dann immer öfter bei ihnen war und sie sich immerzu irgendwie berühren mussten, Arm um sie, Händchenhalten, Küsschen hier, Küsschen da ... Da hatte sie sich auf einmal ausgeschlossen gefühlt. Es war ja schön, wenn ihr Vater glücklich war, aber es gefiel ihr nicht, wie nahe die beiden sich auf einmal waren, viel näher als sie und Papa, obwohl sie zuerst dagewesen war. Sie vermisste ihn und gleichzeitig ging er ihr auf die Nerven, auch wenn Stephanie nicht da war, brachte er sie plötzlich regelrecht auf die Palme und sie wusste gar nicht genau, warum.

Eigentlich war Stephanie ganz in Ordnung. Und wenn sie sie wirklich in der Osternacht gesehen und nicht verpetzt hatte, dann war sie sogar schwer in Ordnung. Miriam stieß sich wieder mit dem Fuß ab, holte neuen Schwung. Aber das Geknutsche ging gar nicht. Das musste sie ihnen abgewöhnen.

Es half alles nichts, sie musste einen neuen Anlauf machen und Papa ihren nächtlichen Ausflug beichten. In ihrer Hosentasche vibrierte es. Sie holte das Handy hervor, es war Bernd.

„Hi. – Auf dem Polizeirevier? In Niederhöchstadt? Warum? – Wegen Mord? Bist du sicher? – Ich muss Schluss machen."

Miriam sprang auf und rannte ihr Fahrrad holen. Papa war jetzt ihr kleinstes Problem.

–

„Was ist das für'n Job, Polizist? Samstagsmorgens um neun friedliebende Bürger verhören, echt jetzt." Andi sah mächtig verschlafen aus. Er hatte dunkle Ringe unter den Augen. Auf seinem Hinterkopf waren die Haare ganz platt und ein Büschel stand nach oben ab. Sein Atem roch nach Kaffee, Zigaretten und schlechter Laune.

„Ja, schon gut. Wie friedliebend und bürgerlich du bist, darüber wollen wir mit dir sprechen." Paul setzte sich vor Andi an den Tisch und stellte die große, bauchige Kaffeetasse mit der Aufschrift „Life is too short for bad coffee" vor sich hin. Andi hatte er keinen Kaffee angeboten, der Junge war ihm zu vorlaut für solche freundlichen Gesten. Paul sah auf die Uhr. Um elf wollte er bei Ilona sein. Sie hatte ihn beim Frühstück angerufen. Gerôme sei in der Osternacht im Arboretum gewesen. Hatte vielleicht etwas beobachtet. Ilona sagte, er habe von einer Frau erzählt, die nichts anzuziehen gehabt habe.

Das war interessant. Bis elf mussten sie mit diesem Andi durch sein. Da kam Ungern endlich in den kleinen Vernehmungsraum und schloss die Tür hinter sich.

„Bin ich jetzt ein Verdächtiger, oder was? Brauch ich 'nen Anwalt?"

„Sag du's uns, Andi." Paul nahm einen Schluck aus der Tasse, ohne Andis Blick auszuweichen.

„Eh, Mann." Andi rutschte unbehaglich auf seinem Stuhl herum.

„Also." Paul stellte die Tasse ab. „Wir wollen von dir wissen, was Bernd und du in der Osternacht getrieben habt. Von Anfang an."

„Shit." Andi setzte sich etwas aufrechter hin. „Was hat Bernd denn erzählt?"

„Wir wollen es von dir wissen. Also fang schon an zu erzählen", sagte Paul.

„Okay, okay. Also wir haben uns getroffen ..."

„Wann war das?“, Ungern zückte einen Stift.

„Keine Ahnung.“

Paul guckte böse.

„So um neun. Ja.“

„Und wo?“

„Im Park. Auf dem Schulhof.“

Ungern notierte sich etwas. „Und dann?“

„Dann haben wir an der Tanke was zu trinken gekauft.“

„Wie seid ihr da hingekommen?“

„Zu Fuß?“ Andi hob die Stimme, aber nicht um eine Frage zu stellen.

„Und was?“

„Der Bernd hat Cola gekauft und ich O-Saft.“

„Und was noch?“

„Chips und so.“

„Und Alkohol?“, fragte Paul.

„So ’ne Flasche Wodka.“

„Lecker“, sagte Paul. „Und dann?“

„Dann sind wir so um die Häuser gezogen. Haben mit ein paar Mädchen geschwätzt am Alten Schulhaus. Und als die nach Hause mussten, sind wir runter Richtung Stichel. Haben uns auf die Mauer gesetzt.“

„Bei der Kälte?“

„Wir haben aus dem Papierkorb an dem Denkmal leere Pizzakartons genommen und uns da draufgesetzt.“

Ungern nickte. Trotzdem musste es saukalt gewesen sein.

„Als es uns zu kalt wurde, sind wir wieder losgegangen. Wir wollten den Stichel runtergehen, aber dann haben wir Geräusche gehört.“

„Was für Geräusche?“

„Stimmen.“

„Frauen, Männer?“

„Weiß ich nicht mehr. Wir haben uns dann hinter der Mauer versteckt.“

„Wieso habt ihr euch versteckt?“

„Weil die …, weil, also der Bernd hat gesagt: *Lass uns abhauen, da kommen Leute.* Er hatte Angst, dass ihn jemand erkennt. Seine Mutter dachte ja, er ist bei mir zu Hause. Na ja, wir sind dann den Stichel hochgelaufen und durch das Tor, da haben wir uns hinter der Mauer versteckt.“

„Auf dem Friedhof?“

„Nee, auf der anderen Seite.“

„Und was ist dann passiert?“

„Dann sind wir noch eine Weile in Deckung geblieben. Wir sind die Mauer hochgeklettert. Von da haben wir gesehen, dass ein Feuerwehrwagen am unteren Ende vom Stichel stand.“

„Wann war das?“

„Ich glaube, so um zwölf.“

„Und was hat der Feuerwehrwagen gemacht?“

„Der war nur ganz kurz da, ist dann weitergefahren.“

„Hast du irgendwelche Leute gesehen?“

„Nee.“

„Und dann?“

„Dann wollten wir unsere Getränke holen, die wir weiter unten im Stichel stehen lassen haben.“

„Aber?“

„Das von Bernd war leer. Ist umgefallen oder so.“

„Und was habt ihr dann gemacht?“

„Wir sind runter zur katholischen Kirche gelaufen. Und haben überlegt, wo wir noch was zu trinken herkriegen. Dann hat Bernd gegen den Bauzaun um den Glockenturm getreten, weil der echt sauer war, dass jemand seine Cola umgekippt hatte, das hat er jedenfalls dauernd gesagt. Jedenfalls war da dann 'ne Lücke im Zaun und wir sind rein. Und dann haben wir gemerkt, dass die Tür zum Glockenturm nicht abgeschlossen war. Wir sind in den Turm rein. Das war geil, weil da so ein kleines Heizgebläse war."

„Und dann?"

„Dann bin ich nochmal schnell nach Hause."

„Warum?"

„Na ja. Ich hab aus der Bar von meinen Eltern eine Flasche Kirschwasser geliehen."

„Die haben nichts gemerkt?"

„Nee, die haben eine Bar im Keller. Die haben gar nicht gehört, dass ich da war."

„Und dann habt ihr das Kirschwasser gesoffen." Kein Wunder, dass Bernd einen Filmriss hatte. „Und dann?"

„Dann hat Bernd irgendwann angefangen, in dem Turm rumzukramen. Und da ist er wohl an den falschen Schalter gekommen, jedenfalls haben plötzlich die Glocken angefangen zu läuten. Da sind wir schnell abgehauen."

„Und wohin seid ihr dann gegangen?"

„Ich bin dann heimgegangen. Und der Bernd auch. Oder nicht?"

„Wie bist du nach Hause gegangen?"

„Wie meinen Sie das?"

„Ja, bist du zu Fuß gegangen?"

„Na was denken Sie denn? Dass ich besoffen Auto gefahren bin? Mann, ich wohne in der Eschborner Straße. Da fahre ich doch nicht mit dem Auto!"

–

Draußen wurden Schritte und Stimmen laut. „Junges Fräulein, Sie können da nicht rein …“ Die Tür wurde aufgestoßen. Paul und Ungern fuhren erschrocken herum.

„Er hat nichts damit zu tun!“

„Miriam?“ Paul sah Thomas’ Tochter erstaunt an. Du liebe Zeit, hatte die sich verändert, seit er sie zuletzt gesehen hatte. Augen rauchschwarz geschminkt, die Korkenzieherlocken cool gegelt, coole Klamotten. Sie sah locker wie sechzehn aus, dabei war sie gerade mal vierzehn, oder nicht?

„Miriam!“, rief auch Andi aus. „Was machst du hier?“

„Ich kann nicht zulassen, dass sie dir einen Mord anhängen.“ Miriam lief zu ihm hin und stellte sich schützend neben ihn. „Ich war die ganze Nacht mit ihm zusammen.“

„Was?“ Paul verschluckte sich am Kaffee und musste husten. „Gehen Sie ruhig“, sagte er zu der Polizeibeamtin, die mit Miriam ins Vernehmungszimmer gekommen war. „Und machen Sie die Tür hinter sich zu.“ Als die Tür geschlossen war, drehte er sich zu Miriam und Andi zurück.

„Setz dich erst mal.“ Ungern schob ihr den vierten Stuhl hin und Miriam rückte ihn ganz eng an Andis Stuhl heran.

„Von welcher Nacht redest du überhaupt?“ Armer Thomas, dachte Paul.

„Von der Tatnacht?“ Wieder dieser „Hallo?“-Ton. „Als die Frau ermordet wurde.“

„Die Osternacht“, stellte Ungern fest.

„Ja.“ Miriam nickte.

„Mann, Mädel.“ Andi rückte ein Stück von Miriam weg, um sie überhaupt ansehen zu können. „Wir haben uns echt Mühe gegeben, euch da rauszuhalten.“

„Ihr wart also zusammen in der Osternacht.“ Paul sah die beiden an. „Und was heißt euch? Wer war denn noch dabei?“

Miriam und Andi sahen sich an. Andi zuckte mit den Schultern, sollte heißen, ich hab's nicht verbockt.

„Die Celina Berg."

„Aha." Paul notierte den Namen. „Weiß dein Vater davon", fragte er Miriam, „dass du nachts um die Häuser ziehst?"

Sie schüttelte den Kopf. „Wenn's nicht unbedingt sein muss, braucht er es auch nicht zu erfahren." Sie klang jetzt kleinlaut.

„Dann erzähl doch mal", sagte Paul und Ungern zückte seinen Notizblock.

Miriams Erzählung deckte sich mit der der beiden Jungen, die es wirklich geschickt geschafft hatten, die Mädchen völlig außen vor zu lassen, wie Paul im Nachhinein feststellte. Sie gehörte zu den Mädchen, die Bernd und Andi am Alten Schulhaus getroffen hatten. Sie und diese Celina waren also um zehn nach Hause gegangen, hatten sich aber um halb zwölf wieder aus dem Haus geschlichen und die Jungs im Stichel getroffen.

„Dann ist Bernd völlig ausgetickt und hat angefangen, im Glockenturm zu randalieren und da sind die Glocken losgegangen und ich hab zugesehen, dass ich nach Hause kam", schloss Miriam ihren Bericht.

„Bist du ganz allein nach Hause gelaufen?", fragte Paul.

„Ja." Miriam schien nichts dabei zu finden.

Paul sah Andi fragend an.

„Mann, die ist abgegangen wie 'ne Rakete. Von einem Moment zum nächsten war die weg, wir haben gar nicht kapiert, was los war. Die hätten wir gar nicht einholen können", erklärte Andi.

„Wo bist du langgelaufen?", wollte Paul wissen.

„Durch den Stichel."

„Und ist dir da irgendwas aufgefallen? Lag da etwas herum?“

„Nee, was denn?“ Miriam sah verwirrt aus. „Es war stockdunkel. Ich bin über irgendwas gestolpert, hab mich wieder aufgerappelt und bin weitergerannt. Keine Ahnung, was das war.“

„Also, ihr sagt, ihr seid so um zwölf vom Stichel in den Glockenturm gegangen“, fasste Ungern zusammen. „Hat da vielleicht einer von euch unterwegs was gefunden?“

Andi und Miriam sahen sich ratlos an.

„Wie, was denn gefunden?“, fragte Andi.

„Eine Tasche zum Beispiel?“, sagte Paul.

„Oder einen Schuh?“, ergänzte Ungern, nachdem die beiden weiter ratlos aussahen.

„Nee.“ Beide schüttelten den Kopf.

„Hm.“ Paul und Ungern sahen sich an.

„Euer Freund sagt, er hätte auf dem Weg zum Glockenturm eine Tasche und einen Schuh gefunden und mitgenommen. Deswegen haben wir dich überhaupt nur einbestellt“, sagte Paul zu Andi.

„Ach.“ Andi sah nachdenklich aus. „Kann ja sein, dass er die Sachen erst nachher gefunden hat. Ganz ehrlich, der Bernd war so voll, ich würde mich nicht wundern, wenn der einen Filmriss hatte.“

Paul nickte. Das befürchtete er auch.

„Und du hast auch den Feuerwehrwagen gesehen und die Stimmen gehört?“, wollte Paul von Miriam wissen.

Miriam nickte.

„Aber du hast niemanden erkannt.“

„Nein.“

„Und wieso hast du gedacht, wir wollten Andi den Mord

an der Frau im Arboretum anhängen?“, fragte Ungern. „Ihr wart doch nicht im Arboretum, oder?“

„Nein.“ Sie blickte zu Andi, dann zu Paul.

„Der Bernd hat mich angerufen, dass die Polizei Andi hat und ihn verhört, wegen der Toten im Arboretum. Da bin ich sofort hergekommen.“ Sie sah Andi an. Andi schüttelte den Kopf.

„Und was habt ihr gemacht, nachdem Miriam weggelaufen war?“, fragte Paul Andi.

„Wir sind heimgegangen. Der Bernd ist allein weggegangen. Und ich hab, ähm, also ich bin mit Celi nach Hause gegangen.“

Paul, Ungern und Miriam sahen Andi erwartungsvoll an.

„Was denn?“ Andi gestikulierte. „Ein Gentleman genießt und schweigt“, sagte er dann mit einem dümmlichen Grinsen.

„Nicht auf dem Polizeirevier“, sagte Ungern.

„Ach, ich hab die Celi zu mir nach Hause genommen. Die hat ihrer Mutter gesagt, sie pennt bei Miriam. Da konnte sie doch nicht morgens um vier nach Hause kommen.“

Miriam schlug die Augen nieder.

„Also, ihr seid vom Glockenturm direkt zu dir nach Hause gegangen. In die Eschborner Straße.“ Ungern machte sich Notizen. „Du und Celina Berg. Die könnte das bezeugen?“

„Lassen Sie die Celi doch da raus“, bat Andi. „Die kriegt ja nur Ärger zu Hause.“

Ungern sagte nichts dazu.

„Erzählst du es meinem Vater?“ Miriam schlug ihre dicht getuschten Wimpern auf und sah Paul bittend an.

Kleines Biest, dachte er. „Weiß ich noch nicht.“

–

Ilona öffnete ihnen.

„Morgen, Ilona." Paul trat ein, Ungern hinterher. „Das ist mein Kollege Holger Ungern."

Ilona sah Ungern misstrauisch an. Wahrscheinlich hatte sie gehofft, dass Paul allein kommen würde. „Er ist in seinem Zimmer." Sie ging durch den Flur voraus. „Gerôme, hier ist Paul und noch ein Herr von der Polizei. Ich habe ihnen gesagt, dass du in der Osternacht im Arboretum etwas beobachtet hast." Sie wies mit der Hand in das Zimmer, die Männer sollten eintreten.

Gerôme saß vor seinem PC und machte keine Anstalten, den Besuch zu begrüßen.

„Hallo, Gerôme", sagte Paul.

„Hallo, ich heiße Holger Ungern." Ungern streckte Gerôme die Hand hin, die dieser ignorierte. Ungern nahm sie wieder zurück. Er beugte sich über den Bildschirm. „Spielst du Minecraft?"

„Hmhm." Gerôme nickte, klickte aber unbeirrt mit der Maus weiter.

„Und das ist dein Haus?" Ungern wies auf ein aus braunen Quadern und hellem Glas gebautes Haus, das wie eine Villa aus den 60ern aussah, wie man sie überall in den Taunusorten sehen konnte.

„Das ist nur das Sommerhaus. Hier habe ich die Farm, mit den Tieren." Paul ging um Gerôme herum, um besser auf den Bildschirm sehen zu können. Ilona setzte sich auf Gerômes Bett.

„Wir wollten dir ein paar Fragen stellen. Ob du im Arboretum neulich nachts etwas beobachtet hast."

„Ich darf nachts nicht rausgehen."

„Es ist okay, Gerôme", sagte Ilona. „Du kannst den

Herren von der Polizei alles erzählen. Du kriegst keinen Ärger."

Gerôme hantierte mit der Maus und jetzt sah es so aus, als würde man über die Landschaft im Monitor fliegen. „Hier ist der Wald und da ist meine Eisenbahnstrecke und da hinten sieht man schon mein Haus", erklärte er.

„Hast du eine Eisenbahnstrecke vom Sommerhaus zum richtigen Haus?", fragte Ungern.

„Hmhm."

„Cool. Und dein Haus sieht richtig gut aus. Mit Pool auf der Terrasse."

„Auf dem Dach habe ich einen Helikopterlandeplatz. Och nee, jetzt wird es Nacht." Der Bildschirm verdunkelte sich tatsächlich etwas.

„Gerôme, wir wissen, dass du nachts nicht rausgehen darfst. Aber manchmal machen die Menschen ja Sachen, die sie nicht dürfen."

„Um, um." Gerôme schüttelte den Kopf. „Ich mag nicht, wenn es Nacht wird."

„Bist du im Survivalmodus?", fragte Ungern.

Was sollte das denn heißen?

„Hm. Aber ich hab die Monster ausgeschaltet. Ich mag die nicht."

„Ja, die sind doof", stimmte Ungern ihm zu. War ja irgendwie klar, dass Ungern so ein Nerd-Spiel kannte, dachte Paul. Wo man mit quadratischen Blöcken Häuser und Eisenbahnen baute und wo eckige Schweine auf eckigen Weiden grasten.

„Wir glauben, dass andere Menschen sich auch nicht an die Regeln gehalten haben."

„Wieso?" Gerôme wandte den Blick nicht vom Monitor, der sich jetzt langsam wieder aufhellte.

„Wir glauben, dass Menschen nicht nur nachts draußen waren, so wie du, sondern, dass sie eine Frau verletzt haben und dass sie sie im Arboretum versteckt haben."

„Verletzt." Gerôme nahm die Maus wieder in die Hand. „In Minecraft kann man die Dorfbewohner töten, aber meine Mutter sagt, das soll ich nicht."

„Und machst du das auch nie?"

Gerôme wackelte auf seinem Stuhl hin und her.

„Da passiert ja nicht wirklich was." Ungern hatte sich hingehockt, sodass er auf derselben Höhe wie Gerôme war.

„Das sagt Onkel Michael auch. Soll ich mal zeigen, wie man die tötet?"

„Ja, mach mal."

„Wirklich?" Er drehte sich zu seiner Mutter um.

„Wenn's der Wahrheitsfindung dient." Ilona stützte resigniert den Kopf auf ihre Hand.

„Ja. Die Polizei erlaubt es ausnahmsweise. Es ist ja nur eine Demonstration. Zu Versuchszwecken."

Gerôme ließ seine Figur etwas nehmen, das wie ein Bogen war, und – zack! – wurde ein eckiger Dorfbewohner von einem Pfeil getroffen und zerbarst. Zu dritt betrachteten sie den Bildschirm einen Moment schweigend.

„Wir glauben", sagte Ungern, „dass irgendjemand in der Osternacht gegen eine viel wichtigere Regel verstoßen hat als du, wenn du doch nachts rausgegangen bist."

„Was denn für 'ne Regel?" Jetzt riskierte Gerôme sogar einen kurzen Blick auf Ungern.

„Sie haben die Frau getötet. Und das darf man ja nicht."

„Nee, das darf man nicht." Gerôme nickte dazu.

„Warum bist du eigentlich rausgegangen in der Osternacht?"

Gerôme wackelte wieder ungemütlich auf seinem Stuhl. „Ich weiß nicht."

„Und wo bist du hingegangen?"

Gerôme wies mit der Hand in Richtung Arboretum.

„Ins Arboretum", stellte Paul fest. „Hast du da einen Lieblingsplatz?"

„Den mit den Steinen." Das war ein beliebter Picknickplatz. Riesige Steine bildeten einen großen Halbkreis, der zum Weg offen war.

„Und warst du dort in der Osternacht?"

Gerôme nickte.

„Aber du bist nicht nur bei den Steinen gewesen, oder?"

Gerôme schüttelte den Kopf.

„Wo warst du denn dann?"

„Hier habe ich das Feld unterkellert." Gerôme ließ seine Figur durch einen Schacht nach unten fahren.

Ungern und Paul sahen sich an.

„Warst du beim Weiher, Gerôme?" Paul versuchte, Blickkontakt mit Gerôme aufzunehmen.

„Guck, da habe ich noch eine unterirdische Wohnung. Die ist voll groß. Hier ist die Küche, mit dem Herd und Spülbecken. Und da ist ein Schlafzimmer, da kann einer schlafen ..."

„Hast du die tote Frau gesehen? Am Weiher?"

„Da war ein Auto."

„Wo?"

„Die Glocken haben geläutet."

„Erzähl mal der Reihe nach. Wo hast du das Auto gesehen, wer saß da drin?"

Gerôme gab keine Antwort. Er hantierte mit der Maus und seine Figur zerschlug etwas, was anscheinend Steine oder Erde sein sollte, und grub einen Gang.

„Gerôme?“ Ilona stand auf und fasste ihrem Sohn an die Schulter.

„Lass mich.“ Er schüttelte die Hand seiner Mutter ab. „Ich hab jetzt Computer-Zeit.“

„Du kannst später weiterspielen.“

„Nein. Dann ist Essenszeit. Und dann ist Film-Guck-Zeit.“

„Wir können ...“ Ilona gab auf. „Paul, es hat keinen Sinn. Er wird euch jetzt nichts mehr sagen.“

Paul seufzte. „Okay. Danke trotzdem. – Mach's gut, Gerôme. Wenn dir noch was einfällt, sag es deiner Mutter, ja?“

Gerôme nickte.

Draußen blieb Paul vor dem Auto stehen. Er sah rüber ins Arboretum, wo jetzt einige Bäume in Blüte standen. Ein Jogger kam schnaufend und mit kleinen Schritten den steilen Berg heraufgelaufen. Eine Familie auf Fahrrädern schlängelte sich an der Schranke vorbei. „Und jetzt?“, fragte er seinen Kollegen.

Ungern stellte sich zu Paul in die wärmende Frühlingssonne. Er holte sein Handy aus der Jackentasche. „Nieminen wollte die Mutter nochmal befragen. Sehen, ob sie vielleicht mit ihm allein eher redet. Ah, sieh mal an, er hat schon einen Bericht geschickt.“

–

„Ich hätte da noch ein paar Fragen.“ Dieser Nieminen hatte ein offenes, freundliches Gesicht. Es war schwer, ihm die Tür vor der Nase zuzuknallen.

„Wo hast du deine deutschen Freunde?“ Die alte Frau

Merikangas sah sich demonstrativ suchend im Treppenhaus um.

„Die sind schon wieder nach Hause geflogen."

Frau Merikangas sagte nichts dazu, trat nur einen Schritt zurück und hielt die Tür ein Stück weiter auf. Der Polizist trat ein, diesmal zog er seine Schuhe aus. Braver Junge.

Die Frau ging ihm voran ins Wohnzimmer. Kaffee kriegte er heute keinen, Mirja war nicht da und Frau Merikangas sah keinen Anlass, ihn zu bewirten.

„Ich hab mich dann doch gewundert, dass Ihre Tochter den Namen von ...", Nieminen stahl einen kurzen Blick in sein Notizblock, „Timos Vater niemandem verraten hat. Nicht einmal Ihnen."

Sie saß ihm gegenüber und sah ihn an. Das war keine Frage. Worüber die Polizei sich so wunderte, wenn sie zu viel Zeit hatte, ging sie nichts an.

„Ich glaube, Sie haben doch so eine Ahnung, Frau Merikangas. Eine Mutter weiß meistens mehr als alle anderen und mehr als die Kinder denken."

Er hatte wirklich ein gewinnendes Lächeln.

„Könnte es vielleicht ein Deutscher gewesen sein? Ein Teilnehmer der Reisegruppe, die Hanna 1994 begleitet hat?"

Ach, was schnüffelten sie in Hannas Wäsche herum, diese Polizisten-Männer! Freilich hatten sie den richtigen Riecher. Diese Chorfahrt 1994, Hanna hatte den Ferienjob an der Uni gefunden. Zwei Wochen reiste sie mit den Deutschen durchs Land und gab ihnen die Reiseführerin. Es war das erste Mal seit dem Tod ihres Vaters, dass sie wieder so fröhlich war. Wenn sie anrief, sprudelte sie über vor Geschichten, ihre Stimme klang ausgelassen und hell.

„Denk nur, Äiti, ihr Chorleiter ist krank geworden und

konnte nicht mitfahren. Jetzt bin ich nicht nur ihre Reiseführerin, sondern auch ihre Dirigentin!" Sie war so stolz darauf. Hannas Mutter war einfach nur erleichtert, dass das Mädchen endlich wieder Spaß am Leben hatte. Ein bisschen zu viel Spaß hatte sie offensichtlich gehabt. Und dann kam der Katzenjammer. „Sie hat nichts davon erzählt."

„Aber vielleicht haben Sie doch etwas mitbekommen? Hat sie vielleicht von einem speziellen Freund aus dieser Gruppe erzählt? War sie traurig, als die Gruppe wieder abgereist ist?"

Der Junge war gut. Einfühlsam. – Nach der Tour hatte Hanna sie selten angerufen. Als sie ein paar Wochen später zu Besuch kam, war sie blass und traurig. Hannas Mutter hatte gedacht, das sei wieder die Trauer um ihren Vater. Aber es war doch etwas anderes. Hanna sprach wenig, war zurückgezogen. Sah ihr nicht in die Augen. Noch ein paar Wochen später musste sie damit herausrücken, dass sie schwanger war. Sie saß hier in diesem Zimmer, wo jetzt der Polizist saß, und sagte mit kreidebleichem Gesicht und mühsam beherrschter Stimme: *„Äiti, ich bin schwanger. Es war nicht geplant. Ich werde keine Hilfe vom Vater des Kindes bekommen. Ich muss wissen, ob du mir mit dem Baby helfen kannst, damit ich weiß, ob ich es behalten kann."*

„Aber, Kind …"

„Nein, Mutter, bitte." Sie stand auf und drehte sich zum Fenster, wollte nicht, dass man ihre Tränen sah. Die Mutter hielt es nicht aus, ging zu ihr hin, wollte sie umarmen.

„Nicht, Mutter, lass mich. Es ist schwer genug."

So war sie als Kind schon gewesen. Wenn sie sich schämte. Sie schämte sich in Grund und Boden dafür, dass sie sich hat schwängern lassen, von einem Mann, der offenbar kein Vater für das Kind sein sollte. Dieser Mann musste Hanna zutiefst gekränkt haben. Und wegen dieser unendlichen Scham wollte Frau Merikangas Hanna auch jetzt noch beschützen, ihr Geheimnis vor diesen neugierigen, ungehobelten deutschen Polizisten bewahren. Diese Männer, die hier reinkamen und mit ihren Straßenschuhen braune Pfützen auf ihren Wohnzimmerteppich tropften. Die ihre Hanna vielleicht nackt und aufgeschnitten auf einem Autopsietisch gesehen hatten. Sie hatten schon genug in ihrer Intimsphäre gestochert. Irgendwie mussten sie auf die Chorfahrt gekommen sein und Timos Geburtsdatum und dann haben sie sich gleich gedacht, die Finnin hatte eine Urlaubsliebe und war dumm genug, sich ein Kind machen zu lassen. Hanna hätte auf keinen Fall gewollt, dass sie davon sprach. Sie hat ja nicht einmal mit ihr darüber geredet.

Aber jetzt wusste die alte Frau, dass sie Hannas Scham zu ihrer Scham gemacht hatte. Ihr halbes Leben hatte sie versucht, Hanna diese Scham auszureden, aber mit sich reden ließ sie ja nicht. Jedem hatte sie immer gesagt, wie stolz sie auf Hanna war und was für ein Segen Timo für ihre kleine Familie war. Dass er wieder Freude in ihr Leben gebracht hatte, nachdem ihr Mann so plötzlich gestorben war. Sie wollte, dass Hanna wusste, dass es nichts gab, wofür sie sich schämen musste. Und sie glaubte, oder hoffte doch zumindest sehr, dass Hanna mit den Jahren aufgehört hatte, sich zu schämen. Ihre Kollegen, ihre Freunde, alle hatten sie sehr respektiert, gerade als alleinerziehende Mutter. Wie sie das schaffte, bei den Sinfonikern zu spielen mit einem Kind zu Hause. Sie musste gemerkt haben, dass sie respektiert und geliebt wurde. Und wer immer sie getötet hat, sollte dafür büßen.

„Ja, es kann sein, dass der Vater unter den Deutschen war.

Sie war glücklich auf dieser Tour. Es war einige Zeit, nachdem ihr Vater gestorben war, und sie hat sehr um ihn getrauert. Auf dieser Tour war sie zum ersten Mal wieder fröhlich. Es könnte gut sein, dass sie verliebt war."

„Aber Sie haben keinen Namen gehört oder mal irgendwo gelesen, auf einem Brief oder so?"

„Nein. Leider."

„Und wissen Sie, ob die Konzerttour, das Konzert in Sulzbach vielleicht etwas mit Timos Vater zu tun haben könnte? Dass Hanna nach Sulzbach gefahren ist, um ihn zu treffen?"

Sie hatte darüber nachgedacht. „Timo will Ingenieur werden. Er will in Deutschland studieren. Vielleicht hat Hanna gedacht, dass …" Sie wusste nicht, was sie gedacht hatte. Aber bevor Timo nach Südamerika aufgebrochen war, war eine Spannung zwischen Hanna und Timo gewesen. Als hätten sie sich gestritten oder jedenfalls eine Meinungsverschiedenheit gehabt, die sie nicht bereinigen konnten.

„… dass sein Vater ihm helfen sollte, einen Studienplatz in Deutschland zu bekommen? Dass er ihn vielleicht finanziell unterstützen sollte?"

„Dazu wäre sie zu stolz gewesen. Sie hätte ihn nicht nach Geld gefragt." Vielleicht wusste Hanna selbst nicht genau, was sie in Deutschland wollte. Vielleicht wollte sie den Vater nach zwanzig Jahren wiedersehen. Einfach mal sehen, was für ein Mensch er heute war.

„Wann hat sie sich denn entschlossen, nach Deutschland zu fahren? Ihr Kollege Isotalo hat gesagt, es sei sehr kurzfristig gewesen, sie hätten sich schon fast damit abgefunden, mit nur einer Geige zu touren."

„Es war so ungefähr zur gleichen Zeit, als Timo beschloss, nach Südamerika zu fahren. Kurz nachdem Timo seine Flüge gebucht hatte, hat Hanna Isotalo zugesagt." Da hatte sie gedacht, vielleicht brauchte Hanna eine Abwechslung, einen Tapetenwechsel, um sich damit abzufinden, dass ihr Kind jetzt aus dem Haus ging. Aber warum sie dann ausgerechnet nach Deutschland fahren wollte?

–

„Viel ist das ja nicht gerade." Paul war enttäuscht über Nieminens Bericht. „Hanna war 1994 vielleicht in einen Deutschen aus der Kantorei verliebt."

„Der vielleicht der Vater ihres Kindes ist", fügte Ungern hinzu. „Daran haben wir ja auch schon gedacht."

„Aber wer? Und wo ist das Motiv für einen Mord? Nach zwanzig Jahren?" Paul rupfte ein paar winzige hellgrüne Blätter von einem Busch.

„Die jugendlichen Alko-Popper sind auch noch nicht wirklich aus dem Schneider", sagte Ungern. „Wir müssen Andis Alibi überprüfen, diese Celina. Ob sie wirklich die ganze Nacht zusammen waren."

„Das übernehm lieber ich." Paul stellte sich vor, wie Ungern bei Celinas Mutter klingelte und sich mit „Ungern, Mordkommission" vorstellte. Das musste ja nicht unbedingt sein. „Aber auch die Alko-Popper haben nicht wirklich ein Motiv."

„Vielleicht ein missglückter Überfall? Die Tasche mit dem Geld?"

„Die der Bernd dann lammfromm im Fundbüro abgibt?" Pauls skeptisch hochgezogenen Augenbrauen berührten fast seinen Haaransatz.

„Nehmen wir mal an, der Bernd hatte einen totalen Filmriss und hat sich an den Mord oder Unfall, Überfall, das ganze Geschehen überhaupt nicht mehr erinnert. Seine Mutter findet die Tasche bei ihm und er hat absolut keine Ahnung, wie die in sein Zimmer gekommen ist."

„Er wusste aber noch, dass er sie in der Osternacht im Stichel gefunden hatte."

„Aber mehr weiß er nicht mehr. Henry sagt ihm, bring die Tasche ins Fundbüro, er macht es. Und erst, als wir ihn wegen des Mordes an der Finnin vernehmen, kommt die Erinnerung wieder. Die anderen, Andi und Miriam, geben ihm ein Alibi."

„Aber warum ließen sie ausgerechnet Bernd, der am besoffensten von allen war, die Tasche mitnehmen?"

„Vielleicht war er gar nicht der Besoffenste. Oder vielleicht hat er sie gar nicht gefragt. Als die Glocken geläutet haben, ist er panisch abgehauen und hat die Tasche mitgenommen."

„Wenn das stimmt, was Gerôme gesagt hat, war die Tote schon im Arboretum, als die Glocken geläutet haben. Bernd, Andi und die Mädchen müssten die Frau getötet, frisiert und ins Arboretum gebracht und um vier wieder an der katholischen Kirche gewesen sein, um die Glocken zu läuten." Paul ließ die Blätter von seiner Handfläche rieseln und sah zu, wie der laue Wind sie eine kleine Weile trug, bis sie auf den Asphalt des Parkplatzes fielen. „Anspruchsvolles Abendprogramm."

„Ich lasse Andis Auto beschlagnahmen und untersuchen. Sicher ist sicher", sagte Ungern.

„Apropos Auto." Paul machte auf dem Absatz kehrt.

„Was, apropos Auto?" Ungern kam hinter ihm her.

„Eins kann Gerôme uns vielleicht noch sagen."

Ilona sah noch weniger begeistert aus als bei ihrem ersten Besuch. „Ich hab euch doch gesagt, er redet jetzt nicht mehr."

„Nur eine Frage, Ilona, wirklich." Paul wippte ungeduldig auf seinen Fußballen. Ilona machte ihm wortlos Platz.

„Gerôme?"

Der Junge sah nicht auf.

„Kannst du dich zufällig an das Kennzeichen des Autos erinnern, das du im Arboretum gesehen hast?"

„MTK-IM-289"

„Wow. Du bist genial." Paul notierte das Kennzeichen.

„Weißt du auch, was für ein Auto es war?"

„Blauer Golf."

„Mehr als genial."

„Eine Frage hast du gesagt." Ilona stellte sich zwischen Paul und Gerôme.

„Ist ja gut, wir sind fertig." Sie verließen die Wohnung und Paul rief im Präsidium an, um das Kennzeichen durchzugeben.

„Jetzt haben wir ihn am Schlafittchen", sagte er zufrieden.

–

Henry horchte in die Stille des Pfarrhauses hinein. Samstagmittag. Der wunderbare, hilfsbereite, von Gott gesandte Thomas hatte die Zwillinge und Marlene mit seinen beiden Kindern in die Rhein-Main-Therme mitgenommen, wo sie sich bis zum Nachmittag vergnügen würden. Elisabeth arbeitete in ihrem Dachkämmerchen, oder vielleicht lag sie auf der Couch und machte ein Mittagsschläfchen.

Er musste sich jetzt jedenfalls ranhalten und endlich die Predigt schreiben. Schließlich war bis morgen nicht mehr viel

Zeit, und es hatte sich ja auch der Dekan angemeldet, davon abgesehen, dass sicher die ganze Gemeinde kam, die sagenhafte Frau Schönhaupt zu hören und zu sehen. Aber er war nicht weit gekommen, plötzlich war er so müde geworden, und da hatte er gedacht, nur ein Viertelstündchen, dann ... Dann riss ihn die Klingel aus dem Schlaf.

„Stör ich?" Paul schritt an Henry vorbei ins Pfarrhaus.

„Ich mache Kaffee." Henry wusste, dass er Paul nicht loswürde, solange der auf einer Mission war, und das war er jetzt, seinem zielstrebigen Schritt nach zu urteilen.

Paul setzte sich an „seinen" Platz an Henrys Küchentisch. „Wo ist Elisabeth?", fragte er.

„In ihrem Arbeitszimmer. Vielleicht schläft sie auch."

Die Kaffeemaschine fing an zu brodeln. Henry setzte sich zu Paul an den Tisch.

„Hör zu." Paul setzte Henry über seine Vernehmungen von Andi und Gerôme ins Bild. „Wir müssen diese Tatnacht rekonstruieren." Er stand auf und sah sich um. Ehe Henrys mittagsschlafmüdes Hirn überhaupt begriff, was Paul vorhatte, hatte der mit seinem Ärmel die Einkaufsliste der Familie Steinhaus von der Schiefertafel an der Wand gewischt.

„Die Liste ...", hob Henry an. Elisabeth würde einen Anfall kriegen. Aber es war sowieso zu spät. Paul war auf einer Mission, und das war alles, was für ihn zählte. Er zeichnete einen waagerechten Strich auf die Tafel.

„Das ist die Zeitleiste." Er malte einen kurzen Pfeil, der auf die Zeitleiste zeigte. „21.00 Uhr: Bernd und Andi treffen sich." Wieder ein Pfeil. „21.30 Uhr: Konzert ist zu Ende. Hier wird Hanna zum letzten Mal gesehen, sagen wir um 22.00 Uhr verabschiedet sie sich von ihren Musiker-Kollegen." Paul zeichnete das auch ein. „Ca. 24.00 Uhr: Bernd und

Andi sehen den Einsatzwagen und hören Stimmen im Stichel. 4.17 Uhr: Bernd läutet die Glocken. Sagen wir 4.20 Uhr: Bernd findet Hannas Tasche und Schuh im Stichel." Er drehte sich zu Henry um. „Da war sie jedenfalls in der Gewalt ihres Mörders."

Henry nickte.

„Okay. Jetzt geht's weiter." Paul musste eine neue Zeitleiste unter der ersten malen. „Auch 4.17: Gerôme hört die Glocken."

„Da muss Hanna schon tot gewesen sein, denn er hat schon am Ostersonntag davon gesprochen, dass die Glocken für eine Tote läuten", sagte Henry.

Paul nickte langsam. „Also haben wir eine Lücke zwischen 22.00 und 4.00 Uhr, in der wir nur wissen, dass der Mörder Hanna in diesen fünf Stunden getötet, frisiert etc. und ins Arboretum gebracht hat."

„Hat denn die Gerichtsmedizin keinen Todeszeitpunkt feststellen können?" So was machten die im Fernsehen doch immer als Erstes.

„Nicht annähernd so genau, wie wir das anhand der Zeugenaussagen eingrenzen können", sagte Paul. „Die Nacht war so kalt, da kann sie ein paar Stunden gelegen haben, ohne dass die Verwesung fortschreitet."

„Also suchen wir nach jemandem, der stark genug ist, die Leiche ein ganzes Stück zu tragen, denn ins Arboretum kann man nicht reinfahren, jedenfalls nicht bis dahin, wo man die Leiche gefunden hat." Henry war jetzt wach, noch bevor er seinen Kaffee getrunken hatte. Er stellte zwei volle Tassen auf den Tisch, Milch, Zucker und Löffel.

„Und wir suchen jemanden, der die Frisur und die kosmetische Behandlung gemacht haben kann." Paul setzte sich.

„Annemarie." Henry sagte es leise, und Paul und er sahen sich in die Augen.

„Sie ist die Einzige, die wir kennen, die das machen könnte", ergänzte Henry.

„Klar. Es kann auch jemand ganz anderes gewesen sein." Paul ließ Zucker in seinen Kaffee rieseln. „Aber lass mal Annemarie denken. Was ist ihr Motiv?"

Henry trank Kaffee. Paul rührte in seiner Tasse. Sie sahen sich wieder an. „Keins", sagte Henry.

Paul nickte. „Ich kann mir auch keins vorstellen."

„Außerdem müsste sie einen Komplizen haben, denn sie kann Hanna unmöglich allein getragen haben."

„Und Elke? Sie hatte den Einsatzwagen. Sie ist mit dem Wagen in der Tatnacht herumgefahren."

„Irgendein Einsatzwagen ist in der Tatnacht herumgefahren", korrigierte Paul. „Aber sagen wir mal, es war Elke. Sie hätte also ein Fahrzeug gehabt und sie ist stark. Sie und Annemarie könnten es gemacht haben."

„Aber warum?"

Die Klingel schrillte mehrmals. Waren die Kinder etwa schon wieder zurück aus dem Schwimmbad? Henry sah erschrocken auf die Uhr. Es war schon vier. Und er hatte noch kein Wort seiner Predigt geschrieben. Er ging die Tür öffnen. Die Kinder drängten mit verstrubbelten Haaren und feucht riechenden Schwimmbad-Taschen in die Garderobe. Henry kehrte zurück in die Küche.

„Gibt's Kekse?"

„Oder Kuchen?" Die Zwillinge folgten Henry in die Küche.

„Was malt ihr da?" Marlene war auch reingekommen und zeigte auf die Tafel.

„Nichts für euch junges Gemüse.“ Paul postierte sein breites Kreuz vor der Tafel.

„Hier gibt es Kekse und Schokolade.“ Henry kramte im Küchenschrank. „Und jetzt ab mit euch. Nicht aufs Sofa krümeln!“, rief er ihnen noch nach.

„Sie haben einfach kein Motiv.“ Paul schüttelte den Kopf. „Sie haben Hanna noch nie zuvor gesehen. Sie kannten sie nicht. Wir sind auf dem Holzweg.“

„Und wenn sie sie doch kannten?“

„Wie kommst du darauf?“

„Ich weiß nicht.“

„Warte mal.“ Paul kramte in seiner Jackentasche. Er zog ein Papier hervor. Las es stirnrunzelnd. „Nürnberg, Würzburg, Heidelberg, Frankfurt, Sulzbach. Kreuze den Begriff an, der nicht dazugehört.“

„Was liest du da?“ Henry versuchte aus dem Zettel schlau zu werden, von dem Paul vorlas.

„Das sind die Orte, in denen Hanna mit ihrem Streichquartett aufgetreten ist. Sulzbach fällt etwas ab, findest du nicht?“

„Nicht, wenn du die Sulzbacher fragst.“

„Warte mal einen Augenblick.“ Paul zückte sein Handy, wählte eine Nummer. „Kannst du mir mal die Nummer von diesem Cellisten raussuchen? Schick mir ’ne SMS. Danke.“ Er sah zu Henry auf. „Ich will den Cellisten fragen, wie sie auf Sulzbach gekommen sind.“

Einen Augenblick später vibrierte das Handy. Paul schrieb sich die Nummer auf und wählte sie. Er ging vor die Tür, um zu telefonieren.

Henry ging in der Zeit rüber ins Gemeindebüro, schon, damit Paul nicht dachte, er hätte nichts Besseres zu tun, als mit ihm Kaffee zu trinken und seine Kriminalfälle zu lösen. Im Gemeindebüro blinkte der Anrufbeantworter. Bevor Henry die Nachricht abhören konnte, kam Paul zurück und steckte den Kopf ins Büro.

„Ich hab's gewusst!", sagte er. „Sie haben auf Hannas Wunsch in Sulzbach gespielt. Es war das erste Mal, dass die Tour auch nach Sulzbach führte."

„Und wusste er auch, warum Hanna in Sulzbach auftreten wollte?" Sie gingen zurück in die Küche.

„Nein." Paul setzte sich wieder an seinen Platz. „Das wusste er leider nicht."

„Das bedeutet doch aber, dass Hanna eine Verbindung zu Sulzbach hatte. Sie wollte hier irgendwas", sagte Henry. „Und ich wette, das hat was mit der legendären Finnland-Tournee der Kantorei zu tun. Thomas meint, wir sollten die alte Frau Köhler mal fragen, ob sie was darüber weiß."

„Der gute Heinz wird begeistert sein, wenn ich schon wieder aufkreuze." Paul schlug sich energisch auf die Oberschenkel und stand auf. „Samstagnachmittag, beste Besuchszeit", sagte er.

Samstagnachmittag, beste Predigtschreibzeit, dachte Henry, als er die Haustür hinter Paul schloss. Er überlegte, ob er nach dem Anrufbeantworter schauen sollte. Entschied sich dagegen. Er konnte kein neues Problem gebrauchen, bevor er nicht diese Predigt geschrieben hatte.

–

„Was willst du denn schon wieder?", brummte Köhler, ließ Paul aber gleich eintreten. Der Geruch eines späten Mittagessens lag noch dezent in der Luft, Kohl, vielleicht

Kohlrouladen. Köhler hatte ein Geschirrtuch in der Hand, die Tür zur Küche stand offen. Das Radio spielte leise gegen die Straßengeräusche an, die durch das gekippte Fenster drangen.

„Wie geht es deiner Mutter?"

„Bist du gekommen, um dich nach meiner Mutter zu erkundigen?" Köhler musterte Paul skeptisch.

„Ich würde sie gerne etwas fragen."

„Aha."

„Ja." Es war eng in dem kleinen Flur für zwei Männer, von denen einer, Köhler, nicht gerade schlank war.

„So, so."

„Ist sie da? Kann ich mit ihr sprechen?"

Köhler machte eine Geste Richtung Wohnzimmer. „Du weißt ja Bescheid." Er folgte Paul, als dieser ins Wohnzimmer ging.

„Guten Tag, Frau Köhler."

„Ach, du bist's, Paul." Die Bettdecke bewegte sich. Paul sah Frau Köhlers Kopf aus der Decke rausschauen. Sie stopfte sich das Kissen zurecht, damit sie höher lag.

„Kann ich Ihnen helfen?", fragte er.

„Das mach ich schon." Köhler war mit zwei Schritten am Kopfende und half seiner Mutter, sich aufzurichten und stopfte noch ein Sofakissen zwischen das große Kissen und ihren Kopf. „Brauchst du noch etwas, Mutter?"

„Lass du uns mal allein, Horst", brummte die alte Frau.

Köhler blieb der Mund offen stehen, dann ging er widerwillig zurück. „Das ist der Dank dafür, dass man sich kümmert", murmelte er.

„Du kümmerst dich sehr schön, mein Junge." Frau Köhlers Stimme war brüchig. „Sehr schön macht er das, wirklich", sagte sie zu Paul. „Das ist das größte Geschenk, was man einem alten Menschen machen kann, dass man zu Hause sterben darf. Dass man nicht ins Heim muss."

Köhler, der noch an der Tür gestanden hatte, nickte und ging nach draußen, schloss geräuschvoll die Tür. Die Geräusche von draußen verstummten für einen Moment und waren dann nur noch ganz leise in einer fernen Wirklichkeit zu ahnen.

„Nimm dir einen Stuhl vom Esstisch", wies sie Paul an. Er setzte sich damit ans Bett.

„Geht es wieder um die kleine Elke, oder warum bist du hier?"

„Nicht direkt. Ich wollte Sie fragen, ob Sie wissen, was auf der Finnland-Tour der Kantorei passiert ist."

„Die Finnland-Tournee der Kantorei!" Frau Köhler hustete. „Wie kommst du denn darauf?"

„Es wird gemunkelt, dass es da hoch hergegangen sein soll. Aber niemand sagt, was da genau passiert ist."

„Und du denkst, das hat was mit deinem Fall zu tun? Mit der toten Finnin im Arboretum?"

Paul nickte.

„Reich mir mal das Wasser." Sie deutete auf ihren Nachttisch. Paul nahm das halb gefüllte Glas und hielt es ihr hin. Sie griff mit leicht zitternder Hand danach, führte es vorsichtig zum Mund, richtete sich dabei noch etwas auf. Sie trank einen Schluck und dann noch einen. Hielt ihm das Glas wieder hin. Paul stellte es auf den Tisch.

„Warst schon immer ein heller Bursche." Frau Köhler wischte sich mit dem Handrücken über den Mund. „Die Finnland-Tournee. Da haben sich alle gut amüsiert, wie mir berichtet wurde. Muss eine wunderbare Reise gewesen sein. Finnischer Sommer, Abendstimmung am See, helle Nächte.

Ich wäre gerne dabei gewesen." Um ihre Augen zeichneten sich Lachfalten ab.

Paul wartete.

„Es wird ja immer viel geklatscht und übertrieben. Aber über diese Tournee wurde eigentlich ziemlich wenig geredet." Frau Köhler sah jetzt gedankenverloren in die Ferne. „Nur wie freundlich die Menschen waren, wie herrlich die Natur, das Baden im See, die Sauna."

„Und was war das, worüber nicht geredet wurde?" Paul sprach leise, flüsterte fast.

„Ich kann es mir auch nur aus wenigen Andeutungen zusammenreimen. Ich glaube, der Erich Mach könnte sich vielleicht ein bisschen zu gut mit einer jungen Finnin angefreundet haben." Ihre Augen suchten Pauls Blick.

„Wusste Ingrid davon?"

Frau Köhler legte die Stirn in Falten. „Ich weiß es nicht. Man kann nicht in die Köpfe der Menschen gucken. Die beiden waren damals ja auch noch nicht verheiratet."

„Nein?"

„Wenn ich mich richtig erinnere, haben sie erst nach der Tournee geheiratet. Im Jahr darauf. Die Marianne, Erichs Mutter, war schwer hinterher, ihren Jungen unter die Haube zu kriegen. Und die Ingrid, die hatte sie ins Herz geschlossen. *So ein tüchtiges, patentes Mädchen,* hat sie immer gesagt. Und: *Die hat bei ihrer Mutter wenigstens noch arbeiten gelernt, man kann ja über die Kopftücher sagen, was man will, aber schaffen können die.*"

„Wieso über die Kopftücher?"

„Na, das waren doch Flüchtlinge aus den Ostgebieten. Ingrids Eltern. Die hatten ein kleines Häuschen in der Kopftuchsiedlung in Schwalbach."

„Moment mal." Paul legte die Stirn in Falten. „Ingrid hat doch in der Vogelsiedlung gewohnt?" Er erinnerte sich noch an das Haus im Schwalbacher Amselweg, in dem Ingrid und Jan gewohnt hatten, als sie alle noch zur Schule gingen. Er hatte dort Prospekte ausgetragen, um sich sein erstes Mofa zu finanzieren.

„Ja, das war später. Als der Vater die Stelle bei der Hoechst AG bekam. Schlossermeister wurde er dort, glaube ich. Aber das weiß der Horst besser, er war ja auch bei Hoechst. Er hatte ja dann auch den Bruder von der Ingrid, wie hieß denn der noch?"

„Jan?"

„Jan." Frau Köhler nickte. „Den Jan hatte der Horst als Lehrling, das war, bevor er zur Werksfeuerwehr kam. Da war er noch Kfz-Mechaniker."

„Ingrids Bruder hat eine Mechanikerlehre gemacht?" Paul wunderte sich. Jan hatte doch mit ihnen Abi gemacht. „Wollte er denn nicht studieren?"

„Das weiß ich nicht. Er hat die Lehre ja dann auch abgebrochen."

„Jedenfalls sind sie in die Farbwerkesiedlung gezogen, als der alte Kauder zu Hoechst kam", resümierte Paul. Dann kam Ingrid sozusagen aus ganz „kleinen Verhältnissen" und hatte sich mit Erich eine gute Partie geangelt.

„Ja, so war das." Die alte Frau Köhler nickte versonnen. „Nach der Finnlandfahrt hat die Marianne jedenfalls mit den Hochzeitsplanungen angefangen. Sie hatte es plötzlich richtig eilig …" Frau Köhler runzelte die Stirn, als komme ihr diese Erkenntnis zum ersten Mal.

„Meinen Sie, dass sogar Erichs Mutter von der Affäre Wind bekommen hatte?"

„Affäre, Affäre." Die Alte gab Paul einen Klaps auf die Finger. „Das wissen wir doch gar nicht. Ich dachte damals, die Ingrid wird wohl schwanger sein. Aber das war's ja offensichtlich nicht. Vielleicht dachte Marianne, jetzt muss der Junge mal zur Ruhe kommen. Der Erich war ein fescher Bursche, der die Frauen um den Finger wickeln konnte. Aber er ging ja schon auf die Vierzig zu und sollte den Familienbetrieb übernehmen. Marianne hat sich schon auf die Enkel gefreut und auf eine tatkräftige Schwiegertochter. Und die Ingrid war schließlich auch eine richtige Schönheit. Die hätte nur mit dem Finger schnippen müssen und da wären andere gelaufen gekommen."

Paul versuchte, sich Ingrid als Femme fatale vorzustellen.

„Der Erich wollte nach der Finnland-Reise natürlich erst mal gar nichts vom Heiraten wissen."

„Wegen seiner Affäre? Wollte er sich von Ingrid trennen?" Das klang ja auf einmal ganz anders als eben, wunderte sich Paul.

„Nein, wegen dem Benny. Der Bernhard Kasten, Erichs bester Freund, ist in dem Sommer gestorben. Er wurde von einem Auto angefahren. Erich, Peter Morgenstern und Benny, die sind zusammen in die Schule gegangen und waren dicke Freunde, die ganzen Jahre. Erich wollte in dem Jahr keine Hochzeit feiern, in dem sein Freund Benny gestorben war. Das musste schließlich auch Marianne einsehen. Aber im Jahr drauf war er fällig. Das war eine richtige Dorfhochzeit, mit Pferdekutsche und Posaunenchor. Der halbe Ort war eingeladen. Marianne war im siebten Himmel, man hätte meinen können, dass sie die Braut war." Frau Köhler lächelte.

Paul ließ das auf sich wirken.

„Aber Enkel kamen dann keine.“

„Nein. Alles ging dann doch nicht nach Mariannes Kopf.“

Paul wartete, ob Frau Köhler noch etwas sagen würde.

„Wann heiratest du denn endlich mal?“ Frau Köhler legte ihre Hand auf Pauls. „Oder bist du auch so ein Homo, wie sie jetzt so modern sind?“

„Ach, nee, daran liegt's nicht.“ Paul drückte ihre Hand. „Die Richtige ist noch nicht vorbeigekommen.“

„So, so. Da musst du aber ein bisschen die Augen offen halten. Bist auch nicht mehr der Jüngste.“ Frau Köhler nahm die Hand wieder weg, legte sie auf die Bettdecke, strich über die Decke. Im Esszimmer schlug eine Wanduhr, ein glockenheller Ton.

„Gell, das behältst du aber für dich?“, sagte Frau Köhler und sah Paul in Augen.

Er nickte. „Wenn's irgendwie geht.“

„Ach, Junge.“ Frau Köhler guckte wieder in die Ferne. „Jeder macht Fehler und in der Jugend sowieso.“

Köhler brachte Paul zur Tür.

„Ihre Mutter sagt, der Jan Kauder hätte bei Ihnen als Lehrling gearbeitet?“

„Ja. Und?“

„Ich hab mich nur gewundert. Ich meine, er hat Abitur gemacht, ich hätte gedacht, er wollte danach Journalismus studieren.“

„Der hat auch nie richtig Spaß an der Lehre gehabt. Ungeschickt war er ja nicht. Aber schließlich hat er die Lehre geschmissen.“

„Einfach so?“

„Was weiß ich.“

Paul konnte sich vorstellen, dass Köhler kein sehr

umgänglicher Lehrmeister war. Vielleicht hatte er Jan vergrault.

„Früher war das so, der Vater hat bei den Farbwerken angefangen, als einfacher Arbeiter, so wie der alte Kauder. Ist dann vielleicht Meister geworden. Und der Sohn, der ist dann auch zu Hoechst gegangen. Und wenn die Noten gestimmt haben und der Sohn studiert hat, dann ist er halt Chemiker oder Betriebswirt bei Hoechst geworden. Da haben ganze Generationen von Familien geschafft. Bis der Dormann kam. Dann ging ja alles den Bach runter."

Das hatte Paul schon zigmal gehört, auch von seinem eigenen Vater und dessen Freunden. Es war jetzt zwanzig Jahre her, dass Jürgen Dormann die Hoechst AG zu einer strategischen Management Holding umgebaut, Geschäftsbereiche verkauft oder in selbständige Beteiligungsgesellschaften umgewandelt hatte, aber die Wunden schmerzten immer noch. „Zerschlagen" hatte er die Hoechst AG, wie die alten Farbwerker sagten.

„Aber der Jan, der hatte was anderes im Sinn. Das hab ich gleich zu Anfang gemerkt."

„Der ist dann Fotograf geworden."

Köhler nickte.

„Wann war das denn? Wann hat er die Lehre geschmissen?"

„Das war im September 1992. Da hatte gerade das zweite Lehrjahr angefangen."

„Das wissen Sie aber noch genau." Paul wünschte sich, er hätte so ein gutes Gedächtnis. „Na dann, schönes Wochenende noch."

Köhler nickte nochmals knapp und schloss die Tür.

–

Im Flur blieb Köhler mit der Hand auf der Klinke stehen. Ja, er wusste in der Tat noch genau, wann Jan Kauder seine Lehre geschmissen hatte. Danach hatten sie ihn zur Werksfeuerwehr versetzt. Vom Meister, Chef der Nutzfahrzeuge-Werkstatt, zum Feuerwehrmann. So etwas vergaß man nicht. Er hatte damals niemanden ans Messer liefern wollen und die Verantwortung auf sich genommen. Die Jungs hatten in einer Nacht-und-Nebel-Aktion ein Auto repariert, was war schon dabei? Das kam damals alle naselang vor. Mitarbeiter „borgten" sich Maschinen von der Fabrik und werkelten am Wochenende damit an ihren Häuschen. Manchmal schaffte eine ganze Dienstplangruppe am Wochenende zusammen bei einem Kollegen, zimmerte eine Terrasse, baute eine Garage, deckte ein Dach. Egal was, es gab immer jemanden, der wusste, wie man es macht, und die anderen halfen mit. Und wenn es um Autos ging, benutzten sie die Werkstatt. Klar wurden da Maschinen abgenutzt, auch mal Material zweckentfremdet. Aber dafür sahen die Kollegen auch nicht auf die Uhr, wenn die Arbeit mal länger dauerte, und meckerten nicht, wenn mal eine Sonderschicht zu fahren war. So lief das halt bei Hoechst. Aber 1992 hatte der Wind schon gedreht, sie hatten es nur noch nicht mitbekommen. Plötzlich guckte die Konzernrevision überall hin, zählte das Material, ließ sich die Werkszugangsprotokolle geben. Die Nachtschicht in privater Sache fiel irgendwem auf, es gab eine Untersuchung. Köhler wusste, dass der Kauder-Jan an der Nachtschicht beteiligt war. Er hatte gekündigt, sobald er die Vorladung der Revision bekommen hatte. Köhler hatte munkeln hören, dass es Jans Wagen gewesen sei, der in der Nachtschicht repariert worden war. Davon ging wohl auch die Revision aus, denn nachdem Jan gekündigt hatte, sahen sie von arbeitsrechtlichen Maßnahmen gegen den Rest der Truppe ab. Dass Köhler sich hinter seine Leute gestellt hatte, nützte denen schließlich trotzdem nicht viel. Die Werkstatt wurde ein Jahr später outgesourced, vielleicht hatten sie nur noch einen Vorwand gesucht. Komisch war nur, was Köhler ziemlich genau wusste, dass Jan damals gar kein Auto besaß.

Sechstes Kapitel

Henry hatte wirklich versucht, an seiner Predigt zu arbeiten, schließlich wurde es Zeit. Allerhöchste Zeit. Der vorgeschlagene Predigttext war Markus 16, Verse 11 – 14. Jesus erscheint Maria von Magdala. Henry trug den Text schon die halbe Woche mit sich herum. Die Jünger glaubten Maria nicht, auch den Emmaus-Jüngern glaubten sie nicht, bis er ihnen allen erschien und schimpfte, warum sie den anderen nicht geglaubt hatten. Diese Schimpferei war negativ, sie hemmte Henry, den Text auszulegen. Er schloss die Augen, um darüber zu meditieren. Die negative Energie in seinem Herzen aufzulösen und zum Kern des Textes vorzudringen. Es klingelte.

Henry meditierte inbrünstiger. Es klingelte wieder.

Wenn es einen beim Meditieren juckte oder irgendwo schmerzte, sollte man laut einer Meditations-CD, die Henry manchmal hörte, an das Jucken denken. „Jucken, Jucken, Jucken", sollte man denken, bis man wieder etwas anders denken konnte. In den Schmerz sollte man hineinatmen und ihn auch denken. „Schmerz, Schmerz", usw.

Es klingelte laut und anhaltend. Henry dachte „Klingeln, Klingeln, Klingeln." Er überlegte, ob man in das Klingeln atmen konnte, aber es fiel ihm schon schwer, in – sagen wir – einen Schmerz im Knie zu atmen, wie die CD es gebot. In ein Klingeln zu atmen wurde wohl nicht verlangt und war vielleicht auch gar nicht möglich. Anscheinend hatte aber schon das Denken geholfen, denn das Klingeln war weggegangen. Henry überlegte, was er jetzt denken sollte, da klopfte es unmittelbar neben ihm. Es klopfte gegen die Terrassentür seines Arbeitszimmers.

„Henry, mach auf!" Paul. „Der Erich war's!"

Henry öffnete die Augen, blinzelte Paul durch die Glasscheibe an. Er stand auf und öffnete ihm.

„Was?"

Paul trat ein und ging an Henry vorbei in die Küche. Er zeigte auf die Tafel. „Erich war im Konzert."

Henry nickte. Das hatte er damals schon komisch gefunden.

„Er hat Hanna gesehen und erkannt. Quatsch, er wusste schon von den Werbeplakaten für das Konzert, dass Hanna nach Sulzbach kommen würde. Und er ist ins Konzert gegangen, um sich zu vergewissern, dass sie es ist."

„Dass sie wer ist?"

„Seine Verflossene." Paul setzte sich. Er wies mit dem Finger auf den Stuhl gegenüber und Henry setzte sich gehorsam.

„Der Erich hatte ein Verhältnis mit einer Finnin. Auf der Finnland-Tournee der Kantorei. Das glaubt jedenfalls Frau Köhler. Dir kann ich es ja sagen, du hast Schweigepflicht."

Henry wusste nichts dazu zu sagen. Meistens waren die Leute bereit, die verrücktesten Dinge zu glauben, nur leider immer die falschen, zum Beispiel, dass Tempolimits umweltschädlich seien und dass Pfarrer nur sonntags arbeiteten, aber dann bei der Auferstehung oder bei einem läppischen Wasser-zu-Wein-Wunder fingen sie an sich zu zieren. Allerdings war Frau Köhler eigentlich vernünftig und Thomas traute ihrem Urteil ja auch.

„Und jetzt taucht die Frau auf und Erich bekommt es mit

der Angst zu tun. Was, wenn Ingrid es erfährt? Das darf nicht passieren. Erich folgt Hanna und tötet sie."

Dass Erich nicht wollte, dass Ingrid etwas von dieser Affäre, so es sie gegeben hatte, erfuhr, leuchtete Henry sofort ein. Ingrids Zorn zog man besser nicht auf sich, Ilona konnte sicher ein Lied davon singen. „Aber warum sollte Hanna nach so vielen Jahren, nach fast zwanzig Jahren, plötzlich kommen und Erich drohen, Ingrid von dieser längst vergangenen Liebschaft zu erzählen?"

„Vielleicht brauchte sie Geld."

Geld war immer ein starkes Motiv. „Aber sie hatte doch eine feste Stelle, gut bezahlt wahrscheinlich, bei den Radio-Sinfonikern", gab Henry zu bedenken.

„Vielleicht war sie spielsüchtig. Also glücksspielsüchtig."

Henry sah ihn skeptisch an.

„Egal. Irgendein Motiv wird sie gehabt haben." Paul war nicht so schnell von der Fährte abzubringen.

„Okay, aber dann bleibt ja noch die Sache mit dem Transport ins Arboretum und die Generalüberholung."

„Er muss eine Komplizin gehabt haben", sagte Paul. „Annemarie. Klar, sie ist die Einzige, die infrage kommt."

„Wieso sollte ausgerechnet Annemarie mit Erich unter einer Decke stecken? Annemarie ist mit Ingrid befreundet, nicht mit Erich."

„Das wäre nicht das erste Mal, dass ein Mann ein Verhältnis mit der besten Freundin seiner Frau hat", sagte Paul.

Da hatte er wohl recht. Trotzdem konnte Henry sich mit Pauls Theorie nicht ganz anfreunden.

„Was willst du jetzt tun?"

„Ich rede mit Erich. Konfrontiere ihn mit seiner Affäre. Willst du mitkommen?"

„Nee, lass mal." Henry war alles andere als scharf darauf, Erich Mach eine außereheliche Beziehung vorzuhalten. Außerdem hatte er noch die Predigt zu machen und es wurde immer allerhöchstere Eisenbahn dafür.

„Okay, Henry, sorry, aber ich muss los", sagte Paul, das Handy am Ohr, mit dem er Ungern anrief, als hätte Henry auf seinen Besuch bestanden und wäre nun traurig, dass Paul schon fortmusste.

Paul nahm diesmal die Haustür und Henry schloss sie hinter ihm. Dann ging er in die Küche und sah sich nochmal Pauls Tafelmalereien an. Er schüttelte den Kopf. Beim Hinausgehen sah er oben im Gemeindesaal Bewegung. Wer war denn jetzt dort? Henry spähte zum Fenster raus und sah Annemarie.

Der Festausschuss, dachte Henry, in der Gemeinde auch liebevoll „Streichquartett" genannt. Sie waren gekommen, um Schnittchen zu schmieren und den Gemeindesaal für den Empfang zu Ehren von Frau Schönhaupt, der neuen Kantorin, vorzubereiten, der nach dem Gottesdienst stattfinden sollte. Henry sah jetzt auch Tanja, Ingrid und Elke im Gemeindesaal hin und her laufen, Tische mit Tischdecken belegen, Gläser aufstellen. Wie am Samstag vor einer Woche. Nur dass es da schon dunkel war. Ingrid trat ans Fenster und sah hinüber zum Pfarrhaus. Sie hob die Hand und winkte.

Henry winkte zurück und wunderte sich ein bisschen. Ingrid konnte auch mal an ihm vorbeistampfen, ohne zu grüßen. Dieses Winken war geradezu überschwänglich. Henry machte sich auf den Weg zu seinem Arbeitszimmer, setzte sich an den Schreibtisch.

Es war dunkel gewesen, vor einer Woche, und spät. So spät, dass Tanjas Mann dachte, Tanja sei gar nicht nach Hause gekommen. Obwohl Elke Paul doch erzählt hatte, sie habe die anderen nach Hause gefahren. Und Bernd hatte ja auch den Rüstwagen gesehen. Beim Osterfrühstück waren sie alle müde gewesen, Tanja war sogar schon in der Kirche zusammengebrochen.

–

Elisabeth hatte den Vormittag damit verbracht, die Osterdekoration aufzuräumen, mit den Kindern die Schulsachen für den kommenden Montag zu ordnen, Wäsche zu waschen. Dabei hatte sie fröhlich vor sich hin gesummt. Sie war mit sich im Reinen. Gleichzeitig formulierte sie im Geiste, wie sie ihre letzte Nachricht an Jan verfassen wollte.

Lieber Jan,

es war sehr schön von dir zu hören. Aber ich glaube, es ist besser, wenn wir unseren Kontakt abbrechen.

Sehr schön, oder nur schön? Den Kontakt abbrechen, war das schon zu dramatisch? Wie wäre es, wenn sie einfach nicht mehr zurückschreiben würde? Dann würde es so aussehen, als habe sie das Interesse verloren. Viele Kontakte gingen auf diese Weise in die Brüche, selbst, wenn man es gar nicht wollte, einfach aus Zeitnot nicht mehr regelmäßig schrieb. Aber dann würde er noch ein paar Mal schreiben. Würde er das? Einmal bestimmt noch. Elisabeth würde immer wieder nach Mails von ihm gucken. Vielleicht bröckelte ihr Entschluss dann und sie würde sich doch wieder in diese Mail-Affäre hineinziehen lassen. Das war so, wie wenn man eine Diät machen wollte, aber niemandem davon erzählte. Dann dachte man jedes Mal, ach, das hier esse ich noch, und dafür achte ich bei der nächsten Mahlzeit streng auf die Diät. Und man aß einfach trotzdem wie immer.

Außerdem hatte es ihr so gut getan, diesen Entschluss beim Joggen zu fassen. Dass sie mit Jan Schluss machte. Meine Güte, wie teeniemäßig klang das schon wieder.

Wenn sie schrieb, *Es ist besser, wenn wir unseren Kontakt abbrechen*, würde er in die Nachricht hineinlesen, dass sie das nur tat, weil ihr Mann das wollte. Oder weil sie dachte, er will es. Weil sie also fremdgesteuert war, sie selbst viel lieber weitermachen wollte? So sollte es nicht rüberkommen. Es sollte klar sein, dass es ihr ureigener Entschluss war. *Lieber Jan, ich möchte nicht mehr, dass wir uns schreiben.* Dann könnte sie es ja einfach lassen. Was sie ausdrücken wollte, war, dass sie nicht mehr wollte, dass er ihr schrieb. Aber das klang schon wieder so, dass er sicher eine Erklärung verlangen würde. Ach, war das kompliziert.

Nach dem Mittagessen gab es keine Ausrede mehr für Elisabeth, sich um das „Schluss-Machen" zu drücken. Sie stieg mit schweren Schritten in ihr Dachzimmer und startete den PC. Sie rechnete nicht damit, dass Jan schon wieder geschrieben haben würde, aber da war eine neue Mail von ihm:

Elisabeth,
Ich fliege übermorgen nach Hongkong und habe eine Zwischenlandung in Frankfurt. Ich übernachte bei Ingrid. Können wir uns Samstagabend kurz sehen? An der Schule, um sieben (Raucherecke)? Wirklich nur ganz kurz! Bitte sag nicht nein. Ich steige jetzt in den Flieger, kann nicht mehr mailen.
Jan

Wenn das kein Zufall war. Zufall oder, sollte man vielleicht sagen, Fügung? Jetzt, wo sie sich gerade entschlossen hatte, diese unheilvolle Beziehung „Jan und Elisabeth reloaded" zu beenden, da war er hier, keine zwei Kilometer von ihr entfernt, in Fleisch und Blut. Sie musste sich erst mal hinsetzen. Ihr Herz klopfte wie ein Specht am Baum. Tja, für eine Diät war es jetzt zu spät, schoss es ihr durch den Kopf. Dabei hatte sie doch noch gar nicht überlegt, ob sie es tun würde. Würde sie ihn treffen? Oh, Gott, oh Gott. Das war so aufregend. Und so unerwartet.

Nicht für Jan, natürlich. Vielleicht hatte er das schon länger gewusst und deshalb im Voraus den Kontakt mit ihr aufgenommen, um sie darauf vorzubereiten, dass er sie sehen wollte. Elisabeth stand auf und fing an, im Zimmer auf und ab zu tigern.

Immerhin hatte sie es geschafft, zum Frisör zu gehen. Sie warf einen Blick in den Spiegel an der Wand. Rote Bäckchen hatte die Frau, mein lieber Scholli. Sie überlegte, ob sie Anke anrufen sollte. Es wäre schön, das mit einer Freundin durchzuhecheln, aber es war nicht mehr viel Zeit. Oh je, es war schon halb sieben. In einer halben Stunde würde sie ihn entweder wiedersehen oder ... Wer wusste das schon, allerdings, wenn sie ihrem Entschluss treu blieb, würde das Oder bedeuten, dass sie ihn nie wieder sah. So war es doch? Wenn sie nicht hinginge, müsste sie ihm jetzt schreiben, dass sie ihn nicht treffen wollte und außerdem den Kontakt beenden würde. Das wäre es dann gewesen. Und das andere Oder wäre, dass sie ihn jetzt, in 27 Minuten genau, nochmal sehen würde. Würde sie es nicht für immer bereuen, diese Chance vertan zu haben? Es konnte nichts passieren. Er hatte selbst geschrieben, dass er morgen schon wieder nach Honkong fliegen würde. Es war völlig ohne Risiko, ihn kurz zu treffen.

War es das? Was, wenn sie ihn sah und sich wieder in ihn verliebte? Quatsch, warum sollte sie das tun? Aller Wahrscheinlichkeit nach hatte er inzwischen einen Bauch und schütteres Haar und sie würde seinen Bad-Boy-Charme durchschauen und sich später schämen, dass sie noch so für ihn geschwärmt hatte.

Vielleicht war es so am besten. An der Schule hatte alles begonnen und hier würde es auch wieder enden. Sie würde ihm persönlich ins Gesicht sagen, dass sie zwar nicht länger sauer auf ihn sei, dass sie aber trotzdem keine Verwendung für ihn in ihrem Leben habe, auch nicht als Wir-können-ja-Freunde-bleiben-Freund. Das wäre ein ehrlicher Schluss und würde ihr noch manche E-Mail von ihm ersparen, die zu ignorieren sie sich sonst zwingen müsste.

Elisabeth nahm zwei Stufen auf einmal und raste ins Bad. Sie tupfte vorsichtig etwas Gel in die roten Locken. Sprühte Deo unter die Achseln. Riss sich das T-Shirt vom Leib und rannte zum Kleiderschrank. Fieberhaft schob sie Bügel um Bügel zur Seite, bis sie eine schwarze Bluse in der Hand hatte. Die war cool genug, die mit ihrer besten Jeans, das musste reichen. Auf keinen Fall sollte es so aussehen, als hätte sie sich für ihn schön gemacht.

Auf dem Treppenabsatz fiel ihr Blick ins Gemeindehaus, wo sie eine Bewegung gesehen hatte. Elisabeth blieb kurz stehen. Sie sah Tanja, Ingrid, Elke und Annemarie im Gemeindesaal hin und her laufen, Tische mit Tischdecken belegen, Gläser aufstellen. Der Festausschuss, wohl für den morgigen Empfang. In diesem Moment trat Ingrid ans Fenster und sah hinüber zum Pfarrhaus. Ihre Blicke trafen sich. Elisabeth hob die Hand und winkte. Ingrid hob ebenfalls kurz die Hand. Dann rannte Elisabeth die Treppen runter, schnappte sich ihren Autoschlüssel.

„Ich geh kurz raus“, rief sie Henry zu, der an seinem

Schreibtisch saß und telefonierte. Jetzt war nicht die Zeit, ihm zu erklären, wohin sie wollte.

–

„Der Erich war's nicht!" Henry brüllte ins Telefon, als könnte die Lautstärke dazu beitragen, alles in die richtige Bahn zu lenken.

„Wieso nicht?", fragte Paul.

„Es war das Streichquartett!"

„Was?"

„Kannst du herkommen? Mit deinem Kollegen?"

„Wir sind schon in Erichs Straße. Und außerdem: Das Auto, das Gerôme nachts im Arboretum beobachtet hat, ist auf Erich zugelassen, ich hab vor zwei Minuten die SMS mit dem Halter bekommen."

„Dreh um. Ich erklär dir alles." Henry legte auf. Er ging in der Küche hin und her, die Hände am Kopf, spähte immer wieder hinüber zum Gemeindehaus, sah auf die Uhr am Herd und hätte sich noch vor einer Stunde nicht träumen lassen, dass er Pauls Klingeln herbeisehnen würde.

Zehn Minuten später stiegen Henry, Paul und Ungern gemeinsam die Treppen zum Gemeindesaal hinauf. Tanja fing sofort an zu weinen, als die drei den Saal betraten.

„Ich glaube, wir müssen uns mal unterhalten", sagte Paul. „Vielleicht setzen wir uns dazu besser."

Annemarie legte den Arm um die schluchzende Tanja. Ungern schob ein paar Stühle zurecht und Tanja, Annemarie und Elke setzten sich hin. Die Männer setzten sich ebenfalls.

„Also, will eine von euch erzählen, wie es war, oder sollen

Henry und ich mal sagen, wie unserer Meinung nach die Ereignisse der Osternacht sich zugetragen haben?"

Elke räusperte sich. „Wir waren gerade dabei, die Tische zu dekorieren. Ingrid hatte die Osterkörbchen zu Hause vergessen und ist nochmal los, sie zu holen. Plötzlich flog die Tür auf und Ingrid kam rein, bleich wie ein Laken. *Das Flittchen ist hier. Sie ist bei Erich!*, hat sie gerufen. Außer Tanja wussten wir sofort, wen sie meinte. Auch wenn es zwanzig Jahre her ist, Ingrid hat nie vergessen, dass Erich auf der Finnland-Tournee fremdgegangen ist."

„Woher wusste sie das denn überhaupt?", fragte Paul.

„Pff." Elke schnaubte verächtlich. „Ihr Männer denkt, ihr seid so clever. Diskret, könnt so was durchziehen, ohne dass irgendwer was merkt." Sie schüttelte den Kopf. „Ingrid hatte ziemlich schnell gemerkt, dass irgendwas passiert sein musste, auf der Tournee. Aber klar, erst haben alle dicht gehalten. Bis eines Tages das Telefon klingelte und eine Frau mit finnischem Akzent nach Erich fragte. Ingrid sagte ihr, dass er nicht da sei, und ob sie etwas ausrichten sollte und wer da überhaupt sei. Da legte die Frau auf. Von dem Moment an, wusste Ingrid, was Sache war. Sie hat sich die Irmi Schwertfeger vorgeknöpft, die war in Finnland dabei gewesen. Die hat zwar nix Genaues gewusst, aber erzählt, dass der Erich immer mit der jungen, hübschen finnischen Chorleiterin geschäkert hat, die die Kantorei auf der Tournee begleitet und für sie gedolmetscht hat. Mehr brauchte Ingrid nicht zu wissen."

„Hat sie Erich damit konfrontiert?", fragte Paul.

Elke und Annemarie schüttelten den Kopf.

„Sie hat es die ganzen Jahre gewusst und nichts gesagt?", hakte Paul nach.

„Sie war zu Tode gekränkt“, sagte Elke. „Sie wollte keine *schmutzigen Details* wissen, wie sie uns sagte. Aber sie hat es nie vergessen. Und als sie die Finnin vor ihrer Haustür gesehen und der Erich sie reingelassen hat, da wusste sie sofort, wer sie ist. Dass sie seine Verflossene ist. Sein Seitensprung.“

„Und was ist dann passiert?“, fragte Paul.

„*Ich habe sie eben bei Erich gesehen,* hat Ingrid gesagt“, fuhr Annemarie fort. Sie wollte gerade zum Haus gehen, da hat sie die Frau an der Haustür gesehen. Der Erich hätte sie geradezu ins Haus gezerrt, hat Ingrid erzählt. *In mein eigenes Haus!*

Tanja hat dann gefragt, ob sie lieber gehen soll, aber wir haben ihr die ganze Geschichte erzählt, nicht wahr?“ Annemarie sah Tanja an. Die verzog schmerzlich den Mund. Es war ihr deutlich anzusehen, dass sie sich nichts mehr wünschte, als damals gegangen zu sein.

„*Bist du sicher, dass sie es ist?*, hab ich noch gefragt“, übernahm Elke wieder. „*Ja*, hat Ingrid gesagt, *Es ist die Schlampe aus dem Streichquartett. Erich hat sie bestimmt schon auf dem Konzertplakat erkannt. Du meinst doch nicht, dass der sonst zu einem Kammerkonzert gegangen wäre.*

Wir haben Ingrid gefragt, was sie jetzt tun will. Sie war verzweifelt.

Was passiert, wenn du dich scheiden lässt?, hat Annemarie gefragt. Ob Ingrid finanziell abgesichert sei, im Fall einer Scheidung.

Ich habe nichts, hat Ingrid gesagt. *Es gibt einen Ehevertrag. Alles, was er hat, die Immobilien, die Firma ist seins und bleibt seins.* Das wollte wohl damals Erichs Bruder, weil sie die Firma gemeinsam hatten. So hat er es Ingrid jedenfalls verkauft, als sie geheiratet haben.“

„Arbeiten kann sie auch nicht“, ergänzte Annemarie. „Sie hat ja seit der Hochzeit nichts anderes gemacht, als Erichs Haushalt zu führen.“

„Und den Papierkram in seiner Firma, die Buchhaltung. Sie hatte immerhin eine Lehre als Buchhalterin gemacht“, warf Elke ein.

„Trotzdem war es nicht die superintelligenteste Lebensplanung“, sagte Annemarie. „Ingrid hat jahrzehntelang umsonst für Erich gearbeitet und ihm den Haushalt geführt. Es wäre einfach nicht fair gewesen, wenn sie nach all den Jahren leer ausgeht oder bei ihm bleiben muss, weil sie sonst leer ausgeht.“

„So ist es“, sagte Elke.

„Ja, und da haben wir eine Idee gehabt“, sagte Annemarie. „Eine schlechte Idee, wie wir jetzt natürlich wissen.“ Sie sah auf ihre Füße. Es war ganz still. Draußen ging die Sonne unter und spiegelte sich golden in den Fenstern des Pfarrhauses, aber hier im Saal wurde es schon etwas dunkler. Annemarie hob den Kopf wieder und sagte: „Wir wollten sie fortjagen.“

„Fortjagen“, wiederholte Ungern.

Annemarie wand sich unter den Blicken der Männer. „Wir wollten ihr zu viert auflauern und sie einschüchtern. Damit sie Erich in Ruhe lässt.“

Paul und Ungern sahen sich an. Paul schüttelte den Kopf.

„Wir sind Freundinnen“, sagte Elke. „Wir haben schon so viel zusammen durchgemacht. Als Annemaries Mann abgehauen ist, haben wir ihr auch geholfen.“

„Ja, das habt ihr“, sagte Annemarie. Sie sah Elke dankbar an. Zu den Männern sagte sie: „Die haben alles für mich gemacht. Den Laden renoviert, Flyer ausgeteilt, Elke ist zum Fegro gefahren und hat für mich eingekauft.“

Mit der Fegro-Karte der Kirchengemeinde, dachte Henry für sich.

„Ingrid hat mir schon beigestanden, als ich noch zu Hause bei meinem Großvater gewohnt habe", sagte Elke. Ihre Stimme war rau und sie blickte auf den Boden. „Das war kein Spaziergang, mit dem alten Herrn. Er war ein böser Mann. Zu Ingrid konnte ich immer kommen. Manchmal habe ich ganze Wochen lang bei ihr geschlafen. Ohne sie hätte ich mich umgebracht, damals. Ich war kurz davor." Elkes Stimme war zum Schluss kaum zu hören. Sie wischte sich mit dem Ärmel über die Augen.

Tanja hatte die ganze Zeit geschwiegen und nun richteten sich aller Augen auf sie. Sie wurde rot. „Als wir hier hergezogen sind, habe ich mich furchtbar einsam gefühlt. Ich hatte solches Heimweh nach meinen Eltern, meinen Freunden. Den Kolleginnen. Wir sind nach Sulzbach gekommen, weil mein Mann eine gute Stelle in Frankfurt angeboten bekam. Aber er ist immer weg, im Büro bis um acht, auf Dienstreisen. Ich hatte niemanden, mit dem ich reden konnte, keine Freundin. Ich bin mit Marie – das ist meine Tochter", sagte sie zu Paul, „in den Kindergottesdienst gegangen. Da habe ich erst Elisabeth kennengelernt. Und die hat mir Ingrid vorgestellt. Und gefragt, ob ich nicht beim Streichquartett mitmachen will. Und Ingrid hat mich unter ihre Fittiche genommen." Tanja lächelte schüchtern. „Auf einmal war ich mittendrin, bei jeder Feier dabei, habe tausend Leute kennengelernt. Aber mit Ingrid, Annemarie und Elke, das war etwas ganz Besonderes. Es war, als wären wir uralte Freundinnen. Sie haben mich in ihre Runde aufgenommen und ich hatte nie das Gefühl, dass ich nicht richtig dazugehöre." Jetzt fingen auch Tanjas Augen an zu glänzen und sie schniefte.

„Aber die Sache mit der Finnin. Das hätten wir nicht tun dürfen. Ich hätte nicht mitmachen dürfen."

Natürlich hatte sie Mitleid mit Ingrid gehabt. Und sie war ihr und den anderen dankbar für ihre Freundschaft. Aber so eine Geschichte! Da hielt man sich am besten raus, sagte ihr Instinkt laut und vernehmlich. Aber die anderen hatten so erwartungsvoll geguckt. Es waren ihre besten Freundinnen in Sulzbach. Ihr ganzes soziales Leben hier. Tanja schloss die Augen, aber die Ereignisse der unheilvollen Nacht ließen sich dadurch nicht vertreiben.

–

„Okay. Ich bin dabei." Tanjas Zusage war der Startschuss für ein Unternehmen, das unglücklicher nicht hätte laufen können.

„Dann los!", sagte Elke und sprang auf. „Ich hab den Rüstwagen unten stehen."

„Ist das nicht ein bisschen auffällig? Darfst du das überhaupt?", fragte Annemarie.

„Hast du eine bessere Idee?", fragte Elke zurück. „Ich muss schließlich morgen in aller Herrgottsfrühe das Osterfeuer sichern, meinst du, ich hab' Lust, den Wagen vorher noch von der Wache zu holen? Das ist doch jetzt auch egal. Ihr seid zu Fuß, und wenn irgendwas schiefgeht, wollen wir schnell abhauen können."

„Was soll denn schiefgehen?", fragte Tanja alarmiert.

„Nix, nur so halt", bügelte Elke die Frage ab. „Wenn jemand den Wagen sieht, können wir immer noch sagen, dass ich euch noch nach Hause gebracht habe."

Und so hielt der kleine Rüstwagen der Freiwilligen Feuerwehr Sulzbach wenige Minuten später an der Ecke der Straße, in der Ingrid und Erich in einem herrschaftlich bis neureich restaurierten ehemaligen Bauernhof wohnten. Sie mussten nicht lange warten, bis ein Licht auf der Hinterseite des Hauses anging.

„Er schickt sie durch den Garten raus“, flüsterte Ingrid erregt. „Sie geht den Stichel runter.“

Das Licht hinterm Haus erlosch wieder.

„Wir fangen sie unten ab.“ Elke ließ den Motor an und fuhr los. Sie brauchten keine Minute bis zum unteren Ende des Stichels, wo dieser quasi vor der katholischen Kirche mündete. Elke parkte direkt vor der Stichel-Mündung am Straßenrand. Ingrid sprang vom Beifahrersitz. „Ich halte Ausschau, ob sie schon kommt!“, rief sie den andern leise zu und verschwand im Stichel. Das Dunkel verschluckte sie.

Elke sprang aus dem Auto, die anderen folgten ihr. Von irgendwo hörte man einen leisen Fluch und dann Schritte, die Richtung Friedhof davonrannten.

„Da haben wir wohl ein kleines Saufgelage gestört“, sagte Elke. „Zu schade.“

Die Frauen stellten sich jetzt rechts und links von der Stichel-Mündung auf. Alle erschraken etwas, als Ingrid wieder erschien. „Noch ist nichts zu sehen“, stellte sie fest.

„So schnell kann sie auch gar nicht hier sein“, sagte Elke.

Sie warteten.

Es vergingen vielleicht noch zwei Minuten, bis sie Schritte hörten. Sie warteten, bis die Schritte ganz nah waren. Auf ein Zeichen von Elke traten sie gleichzeitig in den Stichel. Im Stichel war es noch dunkler als auf der Straße davor. Die Frauen konnten ihr Opfer nicht sofort ausmachen und bevor sie genau sahen, was passierte, hörten sie einen leisen

Aufschrei. Dann machte es ein furchtbares Geräusch, als die Frau auf den Steinboden stürzte. Dann war Stille. Die Frauen sahen sich an.

„Oh Gott!“, stieß Tanja aus. „Wir brauchen einen Notarzt!“

„Wie sollen wir das bloß erklären!“, flüsterte Annemarie.

Elke ging ein paar Schritte in den Stichel hinein und beugte sich hinunter, fühlte den Puls der Frau. „Kein Puls“, sagte sie sachlich. Sie beugte sich noch tiefer zu ihr hinunter und horchte und fühlte nach Atem aus ihrem Mund. Sie richtet sich wieder auf und begann mit den Händen rhythmisch auf den Brustkorb der Frau zu stoßen, hielt dann inne und beugte sich zu ihrem Gesicht, um sie zu beatmen. Das wiederholte sie noch zweimal. Dann drehte sie sich zu den anderen und schüttelte den Kopf. „Sie ist tot. Sie muss sich den Schädel auf den Steinen eingeschlagen haben.“

„Bist du sicher?“, fragte Annemarie ruhig, „ich kann gar kein Blut sehen.“

„Nee, die Verletzung muss ja auch nicht unbedingt äußerlich sein, außerdem ist es hier stockdunkel“, sagte Elke. „Guck' dir die Körperhaltung an. Sie hat keinen Puls und sie atmet nicht.“

„Was machen wir denn jetzt?“, rief Annemarie. Panik schwang in ihrer Stimme.

„Wir gehen alle nach Hause“, sagte Tanja leise. „Wir haben nichts getan. Und wir können nichts mehr tun.“

Da ertönten wieder Schritte und Stimmen vom oberen Teil des Stichels.

„Schnell, wir müssen sie wegschaffen. Wir können das nicht erklären, wenn uns jetzt jemand sieht“, sagte Elke, packte die Frau und hob sie hoch. Ingrid griff nach ihren Beinen. „Annemarie, schnell die Tür auf!“

Annemarie rannte los und schob die Tür des Rüstwagens auf. Elke und Ingrid wuchteten die Frau in den Wagen.

„Steigt ein, worauf wartet ihr?“, rief sie den anderen zu und schwang sich auf den Fahrersitz. Die anderen taumelten in den Wagen und Elke fuhr los, bevor sie die Türen richtig zu hatten.

„Wohin fahren wir?“, fragte Ingrid.

„Ich weiß nicht, erst mal weg“, sagte Elke. Sie bog nach links in die Hauptstraße und an deren Ende rechts auf die Königsteiner Straße. An der großen Kreuzung bog sie rechts ab Richtung Schwalbach. Sie fuhren schweigend an der Bahnlinie entlang. An der Continental-Kreuzung blieben sie vor der roten Ampel stehen.

„Was machen wir nur mit ihr?“, fragte Tanja leise.

„Wir könnten sie in einen Müllcontainer werfen“, überlegte Elke. „Da findet man sie aber sofort.“

Die Ampel wurde grün und Elke fuhr los. Sie durchquerten den Tunnel unter Schwalbach.

„Besser wir verstecken sie im Arboretum“, sagte Ingrid. „Da kann es Wochen dauern, bis man sie entdeckt. Vor allem, wenn es noch so kalt bleibt.“

„Man wird uns doch nicht mit ihr in Verbindung bringen, oder?“, fragte Tanja.

„Keiner hat uns je mit ihr gesehen“, erwiderte Annemarie.

„Aber was, wenn jemand gesehen hat, dass sie bei Erich war? Oder wenn sie es jemandem erzählt hat? Dann verdächtigen sie Erich oder mich“, sagte Ingrid.

„Wir müssen dafür sorgen, dass man sie nicht mit Erich in Verbindung bringt“, überlegte Annemarie, „und ich weiß auch schon wie. Elke, wir fahren in meinen Laden.“

Elke sah im gelben Licht der Straßenbeleuchtung zu Annemarie hin und lächelte.

–

Elisabeth parkte direkt vor dem in den Ferien leer und verwaist liegenden Gebäude und stieg aus. Die Schule war in das warme Licht der untergehenden Sonne getaucht und Elisabeth beschlich eine Mischung aus Nostalgie und Grauen. Grauen darüber, dass tatsächlich schon über zwanzig Jahre vergangen sein sollten, seit sie hier zur Schule gegangen war. Was machte das aus ihr? War sie jetzt alt? Damals war die Welt voller Möglichkeiten. Karrieren, Auslandsaufenthalte, Beziehungen, alles war noch offen, wollte erlebt, gestaltet, ausgekostet werden. Und jetzt? Jetzt stieß sie an jeder Ecke an die Grenzen ihrer Möglichkeiten, schien es ihr. Eine aufregende Karriere, die sie intellektuell forderte, die Herausforderungen, Erfolge, interessante berufliche Kontakte mit sich brachte? Nicht zu machen, wenn man wissen wollte, mit welchen Lehrern die Kinder gut auskamen, welche Bücher sie gerne lasen und warum; wenn man sie am Frühstückstisch in die Schule verabschieden wollte und am Nachmittag die Mitteilungen der Lehrer im Hausaufgabenheft über das schlechte Benehmen der Söhne lesen und die gebrauchten Brotdosen aus den Ranzen fischen wollte. Ein paar Jahre im Ausland leben, eine neue Sprache lernen, in eine fremde Kultur eintauchen? Klang toll, aber passte irgendwie nie so richtig für alle fünf, beruflich und mit der Schule. Ein bisschen schwärmen, verliebt sein in Jan? Ging nicht, sie war verheiratet.

Sie schloss das Auto ab und ging auf die Schule zu. Die

Raucherecke, wenn sie das heute überhaupt noch war, lag am anderen Ende des Hauptgebäudes. Da die Schule geschlossen war, musste Elisabeth außen um das Gebäude herumgehen. Links lag die Turnhalle, kein Ort rühmlicher Erinnerungen für Elisabeth. Sie war keine Sportskanone gewesen. Eine Drei mit Ach und Krach war das Beste, was sie erreichen konnte. Rechts lag die Aula. Elisabeth lief die Stufen herab und legte die Hände über den Augen an die Scheibe. Hier hatte sie am ersten Schultag gesessen und Fingernägel gekaut und gewartet, dass ihr Name aufgerufen wurde. Von hier war sie mit dem Deutsch-Meier und ihren neuen Klassenkameraden in den Klassenraum aufgebrochen. Da war die Bühne, auf der Ingrid ein paar Jahre später zur „Highschool-Queen" gekürt worden war, ein Gag, den ihr Jahrgang sich als Programmpunkt der Abi-Fete ausgedacht hatte. Ingrid und irgendein Christoph oder Michael, sie konnte sich nicht mehr an den Typen erinnern, waren zu Abi-Königin und Abi-König gekürt worden. Ingrid war damals eine richtige Schönheit gewesen. In der Lila-Landschaft, dem großen Eingangsbereich der Schule, hatte sie Hof gehalten, immer von einem Schwarm Bewunderer umgeben, meistens damit beschäftigt, Wochenend-Aktivitäten zu planen, vorzugsweise Diskobesuche, die zu Zeiten begannen, zu denen Elisabeth meist schon im Bett lag. Ingrid hatte Elisabeth damals wahrscheinlich gar nicht zur Kenntnis genommen, zwei Jahrgangsstufen unter ihr, mit roten Locken und trotzdem eher unscheinbar, schüchtern war sie gewesen. Ob Ingrid überhaupt mitbekommen hatte, dass Elisabeth in ihren Bruder verliebt war? Jan sah genauso aus wie Ingrid, nur in Mann. Groß, schön, muskulös und selbstsicher war er gewesen. Ob er immer noch atemberaubend aussah? Oder ob die Jahre schon ein paar

Spuren hinterlassen hatten? Nun, sie würde es ganz bald wissen, und bei diesem Gedanken stellten sich die Härchen auf ihren Unterarmen auf. Elisabeth riss sich vom Anblick der leeren Aula los.

Die Raucherecke lag im Schatten. Sie sah düster und schmuddelig aus und Elisabeth fröstelte. Sie ging die Treppen wieder runter und setzte sich auf eine Bank in der Sonne, einige Meter weit vom Schulgebäude entfernt. Hier schien ihr die Sonne mit letzter Kraft lauwarm ins Gesicht und sie schloss kurz die Augen. Ihr Atem ging schnell, sie spürte ihr Herz schneller klopfen als sonst. Sie versuchte langsam und tief zu atmen. Beruhige dich, dachte sie. Es kommt überhaupt nicht darauf an, was er von dir denkt. Es kommt darauf an, was du von ihm hältst. Es ist keine schicksalhafte Begegnung. Nur eine kleine Verabredung. Später erzählst du Henry davon, ein wenig belustigt und selbstironisch. *Denk dir, wen ich heute getroffen habe. Du kennst ihn nicht. Ich war mit ihm in der Schule. Wir waren befreundet. Lange vor deiner Zeit.*

Jetzt hörte sie Schritte. Sie riss die Augen auf und ihr mühsam eingelulltes Herz schlug Alarm, bummerte wie verrückt in ihrer Brust. Eine Gestalt bog um das Schulgebäude, im Gegenlicht schwarz und nicht sofort zu erkennen. Elisabeth sprang auf. Diesen Moment hatte sie sich in den letzten Jahren wieder und wieder ausgemalt. Ja, so war es. Es half nicht, so zu tun, als sei es nicht so gewesen. Jan war niemals ganz aus ihren Gedanken verschwunden. Nervös zupfte sie an ihren Haaren herum, obwohl sie wusste, dass das völlig sinnlos war. Sie blinzelte. Etwas stimmte nicht. Die Gestalt war jetzt auf zwanzig Meter herangekommen. Verwirrung ergriff sie ganz kurz, bis Enttäuschung auf sie fiel wie ein dunkler

Vorhang. Elisabeth ließ sich wieder auf die Bank fallen. Es war Ingrid.

–

Erich saß am Schreibtisch und kramte in der Schublade nach Briefmarken. In dieser Schublade bewahrte er Briefmarken, Stifte, Kleber, den Brieföffner und das Messer auf, das er dem Rüpel abgenommen hatte. Das war vor zwei Jahren gewesen. Ein Halbstarker, der die Mieter seines Frankfurter Hauses tyrannisierte. Er war hingefahren und hatte diesen Rotzlöffel mit seiner Gangstermütze und den Jogginghosen zur Rede gestellt. Wohl war ihm dabei nicht gewesen, schon gar nicht, als der Kerl das Messer rausholte und aufspringen ließ. Aber er hatte sich nichts anmerken lassen. Hatte ihm ordentlich die Meinung gesagt und dabei wohl den richtigen Ton getroffen. Das Ende vom Lied war, dass er sich das Messer geben und den Jungen laufen ließ, nicht ohne ihm das Versprechen abzuringen, seine Mieter in Ruhe zu lassen. Das Messer hatte er aufgehoben. Wie oft kam es schon vor, dass ein fünfzigjähriger Mann eine Auseinandersetzung mit einem gewaltbereiten Jugendlichen gewann? Eine Trophäe war das Messer nicht. Eine Motivation vielleicht, nicht zu schnell klein beizugeben. Er zog die Schublade ganz bis zum Anschlag raus. Das Messer war nicht da.

Erich hatte schon in der Osternacht wenig und das bisschen unruhig geschlafen. Wenn er wach war, sah er auf Ingrids Seite im Bett und auf die Uhr. Sie kam und kam nicht nach Hause.

Hatte sie etwas gemerkt? Der Brief mit der Einladung zum Kammerkonzert, einem DIN A5 großen gedruckten Flyer, war in einem Briefumschlag ohne Absender gekommen, die Adresse mit der Hand geschrieben. Erich hatte den Flyer aus dem ungeöffneten Briefumschlag geholt. Da hatte er gleich gewusst, dass er hingehen musste. Es konnte kein Zufall sein, dass Hanna in Sulzbach spielte und dass er eine Einladung im Briefkasten fand. Sie wollte, dass er hinkam, und bevor sie an seiner Haustür klingelte, würde er ihrer Einladung ganz sicher folgen. Dass Ingrid mitkommen wollte, hatte ihn alarmiert, aber was hätte er tun sollen? Er sagte sich, dass sie ihn eben begleiten wollte. Sie hatte zwar Gift und Galle gegen das Konzert gespuckt, weil es die Vorbereitungen des Osterfrühstücks störte. Da sie aber ohnehin ins Gemeindehaus musste, konnte sie auch schon zum Konzert kommen. Aber insgeheim hatte er gewusst, dass sie es wusste, auch wenn er sich nicht vorstellen konnte, woher. Die ganzen Jahre hatte niemand geredet. Er war davongekommen mit mehr Glück als Verstand und er hatte sich geschworen, dass er nie wieder eine andere Frau auch nur ansehen würde, wenn er mit dieser Sache durchkam. Und jetzt die Einladung, das Konzert.

Hanna hatte ausgesehen wie damals. Von dem Augenblick an, in dem er sie auf der Bühne sah, spielten seine Gefühle verrückt. Wie konnte sie noch so jung und so unverändert aussehen? Ihr Gesicht, ihre schlanke Figur. Als wären die zwanzig Jahre nicht gewesen. Als könnten sie aus dem Saal gehen und sich auf den Steg am Irgendwas-See setzen und in der hellen finnischen Nacht dem leisen Plätschern des Wassers gegen die Holzpfähle des Steges lauschen und den Fischen zusehen, die Ringe in die Wasseroberfläche stupsten und wieder abtauchten. Die Mücken surren hören, rücklings auf dem Steg liegen und den Sternenhimmel betrachten. Während sie spielte, sah er all das vor seinen geschlossenen

Augen, spürte die Wärme ihrer Haut auf seine abstrahlen, ihre weichen Lippen auf seinen.

Es war schwer, an diesem Abend nicht traurig zu sein. Die Sonne war über ihrem letzten Tag untergegangen. Sie hatten noch diesen Abend, eigentlich nur noch diese Nacht, es war ja schon elf vorbei. Morgen würde der Bus Hanna in Helsinki absetzen und zurück nach Deutschland aufbrechen. Aber daran wollten sie jetzt nicht denken. Endlich waren die anderen nach und nach ins Bett gegangen. Einige saßen sicher noch im Gemeinschaftsraum und spielten Karten. Aber hier draußen war es ruhig geworden. Nur noch Hanna und er und hier und da eine Mücke. Sie saßen aneinandergeschmiegt und sprachen leise. Aber mit der Zeit wurde es kühl, sie konnten nicht mehr länger auf diesem kargen Felsen sitzen. Wind kam vom See auf und Hanna zitterte schon.

„Wir müssen reingehen." Seine Stimme klang belegt nach dem langen Schweigen.

„Ich will noch nicht." Sie schmiegte sich fester an ihn.

„Ich weiß." Er drehte sich weiter zu ihr, küsste ihr Haar.

Er sagte nicht: „Komm doch mit nach Deutschland!" Sie sagte nicht: „Bleib doch hier." Er hatte ihr gesagt, dass er eine Freundin hatte.

Sie löste den Kopf von seiner Schulter und sah ihn an. Sein Gesicht spürte die Wärme ihrer Haut. Ihre Lippen fanden sich in Zeitlupe. Der Kuss war wie ein starker Rausch und änderte noch einmal alles zwischen ihnen. Im Nachhinein betrachtet, nach diesem Kuss, scheint es ganz klar immer darauf hinausgelaufen zu sein, und er wunderte sich, wie sie sich hatten vormachen können, sie seien nur Freunde. Sie standen aneinandergeklammert auf und staksten mit steifen Gliedern, Hand in Hand zum Saunahaus. Dort empfing sie behagliche Wärme auch im Ankleideraum. Erich schloss die Tür. Er machte einen Schritt auf Hanna zu, nahm ihre Hände und sie hob den Kopf und küsste ihn. Sie küssten sich lange, er küsste ihren Hals, seine Hände strichen über ihre Arme. Sie legte den Kopf zurück und schloss die Augen.

Es war schon damals falsch gewesen. Er hatte es trotzdem getan. Klar, er war noch nicht verheiratet gewesen, aber das machte es nicht viel besser. Sie hatten schon vom Heiraten gesprochen, Ingrid ging fest davon aus, auch wenn er ihr noch keinen offiziellen Antrag gemacht hatte. Was hatte er sich dabei gedacht, Ingrid zu betrügen? Dieser finnische Sommer mit seinen hellen Nächten war ihm zu Kopf gestiegen. Alles war so leicht und schrie danach, das Leben zu genießen. Zum Teufel, die Finnen strahlten es aus, dieses Gefühl, lebe jetzt, denn der Sommer ist so kurz und die kalten Tage kommen früh genug und sie dauern lange. Carpe diem, hatte er gedacht, soweit man überhaupt von Denken sprechen konnte. Aber es war bei diesem einen Mal geblieben. Danach war er nie wieder auch nur einen Millimeter von der rechten Straße gewichen. Und was sollte er jetzt tun, wo die Vergangenheit ihn einholte? Er musste herausfinden, was Hanna überhaupt wollte. Aber wie? Ingrid saß an seiner Seite und ahnte hoffentlich nichts Böses und durfte um keinen Preis etwas erfahren.

Nach dem Konzert hatte er getrödelt. Er wusste, Ingrid musste jetzt bleiben und das Osterfrühstück vorbereiten. Die Gelegenheit war einmalig, er musste es nur Hanna irgendwie mitteilen. Er half, die Tische aufzustellen. Hatte das Gefühl, dass Ingrids Augen ständig auf ihm ruhten. Schließlich ging er zur Garderobe, lungerte dort herum und in diesem Moment kam Hanna und ging mit schnellen, leichten Schritten an ihm vorbei zu den Toiletten. Er sah sich um, sah niemanden und ging ihr hinterher. „Komm jetzt gleich zu mir“, flüsterte er, „Weißt du, wo?“ Sie nickte und verschwand in der Damentoilette. Er winkte in die Küche hinein und machte sich, so schnell er konnte, auf den Heimweg.

Zwanzig lange Minuten dauerte es, bis er sie durch das Küchenfenster kommen sah. Er machte ihr auf, bevor sie klingeln konnte, zog sie schnell ins Haus.

„Hanna.“

„Guten Tag, Erich.“ Sie hatte immer noch diesen Akzent, den er damals so süß fand.

Keine Umarmung, keine Sentimentalitäten. Sie wusste genau, was sie wollte und kam sofort zur Sache.

„Du hast einen Sohn, Erich.“

„Was?“

„Du hast einen Sohn. Ich bin schwanger geworden in der Nacht damals. Er heißt Timo. Und er will seinen Vater kennenlernen.“

Ihm war schwindlig geworden. Was für eine Nachricht! Tausend Gedanken schossen ihm durch den Kopf. War er ganz sicher der Vater? Was musste Hanna durchgemacht haben, mit 21 ein uneheliches Kind zu bekommen und allein großzuziehen? Er hatte einen Sohn. Und er wollte ihn kennenlernen.

„Warum hast du nichts gesagt?“

„Warum ich nichts gesagt habe?“ Sie klang bitter. „Weil du auch nicht gesagt hast, dass du schon verheiratet warst.“

„Das stimmt nicht, Hanna. Ich war verlobt, könnte man sagen, ja. Aber ich war nicht verheiratet.“

„Nicht?“ Sie sah ihn zweifelnd an. „Ich habe angerufen. Eine Frau ist ans Telefon gegangen. Ich habe nach Erich gefragt. Und sie hat gesagt: Mein Mann ist nicht zu Hause. Da habe ich aufgelegt.“

„Und dann hast du es nie wieder versucht?“

„Wozu? Ich dachte, du bist verheiratet. Ich dachte, …– Egal, deshalb bin ich nicht hier. Timo hat verlangt, dass ich ihm sage, wer sein Vater ist. In Finnland hat er ein Recht, das zu erfahren. Aber ich wollte dich erst noch einmal sehen.“ Sie musterte ihn mit ihren ernsten Augen und er hätte gerne gewusst, was sie sah. Ob er bestand.

Während sie ihn musterte, fasste er den Entschluss, diese verlorenen Jahre an seinem Sohn, an Timo, wieder gutzumachen. Auch wenn das bedeutete, dass Ingrid es erfahren musste. Es war spät, aber er musste jetzt seinen Mann stehen, für das, was er vor zwanzig Jahren getan hatte. Aber nicht heute. Diesen Abend wollte er für sich. Er brauchte Zeit, sich an den Gedanken zu gewöhnen, dass er einen Sohn hatte.

Anscheinend hatte er vor Hannas Augen bestanden.

„Timo will Ingenieur werden. Er will in Deutschland studieren. Dann könnt ihr euch kennenlernen. Vielleicht kannst du ihm helfen, eine Wohnung zu finden.“

Das war eine seiner leichtesten Übungen. Er versprach es ihr und wollte ihr beteuern, wie leid es ihm tat, dass sie all die Jahre allein mit ihrem Sohn durchs Leben gegangen war, aber sie wollte nichts davon wissen. Wollte fort, bevor Ingrid nach Hause kam. Und da schickte er sie hinten raus, den Stichel hinunter, denn ihr Auto stand an der katholischen Kirche.

Und dann war Ingrid nicht nach Hause gekommen. Da hatte er schon geahnt, dass etwas passiert sein musste.

Und jetzt war das Messer nicht da. Erich stand auf und ging im Arbeitszimmer auf und ab. Ingrid, was führte sie im Schilde? Er spürte, wie er überall Gänsehaut bekam. Er hatte es früher nicht gemerkt, aber mit Ingrid stimmte etwas nicht. Sie war sicherlich nicht selbstsüchtig. Das sah man ja schon an ihrem Engagement für die Gemeinde. Aber sie konnte nicht mit Kränkungen umgehen oder mit dem, was sie für eine Kränkung hielt. Hatte sie nie gekonnt. Früher hatte sie das traurig gemacht, aber heute war es eher Wut, ein lange köchelnder Zorn. Erich seufzte. Er lobte so ziemlich alles, was man nur loben konnte, ihr Engagement, ihre Küche, ihr Aussehen. Aber mit alldem drang er nicht dahin vor, wo sie sich ihr Selbstbild zurechtmachte, das war ihm mittlerweile klar.

Erich ging ins Gästezimmer, wo Ingrids Computertisch stand. Dort hatte er sie in den letzten Tagen öfter angetroffen. Der Bildschirm war schwarz, aber als Erich die Maus bewegte, erwachte er zum Leben. Dieser lang köchelnde Zorn. Hannas Auftreten, das Ingrid entsetzlich gekränkt haben musste, wenn sie durchschaut hatte, was passiert war. Und ein Messer. Ein unheilvolles Zusammentreffen.

–

„In dieser Nacht war ich wie auf Autopilot", sagte Annemarie. Die Sonne stand mittlerweile so tief, dass es kaum mehr möglich war, in den Gesichtern der anderen zu lesen. „Es schien mir so klar, was zu tun war. Ich habe überhaupt nicht darüber nachgedacht." Es war so, als würde sie eine To-Do-Liste abarbeiten. Sie sah sich in ihrem Kittel, mit Haube und Handschuhen in ihrem Laden fuhrwerken, wie an einem geschäftigen Samstagvormittag, nur dass es Nacht war, die Rollläden ganz runtergelassen.

Elke hatte hinter Annemaries Frisörladen geparkt und sie trugen die Leiche durch den Hintereingang hinein.

„Leg sie auf den Fußboden“, sagte Annemarie.

„Scheiße!“, fluchte Elke. „Ein Schuh fehlt. Ich schau im Wagen nach.“

Annemarie beugte sich zu der Toten und zog ihr vorsichtig die dicke, rote Wollmütze vom Kopf. Sie hob den Kopf der Toten sachte an und begutachtete ihn von allen Seiten. „Keine Platzwunde“, stellte sie fest. „Gut, dass sie die dicke Mütze getragen hat.“ Sie richtete sich auf und sagte zu den anderen: „Ich gehe die Farben anrühren.“

Elke kam zurück. „Der Schuh ist nirgends zu sehen!“

Annemarie erschien in einem weißen Kittel aus einem Nebenraum mit einer Schüssel in der Hand. „Jetzt setzt sie auf den Haarwasch-Stuhl, ans Becken. Wartet, zieht das an.“ Sie händigte ihnen Duschhauben, Kittel und Latex-Handschuhe aus und zog auch selbst eine Haube über den Kopf und Handschuhe an die Hände.

Elke und Ingrid hievten die Frau auf den Stuhl. Annemarie legte ihr einen Kittel über. Dann griff sie zu einer Schere und fing an, die langen blonden Haare etwa auf Schulterlänge abzuschneiden. Die Strähnen steckte sie in eine Abfalltüte. Dann wusch sie die verbleibenden Haare und beschmierte sie mit bräunlich-grauer Paste.

„Was wird das?“, fragte Tanja, die ins Klo verschwunden war, als Elke und Ingrid die Frau auf den Stuhl gehievt hatten. Sie wischte sich den Mund ab.

„Ich verpasse ihr einen neuen Look“, sagte Annemarie. „Sie wird nicht wiederzuerkennen sein. Die Farbe braucht jetzt zwanzig Minuten. In der Zeit mache ich ihr die Augenbrauen."

„Ich mache solange den Rüstwagen sauber. Da sind sicher jede Menge Spuren von ihr", sagte Elke und nahm sich einen Eimer Wasser und Lappen mit. Ingrid folgte ihr. Tanja setzte sich auf einen Stuhl am anderen Ende des Raumes und sah Annemarie von dort zu, wie sie einen Faden zwischen die Hände nahm, ihn in der Mitte mit dem Mund aufnahm und begann, der Frau mit dem Faden die Augenbrauen zu zupfen. Dann nahm sie eine Pinzette und zupfte mit dieser weiter. Sie sah hochkonzentriert aus und ohne die Haube und die Handschuhe hätte es eine ganz normale kosmetische Behandlung sein können. Als sie mit Zupfen fertig war, strich sie der Frau sanft etwas Creme auf die Brauen. „Das beruhigt die Haut", murmelte sie und hörte nicht auf die Stimme in ihrem Hinterkopf, die hinterfragen wollte, ob die Haut einer Toten beruhigt werden musste.

Annemarie wusch der Frau die Farbe aus den Haaren und frottierte sie. „Jetzt musst du ihr den Kopf auf einer Seite festhalten, während ich die andere Seite schneide", wies Annemarie Elke an, die wieder hereingekommen war. Annemarie schnitt eine Weile, dann deutete sie an, dass die Seite gewechselt werden sollte und schnitt die andere. Schließlich betrachtete sie die Frisur von allen Seiten, überprüfte, ob die Seiten gleich lang waren, während Elke versuchte, den Kopf von hinten möglichst gerade zu halten, ohne dass ihre Hände die Frisur störten. Schließlich war Annemarie zufrieden. Sie griff nach dem Föhn.

„Muss das denn sein?" Auch Ingrid war wieder hereingekommen und sah auf ihre Uhr. Annemarie warf einen Blick auf die Uhr über der Kasse. Die Zeit rannte davon, in wenigen Stunden ging das Osterfeuer los und sie hatten noch nicht einmal das Frühstück richtig vorbereitet, von der Arbeit, die hier noch vor ihnen lag, ganz zu schweigen.

„Sie wird sich nicht mehr erkälten, oder?", sagte Ingrid.

Annemarie schaltete den Föhn ein. „Sonst sieht es nicht normal aus", sagte sie laut, um den Föhn zu übertönen. „Die Polizei soll sich nicht fragen, warum sie mit nassen Haaren aus dem Haus gegangen ist." Elke und Ingrid wechselten einen Blick, zuckten mit den Schultern.

„Jetzt noch abschminken", sagte Annemarie. Elke fing an, nervös mit dem Fuß auf den Boden zu tappen. „Schminke kann man sicher auch nachverfolgen. Sie sollen nicht merken, dass sie in Finnland gekauft wurde." Annemarie hatte die Ruhe weg. Sie konnte sich jetzt noch erinnern, wie tief ihre Atemzüge gingen. Sie atmete in diese dunkle unheilvolle Nacht und die Nacht strömte in ihre Lunge, ihren Körper, und sie waren eins. Annemarie hatte eine Aufgabe, die musste erledigt werden und sie musste mit Sorgfalt und Ruhe getan werden. Das gebot die Würde ihrer Kundin, so dachte sie in dieser Nacht, sie wusste es noch genau. Sie holte Creme und Nagellackentferner und machte sich ans Werk. Erst entfernte sie alle Schminke und das Make-up aus dem Gesicht der Toten. Sie drehte sich zu Elke und Ingrid und sagte: „Jetzt müssen wir sie ausziehen."

„Oh Gott." Annemarie vergrub das Gesicht in ihren Händen. Im Gemeindesaal war es totenstill. Die anderen saßen reglos auf ihren Stühlen, als lähmte sie das Grauen der Osternacht. „Was haben wir nur getan? Wir haben eine Leiche geschändet."

„Nein." Elke legte Annemarie einen Arm um die Schulter. „Sie ist gestürzt und du hast sie wunderschön wieder hergerichtet. Du hast ihr ihre Würde wieder gegeben."

„Das ist doch Quatsch!" Alle fuhren auf. Tanjas Stimme

war schrill. Sie stand auf. „Es ist furchtbar, was wir getan haben“, schrie sie. „Anstatt zuzugeben, dass wir sie buchstäblich zu Tode erschreckt haben, haben wir an ihrer Leiche herumgemacht, dass ich immer noch kotzen könnte, so widerlich war es. Wir haben ihr nicht nur das Leben genommen. Selbst als sie tot war, haben wir ihr die Identität geraubt. Sie durfte nicht mal im Tod so aussehen, wie sie im Leben ausgesehen hat.“ Tanja schluchzte laut auf und rannte aus dem Saal, Ungern lief ihr hinterher.

–

Auch in dieser Nacht war Tanja mit wachsweichen Knien aufgestanden, als Elke und Ingrid sich anschickten, der Toten die Kleider vom Leib zu schälen. Die letzten Schritte zum Klo rannte sie.

Als sie wiederkam, lag die Frau nackt auf einem großen Tuch. Annemarie hatte ihr alle Finger- und Fußnägel vom Nagellack gesäubert und sie gefeilt. „Wir wollen ja nicht, dass Fasern oder so was unter ihren Fingernägeln gefunden werden“, murmelte sie dazu. Den Körper der Toten wusch sie sorgfältig mit einem Schwamm und warmen Seifenwasser ab, dann trocknete sie sie mit einem dicken, weißen Frotteehandtuch. Tanja nahm sich vor, niemals wieder zu Annemarie zum Haareschneiden zu kommen.

–

Ungern führte die blasse Tanja wieder in den Saal und sie setzte sich auf ihren Stuhl. Elke erzählte, wie sie die Tote schließlich ins Arboretum gebracht hatten.

„So“, hatte Annemarie endlich gesagt. „Sie ist sauber.“ Die anderen sahen die Tote an, wie sie jetzt auf dem Boden des Frisörladens lag. Sie war tatsächlich nicht wiederzuerkennen. Eine junge Frau mit braunem Pagenkopf, ungeschminkt. Sie hatte nichts, aber auch gar nichts, mit der blonden Geigenspielerin zu tun. „Wie weit seid ihr mit dem Wagen?“

„Sauber“, erklärte Ingrid.

„Gut“, sagte Annemarie, „ihr beide bringt sie jetzt ins Arboretum und versteckt sie?“

Elke und Ingrid nickten.

„Ich bleibe hier und mache noch alles sauber, koche die Handtücher, die Kittel, alles in der Waschmaschine. Wenn die Sachen durch den Trockner sind, verpacke ich die Kleider und werfe sie in einen Altkleidercontainer. Die Kittel und Handtücher werfe ich zum Restmüll, aber irgendwo anders. Vielleicht in Eschborn.“ Sie überlegte, ging in die kleine Küche und kam mit einer schwarzen Rolle wieder. „Elke, ihr müsst den Rüstwagen mit diesen Müllsäcken auslegen, damit sie keine neuen Spuren darin hinterlässt. Die müsst ihr dann auch noch verschwinden lassen, genauso das Tuch.

Tanja, sieh zu, dass du diesen Schuh findest, du wohnst am nächsten vom Stichel.“ Annemarie sah auf die Uhr. „In drei Stunden sehen wir uns beim Osterfeuer wieder.“

Elke hatte Tanja vorm Stichel abgesetzt, damit diese auf dem Heimweg nach dem verlorenen Schuh suchen konnte. Aber Tanja hatte im Schatten des Stichels gewartet, bis Elke mit dem Rüstwagen um die Ecke gebogen war und war dann die Eschborner Straße entlang nach Hause gelaufen. Keine zehn Pferde hätten sie dazu gebracht, nochmal in den Stichel zu gehen.

„Dass wir nicht drauf gekommen sind, dass sie auch noch eine Handtasche haben musste“, sagte Elke jetzt und schlug sich an den Kopf. Sie sah betroffen aus, wobei nicht ganz klar war, ob die Betroffenheit sich auf das Übersehen der Handtaschen-Wahrscheinlichkeit bezog oder auf das ungeheuerliche Geschehen, das sie gerade offenbart hatten.

„Das ist die verrückteste Geschichte, die ich je gehört habe", sagte Ungern angewidert. „So was können sich nur Frauen ausdenken."

„Paul", sagte Elke, „glaub mir, die Frau ist gestürzt, als sie uns gesehen oder gehört hat. Es war ein tragischer Unfall. Und wir haben vor lauter Panik, als wir die Schritte gehört haben, überreagiert. Deshalb haben wir sie mitgenommen und das Ganze gemacht. Das war falsch. Wir wissen das. Es war ein furchtbarer Fehler, aber wir sind keine Mörderinnen."

„Vielleicht war es tatsächlich ein tragischer Unfall", sagte Paul nachdenklich. „Und was ihr mit der Leiche gemacht habt … Das wird die Staatsanwaltschaft zu beurteilen haben." Er sah von Elke zu Annemarie und Tanja.

„Moment mal", sagte Ungern. „Wollt ihr sagen, dass ihr mit dem Rüstwagen im Arboretum wart, als ihr die Leiche versteckt habt?"

Elke nickte. „Danach habe ich Ingrid zu Hause abgesetzt."

Ungern und Paul sahen sich an.

„Gerôme hat einen blauen Golf gesehen", sagte Paul. „Der auf Erich zugelassen ist." Er zuckte zusammen, weil sein Handy in der Hosentasche vibrierte.

„Wo ist eigentlich diese Ingrid?", fragte Ungern.

–

Ingrid näherte sich langsam und blieb dann direkt vor Elisabeth stehen, eine schwarze Gestalt im Gegenlicht der tief stehenden Sonne. „Du hast jemand anderen erwartet, nicht?“, sagte sie.

„Wo ist Jan?“

„Komm mit, ich bring dich zu ihm.“

„Wieso? Er wollte mich hier treffen. Ich bin mit dem Auto da.“

„Er kann dich nachher wieder hier absetzen. Na, komm schon, sei kein Spielverderber. Er hat sich eine Überraschung für dich ausgedacht.“

„Aber ich habe zu Hause gar nicht gesagt, wo ich hingehe. Die denken, ich bin gleich wieder da.“

„Bist du ja auch, es dauert nicht lange. Komm, ein bisschen Spontanität kann auch in unserem Alter nicht schaden.“

„Da hast du vielleicht recht.“ Elisabeth war total enttäuscht, als Ingrid an Jans Stelle aufgetaucht war, aber wenn er sich etwas für sie ausgedacht hatte, dann hieß das wohl, dass diese Begegnung auch für ihn etwas Besonderes war. Auch wenn Elisabeth nicht gerade davon geträumt hatte, dass ausgerechnet Ingrid bei ihrem Wiedersehen zugegen sein sollte. Was dachte Ingrid überhaupt über sie? Fand sie es nicht komisch, dass die Pfarrfrau ein Wiedersehen mit ihrer Jugendliebe verabredete? Tausend Gedanken schwirrten Elisabeth durch den Kopf, als sie in Ingrids Golf einstieg.

„Wohin fahren wir?“

„Wirst schon sehen.“

Ingrid fuhr an der Geschwister-Scholl-Schule aus Schwalbach raus, Richtung Eschborn. Hinter dem Ortschild beschleunigte sie kräftig. Elisabeths Blick fiel auf das Kreuz, das an der linken Straßenseite stand. Rosa Blumen steckten in einer Vase vor dem Kreuz. Benny, dachte Elisabeth. Ingrid nahm die Ausfahrt bei Mann Mobilia und bog dann bei der

Obermayer-Schule ein und fuhr, bis die Straße aufhörte. Hier begann das Arboretum.

„Hier sollst du mich hinbringen?“ Elisabeth fröstelte. Das Arboretum löste gemischte Gefühle bei ihr aus. Natürlich dachte sie jetzt immer an die Leiche, die sie am Weiher gefunden hatte. Trotzdem war sie ja auch schon wieder hier Laufen gewesen. Aber dann hatten Markus und Lukas noch eine Leiche gefunden, sodass es schwer war, das Arboretum überhaupt noch als Erholungsgebiet zu empfinden. Aber tatsächlich war es in der Abendsonne wunderschön. Manchmal weideten hier Kühe, deren rotbraunes Fell in der Abendsonne leuchtete, um sie herum das grün-goldene Gras auf den Weiden. Wollte Jan ein Picknick veranstalten? Das würde aber ein kurzes Picknick werden. Jeden Moment ging die Sonne unter und dann würde es kalt und ungemütlich werden.

„Den Rest müssen wir laufen.“ Ingrid stieg aus, Elisabeth ebenso. Ingrid schritt zielstrebig voran, auf dem Asphaltweg, der zum Flughafen führte.

„Wir gehen doch nicht zum Flughafen?“ Elisabeth kam das jetzt sehr merkwürdig vor. „Weiß Jan, was hier passiert ist?“

„Du meinst die Leiche?“

„Nein, ich meine die verschiedenen Vogelarten, die hier ein Zuhause gefunden haben. Natürlich meine ich die Leiche!“

„Jan hat das nicht mitbekommen. Er kommt ja gerade erst aus Paris.“

„Warum hast du ihm nichts davon erzählt?“ Elisabeth musste große Schritte machen, um mit Ingrid mitzuhalten, die es jetzt sehr eilig hatte.

„Ach, er war so begeistert von seiner Idee, du weißt ja, wie er ist. Wie ein kleiner Junge kann er manchmal sein. Ich wollte ihm den Spaß nicht verderben.“ Sie drehte sich zu Elisabeth um und lächelte. Im Lächeln glich sie ihrem Bruder noch mehr. Das war Elisabeth bisher wahrscheinlich nicht aufgefallen, weil Ingrid sie sonst nicht so anlächelte. Ingrid bückte sich und schlüpfte durch ein Loch im Zaun. Elisabeth fühlte sich in ihre Kindheit zurückversetzt. Natürlich waren sie damals auch mal hierhergekommen und hatten alles ausbaldowert. Damals war der Zaun noch nicht dagewesen.

„Pass auf, dass du dir nicht die Kleider zerreißt.“ Fürsorglich hielt Ingrid das Loch im Zaun für Elisabeth auf.

Kaum war sie durch den Zaun geschlüpft, fühlte sie sich eingesperrt. Widerstrebend folgte Elisabeth Ingrid in die Halle. Sie war leer, keine Spur von Jan, kein Picknickkorb. Statt dessen zeugten Reste von Absperrbändern von dem Polizeieinsatz, der hier vor wenigen Tagen stattgefunden hatte. „Okay. Schluss jetzt mit den Spielchen. Wo ist Jan?“, wollte Elisabeth wissen.

Ingrid machte einen Schritt auf Elisabeth zu und strich ihr mit der Hand durchs Haar. „Ach, Prinzessin. Du bist aber echt eine dämliche Kuh.“ Dann hob sie die andere Hand und Elisabeths Kopf explodierte und dann war nur noch Dunkelheit.

–

„Ingrid?“ Annemarie sah aus, als hätte man sie gerade aus dem Tiefschlaf geholt. „Die musste nochmal weg, hat sie gesagt.“

Elke und Tanja nickten.

Paul kam zurück in den Saal, nachdem er zum Telefonieren rausgegangen war. „Das war Erich. Holger, wir müssen los. Ingrid ist verschwunden und sie hat ein Messer bei sich." Paul sah sich hektisch im Raum um. „Henry, du musst mit den Damen hierbleiben, bis die Kollegen kommen und sie mit aufs Revier nehmen. Ach, und weißt du, wo Elisabeth ist?"

„Die wollte nochmal weg, hat aber nicht gesagt, wohin." Henry sah nicht begeistert aus, als Hilfssheriff zur Bewachung des kriminellen Festausschusses abgestellt zu werden. „Warum?"

„Ach, nur so. Du bist sicher, dass sie nicht schon wieder nach Hause gekommen ist?"

„Woher soll ich das denn wissen? Wir waren doch die ganze Zeit hier zusammen. Willst du mir mal sagen, was los ist?"

„Ich erklär's dir später." Paul lief nach draußen, Ungern lief ihm etwas langsamer hinterher.

„Was ist denn passiert?", fragte Ungern, als er Paul unten einholte.

„Erich sagt, Ingrid hat sich mit Elisabeth verabredet." Paul rannte zum Pfarrhaus und drückte mehrmals auf die Klingel.

„Und deswegen rennst du so?"

Die Tür ging auf. Einer von den beiden Zwillingen, Paul wusste nicht welcher, machte die Tür auf.

„Ist deine Mutter da?", fragte Paul.

„Nee, glaub nicht."

„Kannst du nachsehen?"

„Okay." Der Junge verschwand im Haus, sie hörten Schritte auf der Treppe, dann Rufen.

„Ingrid hat sich als ihr Bruder ausgegeben", sagte Paul.

„Was? Wieso? Das kapiere ich nicht."

Der Junge kam wieder. „Sie ist nicht da."

„Und du weißt nicht, wo sie hingegangen ist?"

Kopfschütteln.

„Okay, danke." Paul rannte schon wieder los.

„Willst du mir das vielleicht mal erklären?" Ungern holte auf und lief neben Paul.

„Ist jetzt egal. Sie hat ein Messer dabei." Paul holte im Laufen den Autoschlüssel aus der Hosentasche und drückte auf den Türöffner. Der Zivilwagen blinkte kurz.

„Meinst du, sie tut Elisabeth was an? Warum sollte sie das tun?"

„Ich hab keine Ahnung." Paul riss die Autotür auf und ließ sich auf den Fahrersitz fallen.

„Und wo willst du jetzt hin?" Ungern plumpste auf den Beifahrersitz.

„Zur Albert-Einstein-Schule." Paul fuhr los. „In die Raucherecke."

„Also, wieso hat Ingrid sich als ihr Bruder ausgegeben?", fragte Ungern, als Paul das Ortsschild hinter sich ließ und aufs Gas drückte.

„Das ist so'n Ding. Ingrids Bruder Jan und Elisabeth, die hatten früher mal was miteinander. Eine Jugendliebe sozusagen. Ingrid hat über Facebook mit Elisabeth Kontakt aufgenommen, aber als ihr Bruder Jan."

„Identitätsklau?", fragte Ungern. „Und wieso hat der Bruder das nicht gemerkt? Oder steckt er mit Ingrid unter einer Decke?"

„Weiß nicht. Der ist viel auf Reisen. Aber du hast recht. Internet gibt es fast überall." Paul bog ab und fuhr dann gleich links zu den Parkplätzen. „Da steht Elisabeths Auto", sagte er und zeigte auf den roten Fiat, der einsam auf dem leeren Parkplatz stand. Sie stiegen aus und liefen zur Raucherecke.

„Niemand hier.“ Paul ließ sich auf eine Bank fallen.

Ungern setzte sich neben ihn. „Und nu?“, fragte er.

Paul stützte das Kinn auf seine Hände. „Weißt du, was ich in meinem Hirn nicht auf die Reihe kriege?“

Ungern machte ein Gesicht, als müssten das seiner Meinung nach eine ganze Menge Dinge sein.

„Elke hat ausgesagt, dass sie und Ingrid die Leiche gegen drei Uhr nachts mit dem Rüstwagen ins Arboretum gebracht haben. Und Gerôme sagt, er habe einen blauen Golf gesehen, der auf Erich zugelassen ist.“

„MTK-IM...“, las Ungern aus seinem Notizbuch vor. „Was ist, wenn Ingrid den Golf fährt? IM für Ingrid Mach.“

„Mann, das hätte mir ja schon früher auffallen können. Aber was stimmt denn nun? Kann Gerôme sich geirrt haben?“

Sie sahen sich an. Beide schüttelten den Kopf. „Der irrt sich bei so was nicht“, sagte Paul. „Und mit der Zeit haut das auch nicht hin. Gerôme hat die Glocken läuten hören und das war kurz nachdem er das Auto hat wegfahren sehen. Direkt danach hat er die Leiche entdeckt, ist weggelaufen und die Glocken haben geläutet. Um drei Uhr zwanzig war er zu Hause, sagt Ilona.“

„Aber die Glocken haben um 4.17 Uhr geläutet.“ Ungern blätterte in seinem Notizbuch. „Das stand sogar in eurem Käseblatt.“

„Na hör mal. Käseblatt.“ Paul sah gedankenverloren aus. „Das war doch das Wochenende mit der Zeitumstellung. Was, wenn Ilona ihre Uhr noch nicht vorgestellt hatte?“

„Das könnte sein." Ungern nickte. „Aber was ist in dieser Stunde zwischen drei und vier dann passiert? Wieso war Ingrid nochmal im Arboretum?"

„Vielleicht hat sie dort irgendwas verloren und ist nochmal los, um es zu suchen."

„Im Dunkeln? Würde man da nicht warten, bis es hell wird?"

„Zu gefährlich. Jemand könnte einen sehen. Außerdem musste Ingrid ja beim Osterfeuer sein, als es hell wurde. Sie konnte das nur in dieser Zeit erledigen. Was auch immer es war."

„Und jetzt ist sie mit einem Messer losgegangen und wollte sich mit Elisabeth treffen", stellte Ungern fest.

„Verdammt, wir müssen irgendwas unternehmen!" Paul haute mit der Faust auf die Bank, was ihm dann wehtat.

„Zu Hause ist sie nicht", sagte Ungern.

Paul schüttelte den Kopf. „Sonst hätte Erich nicht angerufen."

„Elisabeth war jedenfalls hier, denn ihr Auto steht hier", fuhr Ungern fort. „Wir können also davon ausgehen, dass die beiden sich getroffen haben."

„Es sei denn, Elisabeth geht jetzt traurig spazieren, weil Jan in Wirklichkeit Ingrid war. Aber dann müssen wir immer noch Ingrid finden und sie wegen der Sache mit der Finnin vernehmen."

„Ingrid weiß noch gar nicht, dass wir dem Festausschuss auf die Schliche gekommen sind."

Paul sah Ungern an. „Stimmt. Sie weiß nur, dass Elisabeth weiß, dass es eine Verbindung zur Kantorei und damit zu Erich gibt."

„Wenn sie Elisabeth zum Schweigen bringen will …"

„Wie soll sie das machen? Meinst du, sie bringt Elisabeth um, weil die vielleicht hinter ihr Geheimnis kommen könnte?“ Paul sah skeptisch aus. „Das mit Hanna war ein Unfall, so viel kriminelle Energie kann ich mir bei Ingrid nicht vorstellen.“

„Weißt du, an dieser Unfalltheorie habe ich Zweifel“, sagte Ungern.

„Was meinst du?“

„Denk mal an die Cola.“ Ungern blätterte wieder in seinem Notizblock. „Bernd sagt, er hätte sie in eine Mauernische gestellt. Jemand hätte sie absichtlich ausgeschüttet. Ich habe mir den Stichel angesehen. Da ist tatsächlich so eine Nische. Wenn er die Coladose da reingestellt hat, wäre es wirklich ausgesprochen unwahrscheinlich, dass sie aus Versehen umgefallen ist.“

„Du meinst, Ingrid hat sie absichtlich ausgeschüttet? Damit sie gefriert und Hanna darauf ausrutscht?“

Ungern nickte.

„Das wäre dann Mord.“ Paul sprang auf. „Wir müssen unbedingt Elisabeth finden!“ Er wäre gerne wieder losgerannt, wenn er nur gewusst hätte, wohin.

„Und dann finde ich es immer noch sehr unwahrscheinlich, dass es innerhalb einer Woche noch eine Leiche im Arboretum gibt, die nichts mit der Leiche der Finnin zu tun hat“, sagte Ungern. „Du nicht auch?“

„Die Leiche aus dem alten Flughafen.“

„Aber wer kann das sein? Wen um Himmels willen könnte Ingrid noch ermordet haben?“

„Das weiß ich noch nicht.“ Die Wiesbadener Kollegen hatte Ungern und Paul Fotos von der Leiche geschickt, aber der Mann hatte mit dem Kopf stunden-, vielleicht tagelang in einer Pfütze dreckigen Wassers gelegen, das bei dem schönen Frühlingswetter getaut und mit jedem Tag ein paar Grad wärmer geworden war. Wahrscheinlich würde seine eigene Mutter Schwierigkeiten haben, ihn zu erkennen. „Aber fest steht, wenn sie jemanden tötet, versteckt sie ihn im Arboretum."

„Wir fahren hin." Paul rannte zum Auto.

Ungern stand auf und trabte hinterher. Es war das Beste, was ihnen beiden einfiel. Na ja, es war das Einzige, was ihnen einfiel.

–

Elisabeth kam zu sich und jetzt explodierte ihr Kopf vor Schmerz. An ihr wurde gezogen und geruckelt und als sie mit Mühe ihre Augen öffnen und fokussieren konnte, nahm sie wahr, dass Ingrid ihr schon die Hände gefesselt hatte und dabei war, ihre Füße mit Klebeband zu umwickeln. Sie saß an eine Wand der Flugzeughalle gelehnt, neben einer Fensteröffnung, aus der ein leichter Wind hineinwehte, inmitten von Scherben und Müll.

„Was tust du?" Elisabeth sprach leise und vorsichtig, aber trotzdem tat es furchtbar im Kopf weh.

„Wonach sieht's denn aus?" Ingrid sprach undeutlich, das Klebeband steckte in ihrem Mund, als sie es mit den Zähnen von der Rolle abriss.

„Und Jan?"

Ingrid sah auf und zog die Augenbrauen nach oben.

„Das warst alles du?" Elisabeth hätte bis eben nicht für möglich gehalten, irgendetwas anderes als den Schmerz im Kopf zu empfinden, aber wie sich herausstellte, war noch Raum, Scham zu empfinden. Oh Gott, wie schämte sie sich!

„Warum?“

Ingrid hob wieder die Augenbrauen. „Hast du wirklich keine Ahnung?“

Da ergab plötzlich alles Sinn in Elisabeths malträtiertem Hirn.

„Tanja und Annemarie riefen nacheinander bei mir an und schworen Stein auf Bein, dass du uns auf die Schliche gekommen bist“, sagte Ingrid. „Ich wollte dich ein bisschen aushorchen. Außerdem dachte ich, die Sache mit Jan würde dich vielleicht ablenken und auf andere Gedanken bringen. Ich wusste doch, wie verrückt du nach Jan gewesen bist. Wie unglücklich du warst, als er abgehauen ist, auf seine Selbstverwirklichungstour.“

Und sie war darauf reingefallen wie das blödeste Dummchen, das man sich vorstellen konnte. Elisabeth wollte heulen vor Scham und Enttäuschung.

„Na ja, und als ihr dann dahintergekommen seid, dass die Kantorei in Finnland gewesen ist, war es nur noch ein kleiner Schritt, herauszufinden, dass Erich mit dabei war und dass er Hanna kannte. Ja, da war ich dann auch alarmiert. Aber dann hatte ich eine wunderbare Idee.“

„Was für eine Idee?“ Elisabeth flüsterte.

„Was, wenn es eine zweite nackte Frauenleiche im Arboretum gibt? Haargenau wie die Erste? Dann würde alles auf einen Serienmörder hindeuten. Erich wäre aus dem Schneider. Ich werde dafür sorgen, dass er ein Alibi hat.“

„Eine zweite Leiche?“

„Hm. Das wird nochmal ein ganzes Stück Arbeit. Diesmal muss Annemarie einen Hausbesuch machen, wenn man das hier so nennen kann.“ Sie blickte sich in der Halle um. „Maniküre, Pediküre, du weißt schon, wie bei der anderen.“

Elisabeth riss die Augen auf. „Das meinst du doch nicht ernst?"

„Tanja lassen wir diesmal raus. Die war sowieso keine Hilfe und ist jetzt schon kurz vorm Nervenzusammenbruch. Wer weiß, vielleicht müssen wir uns auch um sie noch kümmern. Aber Elke brauchen wir, um dich zum Weiher zu schleppen."

„Du glaubst doch nicht, dass Annemarie und Elke dabei mitmachen, mich zu töten!" Ingrid musste völlig verrückt sein.

„Sie müssen. Sie haben einmal mitgemacht und jetzt müssen wir weitermachen. Überleg doch mal, Elisabeth. Die wollen um keinen Preis, dass jemand erfährt, was wir in der Osternacht getan haben. Die haben gar keine andere Wahl, wenn ich ihnen sage, dass du uns auf die Schliche gekommen bist."

Elisabeths Hirn arbeitete fieberhaft. Ingrid war verrückt geworden, so viel war klar. Sie wollte sie töten, um die Polizei auf die falsche Fährte eines Serienmörders zu locken. Elisabeth musste ihr das irgendwie ausreden, bevor sie ihr noch den Mund zuklebte, wenn nicht noch Schlimmeres antat.

„Dein Plan hat einen Haken", sagte sie.

Ingrid stand auf. „Ja?"

„Ich wäre nicht die zweite Leiche. Die zweite Leiche war ein Mann."

Ingrid sah auf Elisabeth runter. Sie sah plötzlich richtig traurig aus.

„Da hast du natürlich recht. Armer Jan."

„Jan? Oh mein Gott. Ingrid! Was hast du getan?"

Ingrid lehnte sich an die Wand. „Wenn er nicht ausgerechnet an diesem Wochenende aufgetaucht wäre, wäre das alles nicht passiert.“ Sie sprach leise, versonnen. „Aber es war typisch für ihn. Der Journalist immer bei der Arbeit, immer neugierig. Hatte Erichs Gespräch mit Hanna belauscht, rausgefunden, dass Erich ihr ein Balg gemacht hatte. Ach, was wird er sich ins Fäustchen gelacht haben, was er da über die Ehe seiner Schwester herausgefunden hatte. Weißt du, das hat er immer schon genossen, wenn er meine Geheimnisse rausfand. Dann musste ich betteln, dass er Mutter nichts erzählte. Wenn er mich abends mit einem Jungen gesehen hat.“ Sie schwieg und Elisabeth überlegte, wie sie sie zum Weiterreden bringen konnte, aber da sprach sie schon weiter.

„Natürlich musste er wachbleiben, um es mir gleich taufrisch unter die Nase reiben zu können. Stand wohl schon am Fenster, als Elke mich vorm Haus abgesetzt hat. Ich komme rein, leise, leise, dass Erich nicht aufwacht und kriege fast einen Herzinfarkt, als mein Bruderherz aus der Küche tritt. Mir fällt der Schlüssel aus der Hand und leider auch der Pass, den die Finnin in der Innentasche ihrer Jacke gehabt hatte, mitsamt ihren Kreditkarten. Das wollte ich alles noch entsorgen. Aber dann hebt Jan ihn auf, und klar, guckt er auch rein.

Was willst du mit dem Pass? Das ist doch die Frau, die bei Erich war. Er sah verdaddert auf den Pass, runzelte die Stirn unter seinen wirren Haaren, die die Mädchen immer so süß fanden. *Ingrid. Was hast du getan?*

Ich hab ihm gesagt, dass ich vom Osterfrühstück-Vorbereiten komme.

Um drei Uhr nachts? Wer hat dich abgesetzt?

Elke. Es hat lange gedauert.

Ich konnte immer sehen, wenn du lügst, Schwesterchen. Was habt ihr mit der Finnin gemacht?

Ich wusste, er würde nicht locker lassen. Ich kenne doch meinen Bruder. Und dann hat was „klick“ gemacht, in meinem Kopf. Jan kann also sehen, wenn ich lüge, ja? Warum konnte ich nicht sehen, wie er mich belogen hat? Wie er mich um Mutters Erbe betrogen hat. Aber auch das war typisch für Jan. Er manipuliert Menschen. Er hat sogar Mutter manipuliert, dass sie mit ihm gemeinsame Sache macht, gegen mich. Und ich Blöde war hier und hab mich um sie gekümmert. Jan? Der tourte um die Welt, war mit dem Geld sein eigener Chef, konnte die Lehre abbrechen, war von niemandem mehr abhängig.

Komm mit, ich zeig's dir, habe ich gesagt. Ich bin mit ihm ins Arboretum gefahren.

Ihr habt sie nicht getötet, oder?, wollte er wissen. Da klang er schon kleinlauter, wie er frierend in seiner dünnen Jeansjacke auf dem Beifahrersitz saß und nervös aufs Armaturenbrett trommelte. *Natürlich nicht. Was denkst du denn von uns?*

Wir kamen an der Stelle vorbei, an der es damals passiert ist. Vielleicht hat ja alles schon in dieser Nacht vor zwanzig Jahren angefangen. Auch damals hat Jan seinen Kopf durchsetzten müssen.“

Wieder schwieg Ingrid. Elisabeth versuchte, den Horror in ihrem Kopf im Zaum zu halten, damit sie Ingrid irgendwie davon überzeugen könnte, sie gehen zu lassen.

„Was meinst du damit. Welche Stelle, was ist da passiert?“, fragte sie vorsichtig.

Ingrid richtete sich auf. „Nichts, worüber du dir noch deinen hübschen Kopf zerbrechen müsstest. Aber vielleicht hast du recht. Vielleicht muss ich das hier alleine erledigen. Keine Zeugen, keine Nervenzusammenbrüche.“

Sie legte die Rolle mit Klebestreifen weg. „Tja, Prinzessin, ich schätze, das war's dann", sagte sie und ließ ein Messer aufspringen.

–

„Ich denke nicht", sagte jemand und beide Frauen fuhren herum. Von der Türöffnung löste sich eine Gestalt. Es war Paul. Er kam mit gezogener Waffe langsam näher. „Lass das Messer fallen, Ingrid. Ich verhafte dich wegen Mordes an Hanna Merikangas."

„Was redest du da?" Ingrid machte keine Anstalten, das Messer fallen zu lassen. Sie hielt es an Elisabeths Hals.

„Der Tod der Finnin war ein unglücklicher Unfall. Das werden die anderen dir bestätigen."

„Das haben sie schon. Aber ich glaube, sie irren sich. Du hast hier alle ganz schön an der Nase herumgeführt, Ingrid."

Paul kam Schritt für Schritt näher.

„Du weißt gar nicht, wovon du sprichst. Du bluffst doch nur."

„Ich hatte vorhin einen interessanten Anruf aus dem Labor", sagte Paul. „Wie sich herausstellt, hatte unser Aschenputtel Cola am Absatz. Du weißt schon, von dem Schuh, den Hanna im Stichel verloren hat. Aus der Dose, die Bernd im Stichel abgestellt hatte."

„Ja, und?"

„Bernd sagt aber auch, dass er die Cola sicher in einer Mauernische verstaut hat, bevor er getürmt ist. Er glaubt nicht, dass die aus Versehen umgefallen sein kann."

„Du meinst, man hat sie absichtlich ausgeschüttet, damit sie gefriert und Hanna darauf ausrutscht?", fragte Elisabeth.

„Nein", sagte Paul. „Ich meine, Ingrid hat sie absichtlich ausgeschüttet, damit ihre Rivalin darauf ausrutscht."

Ingrid packte Elisabeth an den Haaren und zog sie an sich hoch. Sie drückte ihr die Klinge an den Hals.

„Wirf die Pistole her!", schrie sie.

Paul senkte die Pistole langsam, ließ sie aber nicht los. „Was willst du jetzt tun?"

„Lass die Pistole fallen!" Ingrid zog fest an Elisabeths Haaren, sodass sie einen Schrei ausstieß. Die Klinge drückte fester an ihren Hals.

„Paul", wimmerte sie.

Paul ließ die Pistole vor sich auf den Boden fallen.

„Sie hatte einen Sohn." Ingrid hielt die Klinge weiter an Elisabeths Hals, aber der Griff in ihren Haaren lockerte sich etwas.

„Timo", sagte Paul. „Den du zum Halbwaisen gemacht hast."

„Erich und ich haben keine Kinder bekommen, obwohl wir es wollten. Nach dem Unfall konnte ich keine mehr kriegen. Erich hat oft davon gesprochen, wem wir das alles mal vermachen wollen. Und dann kam sie und hatte einen Sohn."

„Und da hast du Angst gekriegt."

„Ich dachte, was, wenn Erich hier die Chance sieht, doch noch ein Kind zu haben, einen Erben, und eine junge, schöne Frau gleich mit dazu? Was wäre dann aus mir geworden?"

„Du hast gedacht, Erich verlässt dich für Hanna? Nach zwanzig Jahren, in denen sie sich nicht gesehen haben?" Elisabeth flüsterte nur, aus Angst, das Sprechen könnte die Klinge tiefer in ihren Hals drücken.

„Warum nicht? Du warst doch auch ganz versessen darauf, deine kleine Liebschaft mit Jan wieder aufleben zu lassen."

Ingrid sah Elisabeth mit verächtlichem Blick an und packte sie wieder fester an den Haaren.

In diesem Moment sprang Ungern durch die Fensteröffnung neben den Frauen. Ingrid fuhr herum. Ungern machte einen Satz und griff nach dem Arm mit dem Messer, das Ingrid beim Umdrehen von Elisabeths Hals gerissen hatte. Er stieß Ingrid nach vorne und schubste Elisabeth zur Seite. Paul stürzte zu Elisabeth, um sie aufzufangen, und Ungern setzte Ingrid nach, die zu Boden gestürzt war und strauchelnd versuchte aufzustehen. Er packte sie und hielt sie fest. Ihre Schultern sackten nach unten. Sie sah auf ihre Hände. Ein paar Tropfen Blut waren auf ihrem rechten Handballen. Sie war mit den Händen in die Scherben gefallen. Sie blickte auf. „Ich wollte, dass sie für immer aus unserm Leben verschwindet. Er war ihr schon einmal verfallen. Da kannte ich sie noch nicht. Als ich gesehen habe, wie hübsch sie war und wie jung, da habe ich Angst bekommen."

Ungern legte Ingrid Handschellen an. Er führte sie aus der Halle. Er hatte Verstärkung angefordert und den Notarzt bestellt, als Paul in die Halle gegangen war. Tatsächlich war aus der Ferne ein Martinshorn zu hören.

–

Paul setzte sich neben Elisabeth. Elisabeth versuchte, das Chaos in ihrem Kopf zu ordnen. Das Chaos der Gefühle würde länger brauchen, wieder ins Lot zu kommen.

„Ein Anruf aus dem Labor, am Samstagabend, hm?", sagte sie schließlich zu Paul.

„Was willst du?" Er machte italienische Hände. „Mord kennt keine Öffnungszeiten. Mordermittlungen auch nicht."

„Jetzt sag mal ehrlich!“

„Ungern ist darauf gekommen“, sagte Paul. „Und Erich hat uns angerufen und mitgeteilt, dass Ingrid sich mit dir verabredet hat. Er hat Ingrid schon die ganze Zeit im Verdacht gehabt. Weil sie die ganze Osternacht nicht nach Hause gekommen war.“

„Und wieso ist er jetzt erst damit rausgerückt?“, fragte Elisabeth. „Als die Identität der Toten klar war, musste sein Verdacht doch noch viel stärker geworden sein.“

„Er hatte ja eigentlich gar kein Interesse daran, seine Frau der Polizei auszuliefern“, sagte Paul.

„Und warum hat er es dann doch getan?“

„Weil er Ingrids E-Mails an dich gelesen hat.“

„Was?“ Das wurde ja immer katastrophaler. Bald würde ganz Sulzbach von ihrer Idiotie wissen.

„Er hat gesehen, dass sein Messer weg war. Da hat er ein bisschen in Ingrids Sachen herumgeschnüffelt. Sie hatte in letzter Zeit viel vorm Computer gesessen. Als sie heute zum Festausschuss ging, sah er, dass sie auf Facebook gewesen war. Das hat ihn gewundert. Das passte nicht zu ihr, ein Facebook-Account. Er hat ihre Nachrichten gelesen und gesehen, dass „Jan“ sich mit dir treffen wollte. Er wusste, dass Jan nicht in Sulzbach war. Da hat er Angst bekommen, dass sie dir vielleicht was antun würde.“

Elisabeth zitterte. Es war kalt und sie hatte sich bis auf die Knochen blamiert und wäre fast gestorben.

„Bist ihr ganz schön auf den Leim gegangen“, stellte Paul fest.

Elisabeth wurde rot. „Kann man so sagen.“

„Das hat dich damals ziemlich mitgenommen, als Jan einfach so abgehauen ist“, sagte Paul nachdenklich. „Kann mich da auch noch dran erinnern. Du warst wochenlang zu nichts zu gebrauchen."

„Weißt du", fuhr er nach einem Moment fort. „Ich glaube, Jan hat es einfach nicht hier ausgehalten. Es gibt doch so Menschen, die müssen einfach frei sein." Er pifferte wieder. „Wie eine Hose im Wind."

„Wie eine Hose im Wind?"

„Wie eine Hose im Wind", bestätigte Paul ernst. „Wie eine Mücke auf dem offenen Meer."

„Und jetzt ist er tot." Eben hatte sie sich noch gefreut und davor gefürchtet, ihn zu treffen, und jetzt wusste sie, dass sie ihn nie wiedersehen würde. Es war schwer, das zu fassen. Die Ereignisse waren ihren Gefühlen davongeeilt.

„Jetzt kommst du erst mal ins Krankenhaus." Paul winkte den Sanitätern, die jetzt gelaufen kamen.

–

Ungern warf vom Beifahrersitz einen Blick auf Ingrid Mach. Er musste sich drehen und über seine Schulter gucken. Der Uniformierte hatte sie hinter den Beifahrer gesetzt, obwohl doch kaum zu erwarten war, dass die Festgenommene in Handschellen den Fahrer angreifen würde, aber das waren eben die Vorsichtsmaßnahmen, die man lernte. Ingrid saß ganz ans rechte Fenster gedrängt, sah hinaus. Was sie jetzt wohl denken mochte? Sie fuhren durch Sulzbach, die Schwalbacher Straße runter. Auf den Bürgersteigen liefen Leute, die nur einen Blick in den Polizeiwagen werfen mussten und sie würden Ingrid vielleicht erkennen, aus der Kirchengemeinde oder aus einem Verein. Sie fuhren an der Bank vorbei, in der sie vielleicht ihr Geld abgehoben hatte, an dem Bauern, bei dem sie ihre Eier, Nudeln, und was noch gekauft haben mochte. Was ging in der Frau vor, wenn sie jetzt hier entlanggefahren wurde und wusste, dass sie lange, sehr lange nicht mehr hierher zurückkommen würde?

Ungern wusste, er könnte sich auf den Kopf stellen, aber er würde sich nicht in diese Frau hineinversetzen können. So ein ehrbares, gutbürgerliches Leben hatte sie gelebt. Dass sie das alles aufs Spiel setzte, weil ihr Mann vielleicht eine Schwäche für seine Ex-Geliebte entdecken könnte, war nicht zu verstehen. Warum hatte sie nicht erst mal abgewartet, was überhaupt passierte? Oder warum hatte sie ihn nicht einfach zur Rede gestellt? Wie konnte man mehr Angst vor einer unliebsamen Antwort haben als davor, wegen eines Mordes gefasst zu werden? Ganz zu schweigen davon, einen Mord vor seinem Gewissen zu verantworten, aber wie gesagt, er konnte sich nicht in sie hineinversetzen, vielleicht hatte sie kein Gewissen.

Sie fuhren jetzt am Main-Taunus-Zentrum vorbei auf die Autobahn. Sie brachten sie ins Polizeipräsidium nach Frankfurt. Das war übrigens Quatsch, dachte Ungern. Die meisten Menschen haben doch ein Gewissen, höchstens total krankhafte Psychopaten hatten keins oder vielleicht Menschen, die schon als Kindersoldaten so verrohten, dass sie gar nicht mehr in normalen Kategorien empfinden konnten. Davon konnte bei Ingrid Mach sicher keine Rede sein. Und trotzdem hatte sie diese Grenze übertreten und ihre vermeintliche Rivalin getötet, sehr heimtückisch und feige.

Ungern drehte wieder den Kopf, um nach der Frau zu sehen. Sie saß jetzt ganz zusammengesunken in der Ecke, er konnte nicht erkennen, ob sie nach draußen sah oder die Augen geschlossen hatte.

„Alles okay bei Ihnen?“, fragte er.

„Ja, alles okay.“ Sie klang heiser.

–

Vor Ingrids Augen flog Sulzbach an ihr vorbei. Die Volksbank, der leerstehende ehemalige Schleckerladen, das Ei. In Handschellen abtransportiert wie ein Verbrecher im „Tatort“. Auf Nimmerwiedersehen. Natürlich tat es ihr Leid wegen Jan. Aber verdammt, er hatte es herausgefordert.

„Komm, Ingrid, was soll schon passieren?“

„Es ist Erich vielleicht nicht recht.“

„Warum nicht? Warum sollte er seinem Schwager in spe nicht mal für einen Abend sein Auto leihen?“

„Es ist ein neuer BMW.“

„Schönes Auto. Komm, Schwesterchen, ich bin Mechaniker, verdammt, mir kann man doch wohl einen neuen BMW anvertrauen.“

Ich hab mich umgedreht, versucht, ihn zu ignorieren, aber das hat noch nie gut geklappt. Er legt von hinten die Arme um mich, ich zucke zusammen.

„Na, wer wird denn so schreckhaft sein. Weißt du was? Ich hab eine tolle Idee: Du kommst einfach mit!“

„Ich? Mit deinen Kumpels in die Kneipe? Das wird ja toll.“

„Mal ehrlich, Ingrid. Wann ist Erich zum letzten Mal mit dir ausgegangen? Und ich meine nicht, zum Parlamentarischen Abend. Wann warst du das letzte Mal tanzen?“

„Ihr geht doch nicht tanzen.“

„Wenn du willst, gehen wir wohin, wo du tanzen kannst. Ich tanze auch mit dir. Jedenfalls so lange, wie die übrigen Männer mich lassen. Ich wette, es dauert keine fünf Minuten und sie stehen Schlange, um mit dir tanzen zu dürfen.“

„Spinner."

„Was heißt hier Spinner? Wer war denn die Highschool-Queen? Was ist aus deinem Selbstbewusstsein geworden? Ich muss mal ein ernstes Wort mit Erich reden, wenn er aus Schweden zurückkommt."

„Finnland."

„Finnland. Was macht er da überhaupt?"

„Er fährt die Kantorei mit dem Morgenstern durch die Gegend."

„Und da meinst du, die beiden gehen abends um acht schlafen? Die werden sich auch vergnügen, das kannst du mir glauben. Also hast du gar keinen Grund, hier einsam auf dem Sofa zu sitzen, während dein Mann sich von den blonden finnischen Mädchen den Kopf verdrehen lässt. Ist das wenigstens eine Art Junggesellen-Abschied, diese Fahrt? Hat er dich endlich gefragt?"

Damit legte er den Finger in die Wunde. Ich war so verletzt, dass Erich immer noch nicht gefragt hat, ob ich ihn heirate. Ich weiß, dass sogar seine Mutter ihn schon gedrängt hat, es endlich zu tun. Und jetzt war ich schwanger und er hatte nichts Besseres zu tun, als auf diese idiotische Finnland-Tour zu gehen. Ich hab es ihm nicht gesagt. Ich wollte, dass er fragt, bevor er weiß, dass ich schwanger bin. Es hätte mir so viel bedeutet, zu wissen, dass er mich heiraten will, und nicht dass er mich heiratet, weil wir ein Kind erwarten.

„Okay, ich komm mit."

„Eine gute Entscheidung!"

„Und ich fahre."

„Ach, komm. Ich fahre so vorsichtig, wir kriegen einen Strafzettel wegen Langsam-Fahrens. Lass mich einmal mit dem Schätzchen fahren."

Ehrlich gesagt, war ich gar nicht so scharf darauf, zu fahren.

Ich hatte den Führerschein erst kürzlich gemacht und fühlte mich unsicher. Klar, Jan fand nichts dabei, mit drei Weizenbier intus noch zu fahren, aber er war auch ein guter Fahrer.

Jans Kumpel gaben sich große Mühe, mich zu unterhalten. Steffen kannte ich schon und, ja, vielleicht habe ich ein bisschen mit ihm geflirtet.

„Und du bist schon in festen Händen, höre ich? Weiß dein alter Mann denn zu schätzen, dass er so eine schöne junge Frau hat?"

Ich zuckte nur mit den Schultern. Die Jungs wurden zunehmend fröhlicher.

„Wann soll denn die Hochzeit sein?"

Hatte Jan ihm diesen Gesprächsfaden eingegeben?

„Ich schick dir 'ne Anzeige."

„Mach das, Baby. Dann trage ich einen Monat Trauer."

Auf der Rückfahrt ging Tim zielstrebig zur Beifahrertür, das fand ich schon unverschämt, es war immerhin mein Auto mehr als alles andere und ich war die Frau. Aber das scherte die Kerle damals nicht, da hieß es höchstens, ich hab die längsten Beine, ich muss vorne sitzen. Also saß Steffen neben mir. Ich war inzwischen einfach nur noch müde. Je feucht-fröhlicher die Jungs wurden, desto mehr langweilte ich mich, ich war froh, dass jetzt endlich alle im Auto saßen und wir losfahren konnten. Steffen war aber lange noch nicht fertig mit mir.

„Sag mal, willst du es dir nicht noch anders überlegen? Ich meine, dieser Erich ist doch viel zu alt für dich. Und nur für ein schickes Auto…"

„Und ein paar Grundstücke und Mietshäuser…", warf Jan vom Fahrersitz ein.

„Ach, auch noch Mietshäuser." Steffen setzte sich aufrecht und strich mir mit der Hand durch die Haare. „Trotzdem, es wäre jammerschade."

„Komm, lass das."

„Warum, ist doch wahr." Plötzlich war seine Hand auf meinem Oberschenkel.

„Nimm die Finger weg!"

„Warum denn? Jetzt wird's doch erst richtig schön."

„Jan! Sag deinem Scheiß-Freund, er soll mich sofort loslassen." Jan drehte sich um, sah zu uns nach hinten. Der Wagen schlingerte. „Komm, lass das!", sagte Jan, drehte sich wieder nach vorn. Die Hand glitt höher.

„Jan, verdammte Scheiße, halt sofort an!"

Jan drehte sich um, er sah erschrocken aus. Dann schrie Tim: „Pass auf, ein Radfahrer!" Aber da war es schon zu spät. Jan versuchte auszuweichen, fuhr auf die Gegenbahn und dann so heftig wieder nach rechts, dass wir von der Straße abkamen und einen Baum rammten. Ich flog nach vorne und der Gurt hielt mich zum Glück, aber die Kräfte waren gigantisch, ich knallte zurück gegen die Kopfstütze.

„Scheiße." Jan öffnete die Tür und sah nach hinten.

„Was machen wir jetzt?" Ich war panisch. Wir hatten einen Radfahrer angefahren, Erichs Auto hatte was abgekommen und dieser beschissene Steffen saß immer noch neben mir.

„Ich geh gucken." Jan stolperte aus der Tür und lief zurück. Ich stieg auch aus und krümmte mich sofort vor Schmerzen, irgendwas tat mir furchtbar weh und ich hatte eine Scheiß-Angst in diesem Moment. Ich sah, wie Jan sich bückte und den Radfahrer untersuchte. Er blieb einen Moment stehen und sah nach oben, als wollte er ein Sternbild bestimmen. Dann schüttelte er den Kopf und lief wieder zu uns.

„Tot."

„Nein! Oh Gott, was machen wir?"

„Steig ein."

„Was hast du vor?"

„Steig ein, Ingrid. Das ist jetzt nicht die Zeit zum Diskutieren."

Ich stieg ein. Es war viel leichter, Jan zu gehorchen. Außerdem hatte ich solche Schmerzen. Jan setzte die Jungs bei Scheiß-Steffen ab und wir fuhren schweigend nach Hause.

„Ich bring den Wagen in Ordnung", sagte Jan, als wir auf den Hof fuhren. „Ich bring ihn gleich morgen früh zu den Jungs in die Werkstatt, die machen das für mich. Die halten auch dicht. Kannst dich drauf verlassen." Er meinte seine Kollegen bei Hoechst.

„Und was ist mit dem Radfahrer?"

„Er war tot. Wir hätten nichts mehr für ihn tun können."

„Das ist Fahrerflucht."

Jan nickte. „Und ich hab Alkohol."

„Was, wenn die Polizei uns findet?"

„Ich hab doch gesagt, ich bring den Wagen in Ordnung und auf die Jungs kannst du dich verlassen."

„Jan, ich glaube, ich muss ins Krankenhaus."

„Bist du verletzt?" Jan sah besorgt aus.

„Ich weiß es nicht."

„Vielleicht musst du dich nur hinlegen."

„Ich bin schwanger. Vielleicht ist was mit dem Baby."

Jan pfiff durch Zähne.

„Ach, wird schon nicht. Jetzt gehen wir erst mal rein und machen einen Tee und du legst dich hin."

Aber als ich nachts aufs Klo musste und hellrotes Blut in der Unterhose war, weckte ich ihn. „Du musst mich ins Krankenhaus fahren oder den Notarzt rufen. Ich verliere das Baby."

„Ingrid. Ich hab Fahrerflucht begangen. Ich bin alkoholisiert

gefahren. Wenn die mir den Führerschein wegnehmen, bin ich geliefert. Ich brauche den für die Arbeit."

„Aber ich verliere das Baby!"

„Das weißt du doch gar nicht. Außerdem, wolltet ihr das überhaupt? Weiß Erich davon?"

Ich sah zu Boden.

„Dachte ich mir's doch. Und er hat dich noch nicht mal gefragt. Überleg doch mal, Ingrid. Was ist, wenn er dich gar nicht heiratet? Dann hast du ein uneheliches Kind. Was machst du dann? Du hast keinen Job und ein Kind am Hals. Vielleicht ist es besser so. Du kannst noch jede Menge Kinder haben."

Tja, so war es aber nicht. Als ich am Montag zum Frauenarzt ging, hat er mich gleich in die Klinik eingewiesen, ich musste operiert werden und dann war nichts mehr mit Kinderkriegen. Ich hatte immer gedacht, das ist die Strafe für den Tod des Radfahrers, an dem wir schuld gewesen sind, aber wieso bezahle nur ich dafür, und anscheinend war das noch nicht Strafe genug. Es musste noch diese Hanna auftauchen und Erich das Kind bringen, das ich nicht haben durfte. Und als ob das nicht genug Horror für einen Tag gewesen wäre, musste Jan mir hinterherspionieren und mich zur Rede stellen. Er, der an allem schuld war.

–

Ungern drehte sich wieder um. Sie fuhren über die Autobahnbrücke, näherten sich der Miquelallee. Der Fall wäre gelöst. Ungern überlegte, dass er auf dem Heimweg ein schönes Steak kaufen könnte, Kartoffeln, Salat, eine Flasche Wein, der Rewe hatte noch auf. Das würde Sylvie, seiner Mitbewohnerin, gut gefallen. Er würde schön kochen und dann könnten sie vielleicht noch zusammen fernsehen. Ein ganz spießig-banales Samstagabend-Glück. Aber allemal besser als die kranke Leidenschaft, von der seine Passagierin auf der Rückbank besessen war.

Der Wagen bog auf den Parkplatz des Polizeipräsidiums.

–

„Warum fahren wir ins Arboretum? Wo habt ihr sie versteckt?“, wollte Jan wissen.

„Im Flughafen.“

„Nicht im Ernst? Und was wollt ihr mit ihr machen? Das ist Entführung, Kidnapping. Die erfriert euch da. Spinnst du denn völlig? Und wieso macht Elke dabei mit? Was hat sie denn damit zu tun?“

„Du wirst schon gleich alles sehen.“ Der Weg machte eine scharfe Kurve und dann waren wir da. Ich ließ das Auto vor der Schranke stehen. Den restlichen Weg gingen wir zu Fuß. Am Zaun suchte ich nach einer Lücke. Gott sei Dank fand ich bald eine, sonst wäre Jan sicher misstrauisch geworden, blöd war er ja nicht. Im Gegenteil, er war ein blitzgescheiter Junge, immer viel besser in der Schule als ich, bis er dann die Lust verlor und lieber mit seinen Kumpels Motorrad fuhr und ins Freibad ging. Aber auch da noch immer Muttis Liebling.

„Ich glaub das nicht“, murmelte Jan, während er sich hinter mir durchs Gestrüpp kämpfte. Die Ruine des alten Flughafens war zwar umzäunt. Hatte man den Zaun dann aber überwunden, konnte man mühelos durch eine der Tür- oder Fensteröffnungen hineingehen. Hier war es stockfinster. Ich leuchtete mit der großen Taschenlampe, die ich immer im Handschuhfach dabeihabe. Der Raum war bis auf ein bisschen Müll leer. Ich

führte Jan tiefer in die Ruine hinein, wo es immer dunkler wurde. Am Ende des nächsten Raums ging an der hinteren Wandseite eine Treppe nach unten. Das musste gehen. Ich winkte mit der Taschenlampe in diese Richtung.

„Da, sieh es dir selbst an."

„Was?" Er sah mich verständnislos an, ungläubig, wie sollte dort die Frau sein, was wollte ich ihm sagen, das ging ihm sichtlich durch sein schlaues, hübsches Köpfchen, aber zuverlässig siegte die Neugier, der Drang, lieber etwas zu tun, als lange darüber nachzudenken, und er ging langsam auf die Treppenschlucht zu. Und dann war der Moment gekommen. Das würde die einzige Chance sein, die ich bekam und ich habe deshalb auch nicht gezögert. Die Taschenlampe ist wirklich sehr schwer und wenn sie mit voller Wucht auf einen Schädel niederrast, dann kracht er ein. Jan stürzte und verschwand im Schlund der nach unten führenden Treppen. Ich ging ein paar Schritte zurück. Von hier war nichts von ihm zu sehen. Ich ging nochmal hin, sah ihn mir nochmal an. Er lag verkrümmt am Boden vor einer verrosteten Eisentür, tot. Mein kleiner Bruder. Warum hast du mich hierzu gezwungen? Gott sei Dank ist Mutter schon tot, dachte ich.

Es war spät, die Zeit drängte. Ich musste nach Hause, Jans Sachen packen und verschwinden lassen, dann zum Osterfrühstück. Als ich schon beim Auto war und einsteigen wollte, meinte ich, aus den Augenwinkeln eine Bewegung zu sehen. Ich fuhr herum, ein zweites Mal in dieser Nacht zu Tode erschreckt, aber es war wohl ein Tier, vielleicht eine Fledermaus oder meine Nerven. Ich riss die Autotür auf und fuhr nach Hause. Erich lag im Bett, schlief sicher nicht den Schlaf der Gerechten, Ehebrecher, der er war, aber für den Moment genügte es, dass er schlief. Als ich den Kopf ins Schlafzimmer streckte, fingen die

Glocken an zu läuten. Mein Herz fing schon wieder an zu rasen, aber es war noch dunkel, ich sah auf die Uhr, es war noch nicht Zeit für die Glocken. Diese Nacht war voller Überraschungen, aber diese hier hatte nichts mit mir zu tun. Ich zog mich um und verließ das Haus. Das Osterfrühstück musste noch fertig gemacht werden.

–

„Dann wollen wir mal, sagte Ungern. Er stieg aus und öffnete die hintere Tür.

Ingrid fiel ihm entgegen. Er griff nach ihr, hielt sie unter den Armen und das Erste, was ihm auffiel, war das viele, viele Blut, das aus ihren Handgelenken lief und ihre Hose schon ganz durchtränkt hatte.

–

Am Sonntagmorgen war die Kirche rappelvoll. Alle waren gekommen, um die neue Kantorin zu sehen. Der Dekan sprach die Begrüßung und hielt eine Rede über den beruflichen Werdegang von Frau Schönhaupt. Diese saß neben Henry in der ersten Reihe. Sie hatte blonde Locken und sah aus wie zwanzig. „Na, die wird hier ordentlich für Furore sorgen“, hatte Elisabeth gemurmelt, als sie neben Henry in die Kirche gegangen war. Sie war mit diesem Gedanken sicher nicht alleine.

Henry hörte kein Wort von dem, was der Dekan predigte. Als er Elisabeth gestern Abend aus dem Krankenhaus geholt hatte, musste er sich alles haarklein erzählen lassen. Auch die Sache mit diesem Jan und den E-Mails, die ihm im ersten

Moment ganz egal gewesen war, aber das musste Elisabeth ihm doch nochmal genauer erklären. Na ja. Jedenfalls war die Aufregung groß, vor allem, als Paul nochmal anrief und mitteilte, dass Ingrid sich auf dem Weg zum Polizeipräsidium die Pulsadern aufgeschnitten hatte. Sie hatte eine Glasscherbe aufgehoben und in ihrem Ärmel versteckt, als Ungern sie überwältigte. Mit gefesselten Händen hatte sie die aus dem Ärmel gefischt und sich ein Handgelenk nach dem anderen so gründlich aufgeschlitzt, dass sie auf der kaum halbstündigen Fahrt verblutet war. Henry lief es bei dem Gedanken kalt den Rücken hinunter. Diese Frau musste völlig verrückt gewesen sein. Eine narzisstische Kränkung wie es im Buche stand und außerdem völlig skrupellos. Elisabeth hatte offenbar großes Glück gehabt.

Dann war Elisabeth eingefallen zu fragen, ob das Streichquartett denn überhaupt noch den Sektempfang vorbereitet habe und schon fanden sich Henry und Thomas in der Küche des großen Saals wieder und schmierten Schnittchen mit Lachs und Schinken. Elisabeth wollte auch helfen, aber das kam nicht infrage. Henry zwang sie einen doppelten Grappa zu trinken und steckte sie eigenhändig ins Bett.

Ja, und da war es dann weit nach zehn Uhr geworden, bevor Henry überhaupt nochmal daran dachte, den Anrufbeantworter abzuhören und was für ein Glück, dass er es getan hatte. Denn der Dekan hatte ihm eine Nachricht hinterlassen, er habe seine Notizen zur Vorbereitung des Gottesdienstes verlegt, aber wenn er sich richtig erinnerte, hätten sie es sich so aufgeteilt, dass er, der Dekan, die Predigt halten und Henry die Liturgie machen würde, so war es doch? Wenn nicht, sollte Henry sich nochmal melden. Oh ja, so war es ganz bestimmt gewesen, dachte Henry, und es fiel ihm ein großer Stein vom Herzen. Er hatte auch ein ganz schlechtes Gewissen, dass er dieser vom Himmel geschenkten Predigt des Dekans so schlecht folgen konnte. Aber es hörte ohnehin kaum jemand zu. Alles fieberte auf den eigentlichen Höhepunkt hin, das Lied nach der Predigt, das von Frau Schönhaupt vorgetragen werden sollte.

Eine fast greifbare Stille senkte sich über die Kirche, als Frau Schönhaupt nach der Predigt aufstand und nach vorne zum Mikrofon ging. Goldenes Morgenlicht fiel auf ihre goldblonden Locken und ihre blasse Haut bekam etwas ganz transparent Ungreifbares. Was dann folgte, war nicht von dieser Welt. Frau Schönhaupts Stimme war so klar und wunderschön, dass etlichen Gottesdienstbesuchern, Männern wie Frauen, Tränen in den Augen standen. Frau Schönhaupt sang, dass Henry es kaum wagte zu atmen, weil er nicht wollte, dass irgendetwas ihn davon ablenkte, diesem Klang zu folgen und sei es bis ans Ende der Welt.

Als der letzte Ton verklang, war klar, dass der Sulzbacher Kirchengemeinde hier etwas ganz Wunderbares widerfahren war. Die Leute begannen zu klatschen. Einige standen auf und bald stand die ganze Gemeinde und spendete der Kantorin Beifall.

Der folgende Empfang ließ nicht erahnen, unter welchen Umständen die Vorbereitung hierfür vonstattengegangen war. Schnittchen wurden gegessen, Grußworte gehalten, Frau Schönhaupt bekam Blumen, der Kinderchor sang.

„Wo ist denn Stephanie?“, sah Thomas sich suchend um.

Henry beugte sich zu ihm. „Sie sitzt oben an der Orgel und weint.“

„Was!“ Thomas machte kehrt und wollte nach draußen laufen.

Henry hielt ihn fest. „Warte mal“, sagte er. „Miriam sitzt bei ihr und hält ihr die Hand.“

Thomas sah Henry erst ungläubig an. Dann wurden seine Augen feucht. Ich bin von Weicheiern umzingelt, dachte Henry und drückte Thomas' Arm.

–

Als die Kinder am Abend ins Bett gegangen waren, und Henry in der Küche eine Flasche Wein entkorkte, saß Elisabeth vor ihrem PC. Sie dachte an Jan. Es fiel ihr immer noch schwer, damit klarzukommen, dass es nicht Jan war, der ihr geschrieben hatte, sondern Ingrid. Die ganze Zeit, in der sie so fieberhaft an ihn gedacht hatte, war er schon tot gewesen, von der eigenen Schwester erschlagen. Es tut mir leid, Jan, dachte Elisabeth. Sie schloss die Augen und tauchte noch einmal in ihre Jan-Erinnerungs-Welt ein. Wie eine Museumsbesucherin ging sie von Erinnerung zu Erinnerung, die durchgequatschte Nacht auf der Hütte, der Kuss auf dem Feldberg, der Tanz auf ihrem Abi-Ball. Bis er gegangen war. Und dann nahm auch Elisabeth ihren Abschied von Jan. Sie öffnete die Augen und atmete tief durch. Auf ihrem Bildschirm stand: „Wollen Sie Ihren Facebook-Account wirklich löschen und die Mitgliedschaft unwiderruflich beenden?“

Elisabeth klickte auf „Ja“.

– Ende –

Mehr Krimis von Helen Endemann

und viele weitere interessante Buchempfehlungen

finden Sie auf den folgenden Seiten

Röschen-Verlag

Auch als eBook erhältlich!

Ein Taunus-Krimi:

Sterbeläuten

von Helen Endemann

ISBN: 978-3-940908-19-3 · Taschenbuch, 260 Seiten · 11,95 Euro

Alle Jahre wieder fällt ein milder Nieselregen auf die Buden des Sulzbacher Weihnachtsmarkts. Pfarrer Henry ist im Stress. Seine Frau Elisabeth kriegt sich mit Küster Thomas in die Haare. Ortspolizist Kramer jagt rätselhafte „Festplatten-Diebe“, die die Kirchenverwaltung mit einer Welle von Einbrüchen überziehen. Im Todesfall der alten Frau Fromme mehren sich die Hinweise, dass diese keines natürlichen Todes gestorben ist. Aber das sind nur die Vorboten eines hinterlistigen Angriffs, der mitten ins Herz der Kirchengemeinde zielt.

Röschen-Verlag

Auch als eBook erhältlich!

Der neue Taunus-Krimi:

Sommergrollen

von Helen Endemann

ISBN: 978-3-940908-21-6 · Taschenbuch, 260 Seiten · 11,95 Euro

Sommerhitze senkt sich über das Sulzbacher Kirchenland. Die Neuvergabe der begehrten Pachtverträge steht an. Pfarrer Henry, im Strudel der Interessen seines streitbaren Kirchenvorstands, einer realitätsfernen Kirchenverwaltung sowie seiner chaotischen Familie, würde mit ortspolitischen Ränkespielen am liebsten nichts zu tun haben. Doch der Tod des Dorfmagnaten Heinrich Dornbusch lässt die dörfliche Ordnung aus den Fugen geraten. Sein Sohn Christian kehrt aus den USA zurück nach Sulzbach, wo er auf dem väterlichen Acker eine Mega-Disko bauen will. Als er in einer Gewitternacht tödlich verunglückt, glaubt Ortspolizist Kramer keinen Augenblick an einen Unfall.

Röschen-Verlag

Auch als eBook erhältlich!

Simon Schweitzer Band 10:

Das Grauen im Bembelparadies

von Frank Demant

ISBN: 978-3-940908-18-6 · Taschenbuch, 180 Seiten · 9,95 Euro

Bei Bilderbuchwetter schlendert Herr Schweitzer zu einer in ganz Hessen bekannten Bembel-Manufaktur.
Just als er den Laden betreten will, zerreißt ein spitzer Schrei die idyllische Stille. Kurz darauf stürmt die Inhaberin mit den Worten heraus, an ihrem Arbeitsplatz läge ein abgetrennter Finger.
Alsbald findet die Kripo auch den Restkörper im Brennofen – nicht mehr ganz taufrisch – und das Grauen nimmt seinen Lauf.

Im Buchhandel oder versandkostenfrei bei:

www.roeschen-verlag.de

Röschen-Verlag

Alle Bände auch als eBook erhältlich!

Simon Schweitzer – immer horche, immer gugge

Eines Tages wird Simon Schweitzer, ohne dass er es merkt, mit einer Leiche konfrontiert. Und außerdem sind da noch die zwei bis dato ungeklärten Polizistenmorde an der Startbahn West und Maria von der Heide. Die mit der atemberaubenden Figur.

Autor: Frank Demant · Preis: 9,95 Euro

Geiseldrama in Dribbdebach

Eines tristen Tages betritt Simon Schweitzer die Filiale der Teutonischen Staatsbank, um sich über deren widerliche Gebührenpolitik zu beschweren. Doch dann gerät er unversehens in einen Überfall, der von Anfang an etwas seltsam anmutet und sich gar arg in die Länge zieht.

Autor: Frank Demant · Preis: 9,60 Euro

Tod im Ebbelwei-Express

Schurkische Kräfte aus Russland und Italien versuchen, im Apfelweinland Sachsenhausen Fuß zu fassen. Doch haben sie nicht mit dem Widerstand der einheimischen Bevölkerung und dem Ebbelwei-Express gerechnet.

Autor: Frank Demant · Preis: 9,60 Euro

Die Leiche am Eisernen Steg

Alles fängt ganz harmlos mit einer Leiche am Eisernen Steg an. Dann bekommt Laura Roth, Simon Schweitzers Untermieterin, Besuch aus Berlin, und Herr Schweitzer wird in einen Fall verwickelt, dessen Wurzeln im Dritten Reich liegen.

Autor: Frank Demant · Preis: 9,95 Euro

Röschen-Verlag

Alle Bände auch als eBook erhältlich!

Opium bei Frau Rauscher

Von einer Urlaubsbekanntschaft aus Laos erhält Herr Schweitzer seinen ersten Auftrag und wird versehentlich Zeuge eines Mordes aus Eifersucht. Doch je mehr Details die Frankfurter Kripo ans Tageslicht zerrt, desto weniger glaubt er an das, was er mit eigenen Augen gesehen hat.

Autor: Frank Demant · Preis: 9,45 Euro

Verschollen im Taunus

In Unterwäsche erwacht Herr Schweitzer leicht verletzt in Nachbarschaft zu einem enthaupteten Bösewicht fern jedweder Zivilisation im Taunus. Ein kleiner temporärer Gedächtnisschwund erschwert die Ursachenforschung.

Autor: Frank Demant · Preis: 9,95 Euro

Das Geheimnis vom Kuhhirtenturm

Drei Morde binnen weniger Tage an vermeintlich unbescholtenen Bürgern reißen Frankfurts Kripo aus dem Sommerschlaf. Die Tatortspuren lassen auf unterschiedliche Täter schließen, was die Sache nicht unbedingt erleichtert.

Herr Schweitzer, seines Zeichens Privatier, sagt notgedrungen seiner geliebten Hängematte Adieu und begibt sich auf Spurensuche und damit in Teufels Küche.

Autor: Frank Demant · Preis: 9,45 Euro

Röschen-Verlag

Alle Bände auch als eBook erhältlich!

Kunstraub im Städel

Während eines trägen und heißen Sommers detoniert am Museumsufer eine Bombe aus dem Zweiten Weltkrieg. Ursache hierfür sind zwei dreiste Gauner, welche sich per Tunnelbau Zugang zum Städel verschafften, um sich völlig unrechtmäßig drei wertvolle Gemälde anzueignen.

Und ebenso überraschend wird Simon Schweitzer vom allseits bekannten Marlon Smid aus seiner Hängematte gescheucht, auf dass er ihm bei der Wiederbeschaffung der für die Frankfurter Kulturszene so eminent wichtigen Exponate behilflich sein möge.

Autor: Frank Demant · Preis: 9,60 Euro

Goethe wars nicht

Nichts hasste Herr Schweitzer mehr als Geschäftsessen. Trotzdem wird er von seiner Freundin Maria dazu genötigt. Kaum ist diese Tortur überstanden, meldet sich der Gastgeber erneut – sein Sohn sei entführt worden. Es folgen ein paar stressige Tage, die dank eines hellblauen Toilettenhäuschens eine ungewöhnliche Wendung nehmen.

Autor: Frank Demant · Preis: 9,95 Euro

+++ Tagesgeschäfte +++

Ein Frankfurter Wirtschaftskrimi nach einer wahren Begebenheit.

Das couragierte Verhalten eines unbedeutenden Sachbearbeiters entwickelte sich zum wohl teuersten Mobbing-Fall in der Geschichte der BRD.

Autor: Frank Demant · Preis: 10,50 Euro

Röschen-Verlag

Alle Bände auch als eBook erhältlich!

Mörderisches „Stöffche" ...

In einer Villa am Frankfurter Lerchesberg wird die bildschöne Erbin des legendären Apfelweinkönigs Heinz Wagenknecht ermordet. Auf dem Nachbargrundstück findet Kommissar Tom Bohlan die Tatwaffe und ein Foto, das eine alte Kelter in einem Kellergewölbe zeigt. Sehr schnell kommen die Kommissare zu dem Schluss, dass es sich dabei um den Hinweis auf ein weiteres Verbrechen handelt. Ein spannender Wettlauf mit der Zeit beginnt ...

Die Frankfurter Kripo ermittelt im Dunstkreis einer Apfelweindynastie, die ums Erbe streitet und dabei vor nichts zurückschreckt. Tom Bohlan jagt den Täter diesmal unter anderem in Eckenheim.

Lutz Ullrich ist ein Buch gelungen, das sich zweifelsohne dazu eignet, es von vorne bis hinten auf einmal durchzulesen. Flott geschrieben und spannend bis zum Schluss
Frankfurter Neue Presse (über „Der Kandidat")

Frankfurt-Krimi · Taschenbuch · 218 Seiten · 9,95 Euro

Röschen-Verlag

Alle Bände auch als eBook erhältlich!

Kopflos an der Nidda ...

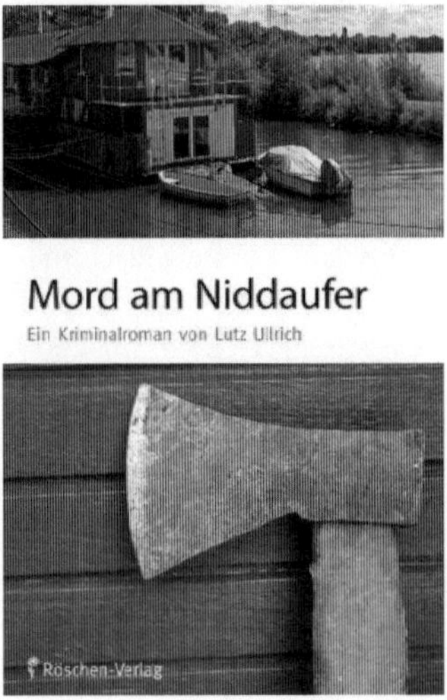

Am Ufer der Nidda wird in unmittelbarer Nähe des Eschersheimer Schwimmbades eine kopflose Leiche gefunden. Der Frankfurter Stadtteil ist in heller Aufregung, die auch das örtliche Gymnasium erfasst, als sich herausstellt, dass es sich bei dem Opfer um eine Schülerin handelt. Tom Bohlan und seine Kollegen ermitteln in der Schule und werden mit einer ungeliebten Schulleiterin, einem Theaterstück, in dem es um Enthauptungen geht und Intrigen im Kollegium konfrontiert. Doch damit nicht genug: die neue Staatsanwältin macht dem Kommissar das Leben schwer.
Wieder ein spannender Frankfurt-Krimi um die Ermittler Tom Bohlan und Julia Will, angereichert mit einer Menge Lokalkolorit.

„Lutz Ullrich schreibt spannend an der Grenze zwischen Realität und Fiktion und zeigt sich als intimer Kenner des Frankfurter Innenlebens – der schönen wie der hässlichen Seiten der Stadt."
Hessenschau (HR-Fernsehen)

Frankfurt-Krimi · Taschenbuch · 218 Seiten · 9,95 Euro

Röschen-Verlag

Alle Bände auch als eBook erhältlich!

Politiker schreibt Polit-Krimi!

In Frankfurt ist Oktober und der Teufel los! Hauptkommissar Tom Bohlan kehrt nach vielen Jahren widerwillig in den Dienst zurück und wird mit einer jungen, gut aussehenden Kommissarin konfrontiert.
Ein ehrgeiziger Musikproduzent, der unbedingt Frankfurter Oberbürgermeister werden will, kämpft mit der neuen Linken gegen die Machtelite seiner Partei, die am Abgrund steht. Eine Bestsellerautorin, die keiner kennt, schnüffelt in den Katakomben der Macht. Dann liegt eine junge Referentin tot in ihrem Bett. Die Ereignisse überschlagen sich. Tom Bohlan ermittelt in Frankfurts linkem Milieu und bekommt es mit Macht, Politik, Sex und schließlich mit der Moral zu tun.

Frankfurt-Krimi · Taschenbuch · 176 Seiten · 9,80 Euro

Ein ziemlich heißer Tod…

Als der Startrainer Klaus Momsen tot in der Sauna seines Fitness-Studios gefunden wird, herrscht allgemeine Fassungslosigkeit. Hauptkommissar Tom Bohlan und seine Kollegin Julia Will stoßen schon bald auf einige Ungereimtheiten.
Warum war Momsen mit Dopingmitteln vollgepumpt?

Frankfurt-Krimi · Taschenbuch · 182 Seiten · 9,80 Euro

Röschen-Verlag

Alle Bände auch als eBook erhältlich!

Macht, Gier und Mobbing ...

Die Anwältin Miriam Faust will ganz nach oben und spielt dabei ein übles Spiel, in dem Moral keine Rolle zu spielen scheint. Zunächst scheint alles nach Plan zu laufen, doch dann hängt ein Privatdetektiv halbnackt und tot an der Decke seines Schlafzimmers. Als Hauptkommissar Tom Bohlan und seine Kollegin Julia Will an den Tatort gerufen werden, ahnen sie noch nicht, in welche Verstrickungen sie dieses Verbrechen führen wird.
Macht, Gier, Mobbing und üble Machenschaften ziehen sich durch die Ermittlungen und rütteln an den Grundwerten der Kommissare.

Frankfurt-Krimi · Taschenbuch · 182 Seiten · 9,80 Euro

Mörderische Hetzjagd ...

In einem Frankfurter Luxus-Hotel wird die Leiche einer jungen Mexikanerin gefunden. Schnell gerät der Internet-Aktivist Linus Möller unter Mordverdacht, der in der Schattenwelt zwischen Wirtschaftskriminalität und Drogenhandel recherchiert. Doch was hat das alles mit der Finanzierung einer neuen Multifunktionshalle im Frankfurter Stadtwald zu tun? Und warum gibt es Parallelen zu einer Mordserie im mexikanischen Drogenmilieu? Es beginnt eine mörderische Hetzjagd, die das Ermittlungsteam Bohlan/ Will an die Grenzen ihrer Möglichkeiten bringt.

Frankfurt-Krimi · Taschenbuch · 197 Seiten · 9,95 Euro

Röschen-Verlag

Alle Bände auch als eBook erhältlich!

Nordic Stalking

von Martin Beer

Schauplatz Frankfurt am Main. Der frischgebackene Privatdetektiv und von seiner Freundin – der Wirtin Sandy – zum Nichtrauchen verdammte Kneipenveteran Kurt Bratfisch wartet auf seinen ersten Auftrag. Ausgerechnet seine erste Klientin ist prominent. Klar, dass Bratfisch keine Ahnung hat, wer da vor ihm sitzt. Er soll dem aufstrebenden Topmodel Sarah Morgentau einen Stalker vom Hals schaffen. Bratfisch bezieht vor der Villa des Models Posten. Doch plötzlich fällt ein Schuss – und der harmlose Überwachungsauftrag läuft schwer aus dem Ruder.

ISBN: 978-3-940908-11-7 · 160 Seiten · 9,80 Euro

Der Hiob ist weg

von Martin Beer

Nicht zu glauben: Aus dem Frankfurter Dom wurde das avantgardistische Gemälde „Hiob" gestohlen. Eine echte Hiobs-Botschaft steht am Beginn des neuen Falls, den der Ex-Aushilfsdetektiv Kurt Bratfisch lösen muss. Auf unorthodoxe Weise assistiert von seinem alten Kneipenkumpan und neuen Praktikanten Kanonen-Robert macht sich Bratfisch an die Arbeit. Weder dubiose Offenbacher „Handwerker" noch russlandhessische Schutzgelderpresser oder bigotte Praunheimer Andrea Sawatzki-Doubles können verhindern, dass er auch diesen Fall erfolgreich abschließt.

ISBN: 978-3-940908-15-5 · 160 Seiten · 9,95 Euro

Röschen-Verlag

Wie können Sie solch einen Verbrecher verteidigen?

Der Frankfurter Staranwalt Edgar Liebrucks beschreibt 20 seiner teils unglaublichen und spektakulären Fälle, bei denen er Mörder, Vergewaltiger und nicht zuletzt die „Jugo-Mafia“ zu seinen Mandanten zählt.

ISBN: 978-3-940908-06-3 · Taschenbuch · 425 Seiten · 12,95 Euro

---

Bevor der erste Schnee fällt

Krimi aus Wales von Mara Monzän

Während Wales in Regen und Schnee versinkt, landet ein Koffer voll Geld direkt vor den Füßen von Steve, einem wandernden Aussteiger. Klar, dass er diesen Schatz behalten möchte, auch klar, dass der Absender des Koffers dies anders sieht. Doch seine Pläne sind nur das eine ...

Der Roman folgt in amüsantem Ton der Reise eines Geldkoffers, dessen Wege kaum von den Beteiligten zu steuern sind. Fast wie im richtigen Leben.

ISBN: 978-3-940908-10-0 · 254 Seiten · 10,90 Euro

Flohmarkt · Märkte Menschen Waren

von Sebastian Münz

„Das meistverkaufte Flohmarkt-Buch Deutschlands“

Tauchen Sie ein in die schillernde Welt der Flohmärkte. Zeitungsberichte und Fernsehauftritte zeugen vom in über 20 Jahren als Käufer und Verkäufer erworbenen Fachwissen des Autors. Sein Buch ist angereichert mit Anekdoten, Tipps und Hintergrundinformationen

ISBN: 978-3-940908-01-8 · 163 Seiten · 9,50 Euro

Der Casper Jacob

Historischer Roman von Axel Hoffmann

In einer anderen Zeit erblickt in einer eisigen Wintersnacht ein armseliges Wurm das Licht einer finsteren Welt. Verschoben das Gesicht, kann es ein Niemand brauchen und doch ist der Bub zäh. Aufgenommen von einem umherziehenden Scherenschleifer trägt er nach dessen Tod seinen Namen: Casper Jacob. Und Casper Jacob wandert fortan hinaus in den Tag und in sein Leben, welches es gar oft nicht gut mit ihm meint und ihm doch einen Traum lässt, den Traum vom fernen Ocean. Unterwegs begegnen ihm Bauersleute, Räuber und ein fahrender Händler, dazu ein boshafter Wegemacher und sogar eine seltsame Wunderwelt in einer eigenartigen Höhle. Er verbringt Tage in einer schaurigschönen Berglandschaft und verliert weit mehr als seine Unschuld, obgleich er bei allem Leid selbst in düstersten Zeiten dem Erlebten noch ein Staunen abringen kann.

ISBN: 978-3-940908-16-2 · 132 Seiten · 9,95 Euro

verlag vogelfrei

Karlo Kölners 8. Fall

Miezen, Mord und Malerei

Kriminalroman von Peter Ripper

Es ist Frühherbst in der Rhön. Die Sonne scheint, und ein nackter Mann, mit einem Revolver in der Hand, irrt am Fuße der Milseburg umher. Ganz in der Nähe werden zwei Waldspaziergänger auf seltsame Art und Weise überfallen und beraubt. Derweil findet man in Frankfurt einen ermordeten Bordellbesitzer. Ein mysteriöses Gemälde verschwindet, und zu allem Überfluss wird auch noch ein ehemaliger Spieler der Eintracht vermisst.

Autor Peter Rippers Hauptfigur, der exzentrische Zufallsdetektiv und Ex-Knacki Karlo Kölner wäre nicht er selbst, würde er nicht rein zufällig in diese Geschehnisse hineinstolpern. Zumal er vom ehemaligen Kriminalhauptkommissar Georg Gehring, der seit einiger Zeit als privater Ermittler arbeitet, engagiert wurde. Als Karlo zu ahnen beginnt, dass die Ereignisse zusammenhängen könnten, macht er der Polizei einen kuriosen Vorschlag.

ISBN: 978-3-9817124-2-1 · 208 Seiten
10,95 Euro

Auch als eBook erhältlich!

„... kurzweilige Spannung, schnelle Action, herrlich schräger Humor und irre Komik: Wenn der kauzige Ex-Knacki Karlo Kölner ermittelt, bleibt kein Auge trocken.“

Fulda aktuell

verlag vogelfrei

Karlo Kölners 7. Fall

Liebe, Tod und Apfelsekt

Kriminalroman von Peter Ripper

Eine liebestolle ältere Dame macht Starfriseur Belmondo den Hof. Kurz darauf findet Karlo Kölner ihre Leiche im Salon des Haarkünstlers in Frankfurt-Höchst, und es kommt wie es kommen muss: Aus seiner Hilfsbereitschaft wird eine riesengroße Dummheit, was Karlos spezielle Intimfeinde, die Streifenbeamten Dietmar Hund und Manfred Haffmannn naturgemäß erfreut und in die Karten spielt.

Mysteriöse Äpfel, ein silbernes Medaillon und eine Flasche Apfelsekt geben Kommissar Reichard und seinem hypochondrischen neuen Chef Schönhals Rätsel auf.

Doch auch Georg Gehring, Ex-Hauptkommissar und frischgebackener Privatdetektiv, hat seine erste Klientin und beginnt zu ermitteln. Bald kommt er zu einer ebenso fatalen wie auch überraschenden Erkenntnis.

Ausgerechnet in diesen turbulenten Zeiten geht Karlos Freundin Jeannette einem Autoschwindler auf den Leim. Empört wird Karlo Kölner nun richtig aktiv. Kann das gut gehen? Denn bald glaubt er, auf geheimnisvolle Zusammenhänge zwischen den Ereignissen gestoßen zu sein und es wird brandgefährlich ...

ISBN: 978-3-9812188-8-6 · 208 Seiten
10,95 Euro

Auch als eBook erhältlich!

„Mit offenkundiger Freude treibt Autor Peter Ripper den schnellen Wechsel zwischen spannender Action und kuriosen Szenen, zwischen dramatischem Verlauf und skurriler Situationskomik auf die Spitze.“

Fulda aktuell

verlag vogelfrei

Karlo Kölners 6. Fall

Geschenke für den Kommissar

Kriminalroman von Peter Ripper

Ein toter Jogger liegt an einem Waldsee im Frankfurter Osten. Kurz darauf schießt jemand auf einen Hausbesitzer. Ex-Hauptkommissar Gehring bekommt rätselhafte Geschenkpakete, eine Gartenhütte brennt lichterloh, und als wäre das alles nicht schon genug, hält eine Serie von Wohnungseinbrüchen den Osten Frankfurts in Atem.

Besteht eine Verbindung zwischen den Ereignissen? Und wer ist diese geheimnisvolle Rothaarige, die plötzlich auf der Bildfläche erscheint?

Karlo Kölner, in dessen Beziehung es wieder einmal gewaltig knirscht, kommt nicht nur mehreren Geheimnissen auf die Spur, sondern gerät auch noch in Lebensgefahr.

ISBN: 978-3-9812188-7-9 · 208 Seiten · 10,95 Euro

Alle Bände auch als eBook erhältlich!

Außerdem im Verlag Vogelfrei:

Band 1: **Karlo und der letzte Schnitt**
Band 2: **Karlo und der zweite Koffer**
Band 3: **Karlo und der grüne Drache**
Band 4: **Karlo und das große Geld**
Band 5: **Karlo geht von Bord**

„… im besten Sinne leicht zu lesende, mit augenzwinkerndem, zuweilen schrägem Humor kräftig gewürzte Krimiliteratur.“

Fulda Aktuell

„Die Fans können sich darüber freuen, wie präzise Autor Peter Ripper das Milieu seiner Figuren eingefangen hat.“

Frankfurter Rundschau

Im Buchhandel oder portofrei bei: www.vogelfrei-verlag.de